The Deceived Series
A Duke Deceived
His Lady Deceived

Pride and Prejudice Sequels
Miss Darcy's New Companion
Miss Darcy's Secret Love
The Liberation of Miss de Bourgh

My Lord Wicked
Christmas Brides (Three Regency Novellas)

Romantic Suspense:
Falling For Frederick

Texas Heroines in Peril Series
Protecting Britannia
Murder at Veranda House
A Cry In The Night
Capitol Offense

World War II Romance:
It Had to Be You (Previously titled *Nisei*)

American Historical Romance:
A Summer To Remember (3 American Romances)

Comtesse par coïncidence

Afin de s'extirper de difficultés financières, John Beauclerc, comte de Finchley, concocte un stratagème pour épouser une inconnue qui a répondu à sa petite annonce. Il va montrer à sa grand-mère de quoi il est capable ! Elle refuse de lui donner de l'argent jusqu'à ce qu'il fasse preuve de plus de maturité et abandonne ses comportements scandaleux. À vingt-six ans, la dernière chose qu'il désire est de se ranger. Il se rend à l'église St-Georges à Hanover Square, épouse miss Margaret Ponsby de Windsor, la congédie avec cent livres et continue de poursuivre une vie de débauche remplie de vin, de femmes et de parties de cartes avec ses amis, comme lui à la recherche de plaisir.

Après la cérémonie, il se rend compte qu'il a épousé la mauvaise femme. Miss Margaret Ponsby de Windsor pensait que le mariage allait avoir lieu à la chapelle St-George de Windsor. Lady Margaret Ponsby était à St-George de Londres. Comment peut-il s'extirper de ce mariage misérable, union dont sa grand-mère s'extasie ?

Si seulement lady Margaret Ponsby n'était pas si timide ! Quand le jeune (et déjà de mauvaise réputation) comte dégingandé qu'elle adore de loin lui demande de s'approcher de l'autel de l'église avec lui, elle ne peut refuser. Même après le début de la cérémonie de mariage, elle reste toujours muette. Elle pense remplacer la véritable épouse de lord Finchley. Mais lorsqu'elle se rend compte qu'elle est vraiment mariée à lord Finchley, elle décide de faire tout ce qui est en son pouvoir pour transformer la situation en mariage de rêve. Même si cela signifie imiter sa sœur intelligente et bavarde.

Livres de Cheryl Bolen

Romance historique Régence :

La série « Les Mariées de Bath »
La mariée en bleu
Par son alliance
La Mariée a un secret
Un seigneur pour époux
L'Amour dans la bibliothèque
Un Noël à Bath

Série Haverstock House
Lady par hasard
Duchesse par erreur
Comtesse par coïncidence
Plus célibataire à Noël

Brazen Brides Series
Counterfeit Countess
His Golden Ring
Oh What A (Wedding) Night
Miss Hastings' Excellent London Adventure
Marriage of Inconvenience

The Regent Mysteries Series
With His Lady's Assistance
A Most Discreet Inquiry
The Theft Before Christmas
An Egyptian Affair

Comtesse par coïncidence

(Haverstock House, tome 3

Cheryl Bolen

Traduit de l'anglais par
Angélique Olivia Moreau

Chapitre 1

Dans quel pétrin John Beauclerc, le 11e comte de Finchley, s'était-il donc fourré ? Plus il gravissait les marches menant au salon de sa grand-mère, plus il se sentait mal. N'avait-il pas promis à cette chère dame il y avait à peine trois mois de cela qu'il réfrénerait son enthousiasme pour les parties risquées ? Et pourtant, il se retrouvait là comme un écolier désobéissant, se préparant une fois de plus à jurer qu'il allait abandonner ses habitudes dévoyées, tout en mendiant quelques centaines de livres qui lui permettraient de tenir jusqu'au trimestre suivant.

Il n'avait nul besoin de lui révéler qu'il en devait jusqu'au dernier centime à Lord Bastingham à cause d'une série de tuiles désastreuses. Elle n'avait pas non plus besoin de connaître le nombre de marchands qui le relançaient. Ni de savoir qu'il avait été forcé de trouver une nouvelle place pour son garçon d'écurie et son cocher, car il lui manquait les fonds nécessaires pour continuer à entretenir des chevaux.

Avant que John n'atteigne le palier, il passa devant le portrait peint par Romney de feu son grand-père. Il ralentit le pas tandis qu'il détaillait le vieil homme. John était certain que les yeux de Grand-papa avaient été verts, mais au fil des années, la peinture s'était assombrie, prenant une teinte marron foncé. Sous la perruque blanche guindée du vieillard et ses sourcils en broussaille, les yeux sombres semblaient fusiller son petit-fils. Un frisson dévala l'échine de John et il détourna le regard.

Seigneur Dieu, les morts aussi étaient-ils donc au courant de sa débauche ?

Quelques instants plus tard, il ouvrit en grand les portes du salon de sa grand-mère. Assise sur un sofa, une écritoire portable au plateau incliné posée en équilibre sur les genoux, elle noircissait du papier, puis elle leva vers lui un regard pétillant.

Même si elle pouvait être une matriarche excessivement sévère, Grand-mère avait l'air d'un ange. Présentement, sa bouche rose s'incurvait en un sourire qui répondait à l'éclat de ses yeux bleu pâle. Elle était petite, ronde et jolie, et dotée d'une chevelure blanche bouffante. D'aussi loin que remontaient les souvenirs de John, ses joues avaient été roses, mais sa mère – paix à son âme – lui avait raconté que la couleur des joues de Grand-mère était due au fard français.

Il se dirigea vers elle à grands pas, s'inclina et lui baisa la main :

— C'est bon de vous revoir, Grand-mère.

Elle fronça les sourcils.

— Ne faites pas semblant d'être simplement venu voir votre grand-mère, John Edward. Je sais que vous avez été un garnement.

Il étouffa un grognement. Les garçons de dix ans étaient des garnements. À l'âge de vingt-six ans, il était... eh bien, il supposait que l'adjectif *dissolu* décrivait bien l'homme qu'il était devenu.

— Je proteste. Je suis peut-être coupable d'indiscipline, mais certainement pas de négliger ma parente préférée.

Elle fronça les sourcils.

— Je suis votre *seule* parente.

— Et ne viens-je pas vous rendre visite une fois par semaine ?

— L'attention que vous portez à votre grand-mère est peut-être le seul trait admirable que vous possédiez.

Alors elle avait bien eu vent de ses paris. Et peut-être de pire encore.

— Puis-je m'empêcher d'être le fils de mon père ?

Un soupçon de tristesse passa sur le visage âgé.

— L'espoir de ma vie était que mon petit-fils devienne l'homme que mon fils n'a jamais pu être.

Il soupira.

— Je suis terriblement désolé d'être une telle déception.

— Mais pas assez pour y remédier et changer.

L'expression du jeune homme s'égaya. Il lui adressa un large sourire.

— Je ne suis pas allé à Newmarket depuis le trimestre dernier !

Peut-être n'aurait-il pas dû mentionner le meeting de courses de Newmarket. Après tout, c'était là que Papa avait trouvé la mort lorsque, sous l'influence d'une extraordinaire consommation de brandy, il avait été piétiné à mort en essayant de monter un cheval durant la course.

Elle eut un regard noir.

— Et, ajouta-t-il d'un ton léger, mon valet vous confirmera que la fréquence des matins où je me réveille gris a grandement diminué.

Se souvenant de la fin malheureuse qu'avait connue son père, John s'était montré quelque peu soucieux de diminuer sa propre consommation d'alcool. À part, bien entendu, lorsqu'il se retrouvait avec ses comparses fêtards. Il ne voulait pas passer pour une mauviette.

Elle le regardait toujours de travers.

— Même votre père n'a jamais utilisé un tel mot en ma présence !

Il prit un air contrit.

— Veuillez m'excuser.

— Vous feriez tout aussi bien de vous asseoir.

Il ne préférait pas. Cela lui donnait l'impression d'être petit en présence de son inflexible grand-mère. Il avait besoin de son mètre quatre-vingt-sept pour se donner du courage.

— En fait, je ne peux pas rester.

— Alors vous êtes simplement venu pour vérifier que je ne suis pas morte dans mon lit ?

Il plissa le front.

— Je vous prie de ne jamais parler de la sorte !

— Alors, comme je m'en doutais depuis le début, c'est un prêt que vous voulez, un prêt que vous me promettez de rembourser au début du trimestre prochain.

Il ne put soutenir son regard.

— Vous me connaissez trop bien.

— Asseyez-vous, mon garçon.

Il n'avait jamais été capable de lui refuser une seule requête (à part celle de se réformer). Il s'assit gauchement en face d'elle sur un sofa de soie, s'attendant pleinement à faire l'objet d'un long sermon sur ses manières dissolues. Il riva les yeux sur le tapis d'Aubusson à ses pieds et attendit. Et attendit encore. Grand-mère s'éclaircit la gorge, mais ne prononça pas une seule parole.

Au bout d'un moment, il leva la tête. L'expression sévère de son aïeule était inattendue.

— Je ne vous donnerai pas un centime.

Il écarquilla les yeux. C'était la première fois qu'elle lui refusait quoi que ce soit.

— Cela fait presque dix ans que vous avez quitté Oxford, et vos habitudes restent celles d'un jeune homme qui découvre le vin, les femmes et les cartes pour la première fois !

Elle avait entièrement raison. Il se souvenait encore de sa joie de quitter enfin Oxford et de réinvestir Finchley House sur Cavendish Square, de rencontrer à White's des jeunes hommes de la même trempe pour boire du brandy, jouer au Faro ou d'autres jeux de hasard, et... les femmes ! Pouvait-on jamais se lasser de tels plaisirs ?

Par Dieu, après toutes ces années à se lever à six heures du matin et à évoluer sur des sols de pierre froide pour aller manger sa tambouille et suivre ses leçons, il chérissait à présent le moindre instant passé dans la capitale. Il n'avait jamais été aussi heureux. Il se levait quand il voulait et il n'y avait pas un seul soir de la semaine où il restait à la maison à ne rien faire. Lui et Christopher Perry, David Arlington et Michael Knowles – des camarades de classe d'Eton – étaient toujours prêts à s'amuser. Tous les quatre aimaient les dames, aussi. (Même si on n'aurait pas précisément pu coller à des danseuses d'opéra et des membres du demi-monde l'étiquette de *dames*.) John n'avait pas la moindre envie d'être enchaîné à une épouse guindée et respectable.

Son regard revint se poser sur le tapis.

— Vous avez – comme toujours – raison, Grand-mère.

— Il est temps de vous assagir.

— Cela ne peut-il pas attendre que j'aie trente ans ?

— Au train où vous allez, jeune homme, j'ai peur que vous n'atteigniez jamais les trente ans.

Toutes les femmes étaient-elles enclines à de telles déclarations moroses ? C'était une autre raison valable d'éviter de se passer la corde au cou.

— Je suis très content de ma vie telle qu'elle est.

Il leva vers elle un regard sombre.

— D'ailleurs, je n'ai pas encore rencontré la femme à qui je souhaiterais être enchaî... euh, marié.

— Bien sûr que non ! Vous ne prêtez aucune attention aux dames honorables. Vous êtes-vous déjà rendu à une assemblée à Almack's ?

Il grimaça.

— Pourquoi voudrais-je me rendre dans cet endroit diablement ennuyeux ? Ils ne servent rien de plus corsé que du thé !

Elle le fusilla du regard. Grand-mère, qui l'avait toujours traité avec la plus haute tendresse, ne l'avait jamais *fusillé* du regard.

— Ma résolution est inflexible. J'avais espéré un jour transmettre l'intégralité de ma fortune personnelle à mon seul parent vivant, mais je ne le ferai pas tant que vous n'aurez pas montré plus de maturité que vous ne l'avez fait jusqu'ici.

Elle poussa un soupir.

— Vous avez de la chance que mon père, avant de mourir, ne m'ait pas légué sa fortune alors que votre grand-père et votre père, si dépensiers, étaient encore vivants, car ils l'auraient gaspillée jusqu'au dernier sou.

Il était dommage que les comtes de Finchley n'aient pas eu un sou vaillant et aient été tributaires de la fortune de l'arrière-grand-père maternel de John, qui avait été le brasseur le plus riche des îles Britanniques. Et malgré les paroles de Grand-mère, John aurait souhaité devant Dieu que le brasseur soit mort alors que son beau-fils *était* encore vivant, pour que l'argent devienne la propriété des comtes de Finchley.

— Je ne suis pas certain d'avoir de la chance, si je ne peux pas mettre les mains dessus, protesta-t-il comme un jeune homme récalcitrant.

— Un jour, quand vous trouverez une femme et fonderez votre propre famille, vous me remercierez.

— Mais je n'ai aucun désir d'avoir une femme et des enfants.

Elle plissa les paupières en le dévisageant.

— Les hommes n'ont pas toujours conscience de ce qu'ils veulent. Ce sont des créatures particulièrement résistantes au changement. Mais je sais que lorsque vous vous poserez, vous ferez un mari agréable et un bon père. Depuis que vous êtes tout petit, j'ai vu en vous quelque chose qui faisait défaut autant à votre père qu'à votre grand-père.

Il haussa des sourcils interrogateurs.

— Quoi donc, dites-moi ?

— L'honneur.

* * *

Elle avait beau aimer la mode, Lady Margaret Ponsby se lassait des rituels sans fin de l'habillement et de la mise en beauté, ainsi que des efforts pour se présenter à son avantage dans le but de trouver un mari. Il y avait les visites du matin, les visites privées, les parties de musique, les assemblées et Almack's.

Elle avait à présent vingt-deux ans et, malheureusement, n'était pas fiancée. Sa sœur aînée était mariée et formait un couple heureux depuis plusieurs années. La suivante s'apprêtait à lier sa vie à celle du parlementaire distingué, Richard Rothcomb-Smedley. Et sa plus jeune sœur, Caro, avait refusé onze demandes en mariage. (Tout le monde disait qu'elle se réservait pour un duc.)

Il était admis que Caro et elle ressemblaient presque à des jumelles, mais c'était Caro et son étincelle de vie qui capturait les cœurs de tous les hommes qu'elles rencontraient.

Contrairement à la pauvre Margaret, qui était incapable de soutenir une discussion intelligente avec un gentleman. Non qu'elle soit stupide ; elle était simplement excessivement timide. Maman lui avait dit que c'était la même chose pour l'une de ses sœurs. La seule qui soit restée célibataire.

Sa belle-sœur, la duchesse d'Aldridge, se glissa dans la chambre à coucher de Margaret, croisa son regard avec un sourire affectueux et referma doucement la porte derrière elle.

— Avant d'aller à Almack's, je souhaitais vous parler.

Elle vint s'asseoir sur le rebord du lit à haut baldaquin de Margaret. La duchesse blonde était déjà habillée et irradiait dans sa robe ivoire qui mettait parfaitement en valeur les diamants des Aldridge.

— Sans vouloir me mêler de quoi que ce soit, commença Elizabeth, il est temps que j'aie avec vous la discussion que j'ai eue avec Clair l'année dernière.

Margaret lui jeta un regard interrogateur.

— Je ne savais pas... Oh ! Je comprends à présent ! Clair a seulement commencé à se préoccuper de son apparence après que vous avez épousé notre frère. Que lui avez-vous donc dit pour provoquer une telle transformation ?

— Je lui ai posé une question.

Margaret eut l'air d'autant plus perplexe.

— Laquelle ?

— Je lui ai demandé ce qu'elle attendait de la vie.

— J'ai beau être sa sœur de chair et de sang, j'avais cru jusqu'alors qu'elle se satisfaisait du célibat.

— C'était le cas.

Un sourire adoucit le joli visage d'Elizabeth.

— Mais elle voulait son propre foyer, ses propres enfants et, enfin, un époux pour exaucer ces souhaits.

— Je dirais que ce dernier désir est à présent le premier.

Dès que Clair était en présence de Mr. Rothcomb-Smedley, elle... eh bien, elle avait même appris à flirter, ce qu'elle n'aurait jamais cru la voir faire un jour.

— Ma chère sœur, j'ai vu comme votre attitude fantastique avec les enfants à Trent Square. J'ai vu votre intérêt marqué pour la dévotion de Lydia envers son fils. Personne n'est plus fait pour la maternité que vous.

Margaret ne put s'empêcher de regarder le ventre de la duchesse, rebondi par la grossesse.

— Je suis d'avis que vous ferez une très bonne mère.

Elizabeth était une matriarche de nature. À elle seule, elle avait fait de la maison vétuste du numéro 7 sur Trent Square une demeure pour les veuves et les enfants indigents des officiers tués sur la péninsule.

— Votre frère dit la même chose. J'espère

suivre l'exemple de Lydia.

— Oh, moi aussi ! Je trouve particulièrement triste que la plupart des mères aristocrates confient leurs enfants à des nourrices, des bonnes d'enfants et des gouvernantes. Je veux être comme Lady Lydia.

— Alors j'ai raison. Vous avez envie de vous marier et de devenir mère.

— Plus que tout.

Pour une raison quelconque, elle sentait qu'elle pouvait en révéler davantage sur elle à cette femme – une sœur par mariage – qu'à Caro, la sœur dont elle avait été la plus proche durant toute sa vie.

— J'ai souvent été prise de jalousie envers cette pauvre veuve, Mrs. Leander.

Elizabeth hocha la tête.

— Je sais que vous vous êtes très attachée à son petit garçon.

Margaret hocha la tête.

— Je suis tellement injuste que je me suis lamentée de ne pas pouvoir me l'approprier alors qu'elle en a déjà quatre autres.

— Vous en aurez un à vous. Pour attirer un mari, il vous faudra abandonner votre timidité quand vous êtes en présence d'hommes. Ils prendraient votre réticence pour un manque d'intérêt. Vous êtes, après tout, fille de duc, et tout le monde pense que rien n'est supérieur à un duc.

— J'aurais aimé prendre de meilleures habitudes étant plus jeune. Je crains à présent qu'il ne soit trop tard pour apprendre à un vieux singe à faire la grimace. Je suis manifestement incapable de soutenir une conversation intéressante – ou toute conversation – en présence d'un homme.

— N'y a-t-il pas un homme que vous admiriez ?

Margaret songea au groupe uniforme des jeunes hommes impossibles à distinguer les uns des autres qui évoluaient dans son cercle social. Pas un ne lui avait jamais fait battre le cœur. En réalité, elle n'avait jamais rencontré un homme qui l'affectait de la sorte.

Pour une étrange raison, son esprit alla à l'opulente demeure de la veuve Finchley en face de la leur sur Berkeley Square. Pourquoi Margaret était-elle si fascinée par le petit-fils débauché de cette dame ? Elle n'avait jamais échangé avec lui la moindre parole. Il désertait Almack's et d'autres bastions de respectabilité. Son nom était constamment maltraité dans les journaux, accolé aux types de femmes les moins fréquentables. Et son entourage ! Ses amis étaient tout aussi dévoyés que lui.

Et pourtant, elle entretenait une fascination pour le jeune comte, grand et élancé. Elle avait tendance à courir à la fenêtre de sa chambre dès qu'elle entendait un cheval trotter jusqu'à la maison de la veuve, juste dans l'espoir d'avoir le plaisir de le voir. Elle était devenue presque obsédée par sa beauté sombre.

C'était la même sorte d'obsession qui la poussait à parcourir le journal de son frère tous les jours, cherchant des nouvelles sur les escapades du jeune comte.

Son regard croisa celui d'Elizabeth.

— Non. Je ne connais personne qui m'ait jamais attirée.

— Oh, ma chère. Personne ?

Margaret secoua tristement la tête.

— Il semblerait que je ne sois pas attirée par

des hommes respectables.

Elizabeth lui lança un regard interrogateur.

— Vous ne voulez certainement pas dire que vous êtes attirée par un homme *inéligible* ? Je trouverais cela difficile à croire, compte tenu de votre... eh bien, de votre timidité !

— Je vous autorise à le dire. Je suis effacée. Mais visiblement, la pierre la plus terne sera toujours attirée par le joyau qui brille le plus fort.

— Vous n'êtes pas une pierre ternie.

Le regard de la duchesse alla vers la fenêtre, et elle demeura un instant perdue dans ses réflexions.

— Se pourrait-il... qu'une canaille ait retenu votre attention ?

— Cela se pourrait, mais je n'ai pas encore eu l'occasion de faire sa connaissance.

— Grands dieux, vous ne parlez tout de même pas du comte de Finchley !

Margaret en resta bouche bée.

— Comment le savez-vous ?

— Je ne le savais pas, mais je vous ai vue rester à cette fenêtre pendant de longues heures.

— Je vous en prie, ne songez plus à cette attirance ridicule. Elle ne mènera jamais à rien. Je n'ai même jamais adressé la parole à cet homme.

— Et j'espère que vous ne le ferez jamais ! Il est complètement inéligible.

Le visage d'Elizabeth se radoucit.

— Vous méritez quelqu'un de bien mieux que lui.

* * *

Le notaire de John, le visage grave, leva la tête.

— Jamais, durant les cinq décennies où j'ai exercé le droit, ne m'a-t-on demandé de rédiger un tel document.

Il fronça ses épais sourcils noirs.

— Votre grand-mère est-elle au courant de cette annonce ?

— Pas encore, mais c'est elle qui en est la cause. Si ma grand-mère insiste pour que je me marie, alors c'est le mariage qu'elle aura. Elle n'a jamais dit que je devais être amoureux de la mariée ou bien que nous devions vivre sous le même toit.

Il eut un sourire satisfait en lisant l'annonce parue dans le journal et qui avait attiré plus de trois douzaines de réponses.

Gentleman aux revenus modestes cherche femme de bonne éducation en vue mariage. La future épouse recevra une somme initiale de £100, mais vivra ensuite dans un foyer séparé du futur époux et n'aura aucune autre prétention sur le mari.

— Aussi étrange que cela puisse paraître, je vous assure que le contrat de mariage que j'ai rédigé est parfaitement légal. J'ai mis pour nom d'épouse...

Mr. Wiggington consulta une lettre.

— Miss Margaret Ponsby de Windsor.

— Je l'ai sélectionnée parce que c'est bien le genre de nom qui conviendrait à ma grand-mère.

— Je me suis rendu à Windsor et ai obtenu la signature de la dame sur les contrats.

John était particulièrement content de lui.

* * *

Quelle que fût la situation désespérée dans laquelle John se trouvait, il avait toujours mis un point d'honneur à ne jamais emprunter d'argent à ses amis. Et il n'avait pas d'ami plus proche que Christopher Perry, qui était d'ailleurs riche comme

Crésus. Seul fils après cinq filles, les parents de Christopher Perry l'avaient couvert d'affection, d'attentions et de tout ce que l'argent pouvait leur procurer.

John avait toujours su qu'il pouvait compter sur Perry pour l'extraire de toute difficulté d'ordre pécuniaire, mais c'était une limite qu'il avait toujours préféré ne pas dépasser. Dans son esprit, c'était comme si franchir cette ligne le séparerait de Perry aussi franchement qu'une scie aurait coupé la branche d'un arbre.

Un domestique efficace et particulièrement anglais répondit à la porte du ravissant manoir de Perry sur Picadilly et, reconnaissant immédiatement John, le fit entrer dans la bibliothèque.

— Je vais informer Mr. Perry que Votre Seigneurie est ici.

Un instant plus tard, Peter pénétra nonchalamment dans la pièce. C'était un homme beau, toujours vêtu avec un goût impeccable. À l'observer de près, on aurait peut-être pu distinguer quelques traces des origines familiales de Perry – des bijoutiers de confession juive, une religion abandonnée par sa famille depuis longtemps. Il avait le teint mat associé aux habitants des pays méditerranéens, et un nez proéminent qui possédait la même courbe que ceux dont les ancêtres étaient issus des terres bibliques.

Les Perry avaient entièrement adopté les coutumes anglaises. Feu le père de Perry avait même obtenu un siège à la Chambre des communes.

— Je suis surpris de vous voir debout si tôt, dit Perry en guise de salut. Il n'est que deux heures de l'après-midi. Ne dormez-vous pas d'habitude jusqu'à quatre heures ?

— J'ai dû aller voir mon notaire aujourd'hui pour une question d'importance.

Perry arqua un sourcil.

— J'ai décidé de me marier.

Les yeux sombres de Perry s'écarquillèrent.

— Diable, que me dites-vous ? Qui donc avez-vous l'intention d'épouser ? Attention, si c'est Mary Lyle, je vais vous attacher à cette chaise et ne vous permettrais plus de quitter cette maison.

Il s'était approché de John, mais en entendant sa déclaration, il avait modifié sa trajectoire et était allé prendre une bouteille de porto.

— C'est l'occasion de trinquer. Voulez-vous vous joindre à moi ?

— Je ne vais pas me faire prier.

Une fois que Perry eut rempli deux verres et en ait tendu un à son ami, John dit :

— Ce n'est pas Mary Lyle. Cela fait plus d'un mois que je ne l'ai pas vue. Depuis que j'ai dû vendre ma calèche.

Perry, hochant la tête d'un air entendu, se laissa tomber sur une chaise près de John.

— Un titre ne suffit pas toujours à impressionner les dames.

Ce fut au tour de John de hausser un sourcil.

— Je ne la prends pas spécialement pour une dame.

— Non, je suppose que non.

Perry avala une longue gorgée de porto.

— Je vous connais trop bien. Vous ne vous pouvez pas vous marier, car je l'aurais su, si cela vous intéressait.

Il haussa exagérément les épaules.

— Une horrible affaire, le mariage.

John avala la moitié de son verre.

— Ce n'est pas moi qui vais vous contredire.

— Alors dites-moi à quoi vous faites référence en parlant ainsi de mariage ?

John lui fit part des détails de son plan.

— Ainsi, vieux frère, je vais vous demander d'être mon témoin dans ce mariage de façade. Et j'ai besoin que vous me fournissiez les cent livres que j'ai promises à la mariée qui me rend service. Je vous rembourserai dès que ma grand-mère aura légué son bien à l'homme *mature* qu'elle pense que le mariage fera de moi.

— Bien entendu, mon cher. N'importe quoi pour un ami.

John se leva et lui serra la main.

— Et si la dame est un véritable dragon ?

Perry plissa le visage comme s'il venait de sucer des citrons pourris.

— Je prie pour ne la rencontrer qu'une seule fois.

Perry se redressa et le raccompagna à la porte.

— Me retrouverez-vous à St-George demain matin ? demanda John.

— St-George sur Hanover Square ?

John hocha la tête.

— Et amenez les cent livres pour payer mon épouse.

— Quel mot horrible. *Épouse.* C'est comme de se réveiller après avoir bu deux bouteilles de brandy.

— Ce n'est pas une véritable épouse.

— Dites-moi, Finch, votre grand-mère nous retrouvera-t-elle à St-George dans la matinée ?

— Je l'ai invitée, mais je ne lui ai pas révélé ce qui allait se produire.

* * *

Le lendemain matin, la malheureuse célibataire, Margaret Ponsby, se tenait devant la chapelle de St-George dans le domaine du château de Windsor. Le jour de son mariage qu'elle avait attendu pendant quarante-six ans paraissait à présent n'être rien de plus qu'une cruelle plaisanterie. Son promis, Mr. Beauclerc, aurait dû l'y rejoindre il y avait plus d'une heure. Au début, elle avait cru qu'on lui faisait une blague cruelle, mais personne ne l'avait forcée à répondre à cette annonce dans le *Morning Chronicle.* Il y avait également le fait que le clerc du notaire s'était donné une peine considérable pour obtenir sa signature sur le contrat de mariage.

Chapitre 2

Depuis sa conversation avec Elizabeth, l'esprit de Margaret avait été occupé par les sages considérations de sa sœur. Ce qu'elle désirait le plus, elle devait bien l'admettre, était d'être mariée et d'avoir des enfants. Elle avait ainsi décidé de prier avec ferveur d'être attirée par des gentlemen *dignes de son choix*.

Elle se demandait quel ancêtre perverti lui avait transmis cet attrait mystérieux pour un célibataire particulièrement *inéligible*. Pourquoi ne pouvait-elle pas être comme Clair ? Clair pouvait s'exprimer intelligemment sur n'importe quel sujet – et elle était attirée par un homme hautement respecté. Dans ses rêves les plus fous, Margaret n'aurait pu imaginer Clair envisager une quelconque association avec un dévergondé notoire.

Accompagnée de sa bonne, Margaret s'était promenée en silence à travers Green Park et flânait à présent sans but précis dans les rues de Mayfair. Elle préférait les journées où elle avait un objectif, celles où elle avait la possibilité de voir les enfants à Trent Square. Elle ressentait un sentiment d'accomplissement en leur enseignant le piano. Ils étaient comme de petites éponges enthousiastes et tous avaient réalisé des progrès extraordinaires.

S'approchant de Hanover Square, elle décida d'entrer dans l'église qui s'y trouvait. Elle allumerait un cierge et prierait pour ressembler davantage à Clair, afin d'être attirée par un gentleman honorable.

Elle pourrait aussi allumer un deuxième cierge et prier le Seigneur de lui offrir la capacité de communiquer avec les messieurs. C'était une malédiction que d'être maladivement timide.

L'énorme porte en bois massif s'ouvrit en grinçant. Il faisait sombre et froid à l'intérieur, mais elle avait l'église pour elle toute seule. Elle descendit l'allée centrale et se dirigea vers un autel latéral où elle alluma un cierge puis tomba à genoux et se mit à prier.

Seigneur Dieu, je me sens horriblement égoïste de gâcher Votre précieux temps par ma requête insignifiante, particulièrement alors que j'ai conscience des nombreux privilèges dus à ma naissance. Je vous suis profondément reconnaissante de m'avoir placée dans une famille aimante. Je vais continuer à veiller sur les moins fortunés, que Vous répondiez ou non à ma prière. Elle est la suivante : je Vous supplie de me guider vers un homme noble. (Et ce serait parfait si je pouvais me débarrasser de mon éternelle timidité.)

La porte s'ouvrit et elle entendit des voix masculines. Puisque c'étaient des voix d'hommes de qualité, elle se dit que l'un d'entre eux devait être le vicaire. Se souviendrait-il d'elle ? Il se souviendrait certainement de Caro. Tout le monde se souvenait toujours de sa sœur si vive. Peut-être la prendrait-il pour sa sœur plus populaire.

Puisque c'était dans sa nature d'être aussi discrète que possible, elle continua de regarder la flamme vacillante du cierge et de prier son Père Tout-Puissant de corriger son attitude déplorable.

À sa surprise la plus totale, elle entendit des pas se diriger vers elle et un instant plus tard, un homme dit :

— Êtes-vous Miss Ponsby ?

Techniquement, elle l'était, même si on s'était toujours adressé à elle en tant que *Lady* Margaret Ponsby. Personne ne l'avait jamais appelée simplement *Miss* Ponsby. Elle était, après tout, la fille d'un duc. Le vicaire aurait dû le savoir. Elle se tourna pour le regarder.

Mais ce n'était pas le vicaire. C'était Lord Finchley !

Il baissait les yeux vers elle.

Comment savait-il son nom ?

La veille, elle avait affirmé qu'aucun homme n'avait jamais fait s'emballer son cœur. Ce n'était plus le cas.

Elle n'aurait pu lui répondre même si sa vie avait été en jeu. Elle détourna le regard. Elle parvint simplement à hocher la tête.

Même si elle aurait souhaité se régaler du spectacle de sa beauté suprêmement masculine, elle était trop timide pour le regarder.

— Miss Margaret Ponsby ?

Détournant le regard, elle hocha à nouveau la tête. Comment donc connaissait-il son nom ?

— Avez-vous amené quelqu'un avec vous ?

Elle hocha la tête. En quoi cela le regardait-il ? Elle n'en avait aucune idée.

— Très bien. Mon ami Perry – Christopher Perry – sera mon témoin.

Il se tourna pour s'adresser à son compagnon.

— Sois gentil et donne les cent guinées à la dame.

À présent, l'autre homme s'approcha d'eux. Seigneur Dieu, allait-il lui donner de l'argent ?

Avait-il entendu parler des nécessiteux de Trent Square ? Elle était certaine qu'elle pourrait y utiliser l'argent à bon escient.

Sa Seigneurie n'était peut-être pas aussi dissolue qu'elle voulait bien le faire croire.

Christopher Perry lui tendit une bourse pesante.

Elle retrouva l'usage de la parole.

— Je vous remercie, murmura-t-elle d'une voix rauque tout en plaçant l'argent dans son réticule.

Près du sanctuaire, une porte latérale s'ouvrit et elle leva la tête, voyant que le vicaire s'y tenait, paré de ses vêtements sacerdotaux.

— N'allez-vous pas m'accompagner jusqu'à l'autel, Miss Ponsby ? demanda Lord Finchley.

Gardant les yeux baissés, elle se redressa et fit ce qu'il lui demandait. Il n'était pas dans sa nature de contredire un gentleman. Elle était bien trop obéissante. Et timide.

— Où est votre compagne ? demanda-t-il.

— Ma bonne est à l'arrière de l'église.

Elle fut plutôt étonnée d'avoir été capable de formuler une phrase entière.

— Il faudra qu'elle signe le certificat de mariage, dit le vicaire.

Mariage ? Sa Seigneurie avait dû avoir l'intention de se marier. Aujourd'hui. Cela expliquait pourquoi le vicaire était vêtu de la sorte.

Elle se sentit soudain particulièrement défaite. Son côté décent savait à quel point Lord Finchley ne lui convenait pas. Toutefois, la perspective qu'il puisse épouser une autre femme était comme de songer à la mort d'un proche. Elle fut prise de jalousie envers son épouse. Quelle honte de manifester l'un des sept péchés mortels dans la maison du Seigneur, mais elle ne parvint pas à réprimer la jalousie marquée qui imprégnait chacun des pores de son corps.

À sa grande surprise, Sa Seigneurie lui offrit sa main. Toujours complaisante et obligeante, elle plaça sa main gantée dans la sienne et se redressa. Il la mena jusqu'à l'autel.

Son cœur se mit à battre la chamade – un événement très singulier, assurément. Où était la mariée ? Lord Finchley devait souhaiter que Margaret soit témoin de la cérémonie.

Elle était réellement étonnée qu'il connaisse son nom. Bien entendu, elle connaissait sa grand-mère, mais elle ne s'était jamais retrouvée face à face avec son petit-fils. Jamais.

Sa première pensée fut qu'il l'avait confondue avec Caro. Les hommes se souvenaient toujours de Caro, et il y avait une forte ressemblance entre les deux sœurs. Mais il l'avait distinctement appelée Miss *Margaret* Ponsby.

— Êtes-vous prêt à commencer, Votre Seigneurie ? s'enquit le vicaire.

Lord Finchley hocha la tête.

Si elle n'avait pas été aussi timorée, Margaret l'aurait interrogé sur la mariée. Ce mariage devait-il se faire par procuration ? Sa Seigneurie avait peut-être besoin qu'elle prenne la place de la mariée. Comme c'était dommage de ne rien pouvoir faire d'autre que de rester à ses côtés et de prier pour qu'il ne détecte pas le tremblement qui s'était emparé d'elle.

La faisant redoubler de surprise, Lord Finchley prit sa main dans la sienne. En vingt-deux ans d'existence, aucun homme ne lui avait jamais pris la main. L'intimité de ce simple geste manqua la submerger. Elle n'avait encore jamais été visitée par des pensées déplacées dans la maison du Seigneur. Jusqu'alors...

Il était parfaitement honteux que ce contact de leurs mains ait éveillé une étrange sensation au creux de son corps. Seigneur Dieu ! S'ajoutant à son péché d'envie (car elle avait beau essayer, elle ne pouvait réprimer sa récente jalousie pour la promise de Lord Finchley), il se manifestait à présent un tout nouveau sentiment de désir ! Si elle demeurait plus longtemps dans la maison du Seigneur, quels autres vices la souilleraient-ils ? Elle pourrait peut-être ne plus jamais avoir le droit de pénétrer dans un endroit aussi sacré. Un ancêtre reculé des Ponsby avait dû la maudire.

Elle se trouvait dans un tel état d'agitation qu'elle ne prêta aucune attention aux paroles du vicaire. Jusqu'à ce qu'il s'adresse à Lord Finchley.

L'homme qu'elle avait adulé de loin se tourna vers elle, lui tenant les deux mains, et il la regarda dans les yeux.

Le vicaire prit la parole.

— Acceptez-vous, John Beauclerc, de prendre cette femme pour épouse...

Lord Finchley hocha la tête.

— Oui.

Un instant plus tard, le vicaire s'adressa à elle.

— Acceptez-vous, Margaret Ponsby, de prendre John pour époux ?

La timide Lady Margaret n'aurait jamais songé à faire de vagues. Manifestement, ces deux hommes voulaient qu'elle réponde par l'affirmative. Alors elle hocha la tête.

Le vicaire au crâne dégarni lui adressa un léger sourire.

— Répétez après moi. Moi, Margaret Ponsby...

Elle déglutit. Elle leva les cils et regarda Sa

Seigneurie dans les yeux. Ils étaient noirs et intenses, et elle était étonnamment consciente de la connexion qui existait entre eux, consolidée par leurs mains enlacées. Suivant le vicaire, elle prononça l'intégralité de la longue phrase sans hésiter.

— Moi, Margaret Ponsby... vous prends, John Beauclerc, pour époux, à partir de ce jour, pour le meilleur et pour le pire, dans le bonheur et dans les épreuves, dans la santé et dans la maladie, pour vous aimer, vous soutenir et vous obéir, jusqu'à ce que la mort nous sépare, selon la sainte ordonnance de Dieu, et c'est pourquoi je vous fais cette promesse.

Pourquoi ne lui avait-on pas demandé de prononcer le nom de l'épouse absente ? Margaret l'ignorait. Dressée là dans le sanctuaire, leurs mains enlacées, elle s'autorisa à imaginer quel bonheur ce serait que d'épouser John Beauclerc, comte de Finchley.

Quand le vicaire demanda à Sa Seigneurie de passer la bague au doigt de Margaret, une voix de femme les interrompit.

Margaret et Lord Finchley firent brusquement volte-face et virent la comtesse douairière se relever lentement de la place qu'elle occupait au premier banc avant de se diriger vers eux.

— Je souhaite que Lady Margaret reçoive cette bague en émeraude. Elle a été transmise à chacun des comtesses de Finchley au long des deux cents dernières années.

Oh, mon Dieu. Elle ne pouvait vraiment pas prendre les émeraudes de la véritable comtesse. Mais, bien entendu, Margaret était bien trop réservée pour protester.

Lord Finchley écarquilla les yeux.

— *Lady* Margaret ?

La douairière tendit à son petit-fils l'anneau incrusté d'émeraudes.

— Vous vous êtes très bien débrouillé, John. Et dire que notre nouvelle comtesse est la fille d'un duc !

Chapitre 3

John était incapable de dire quoi que ce soit. Seigneur Dieu, cette jeune femme était-elle la sœur du voisin de sa grand-mère sur Berkeley Square, le duc d'Aldridge ? Des souvenirs isolés accostèrent son esprit engourdi. Le nom de famille du duc d'Aldridge n'était-il pas Ponsby ? Pas étonnant que cette Margaret lui semblât si familière. Il l'avait certainement vue entrer et sortir d'Aldridge House des dizaines de fois au fil des années. Mais comment diable s'était-elle retrouvée ici ce jour-là ?

La terreur le parcourut. *Windsor.* Oh, Seigneur Dieu, la chapelle du château de Windsor n'était-elle pas également appelée St-George ? Il ne doutait pas à présent que la Miss Margaret Ponsby de Windsor – la dame qui avait répondu à son annonce – se trouve au même moment à la chapelle de St-George, attendant son promis... et ses cent livres.

Comment diable *Lady* Margaret Ponsby s'était-elle retrouvée au St-George de Hanover Square à l'instant précis où il avait prévu son simulacre de mariage ? Il n'en avait touché mot à nul autre qu'à son notaire, à Perry et – au dernier moment – à sa grand-mère. Personne d'autre n'était au courant pour la cérémonie, et il était relativement certain qu'aucune des parties dans la confidence n'en aurait parlé à Lady Margaret.

Même en prenant en compte la ridicule coïncidence des patronymes, pourquoi avait-elle consenti à laisser se dérouler la cérémonie ? Il ressentit une répulsion instantanée pour cette satanée bonne femme. Si elle pensait le prendre au piège d'un véritable mariage, elle délirait.

Cette vieille fille sournoise et manipulatrice avait même accepté la bague en émeraude des Finchley !

Il aurait bien aimé que son notaire soit présent. Il avait besoin de conseils pour savoir comment dissoudre ce mariage.

Il avait également besoin d'avoir quelques mots en privé avec cette... cette usurpatrice. Ce qui n'allait pas être facile, puisque sa grand-mère faisait des cajoleries à cette fausse épouse Finchley avec toute la révérence que l'on aurait accordée à une reine.

— Et où est le duc ? demanda Grand-mère à Lady Margaret.

— Il assiste à la cour d'assises dans le Middlesex.

— Feu mon époux détestait ces journées passées à subir la cour d'assises.

Grand-mère baissa la voix.

— J'espère que votre frère ne se vexe pas que vous épousiez un... présumé vaurien, car je peux vous assurer que Finchley se montrera un homme de bien ainsi qu'un bon mari. Il n'avait besoin que de l'influence d'une épouse pour l'assagir.

— Mon frère n'a pas été consulté. Je suis majeure, dit Lady Margaret.

Cela expliquait pourquoi elle n'avait pas eu besoin d'obtenir le consentement du duc, son frère, pour ce mariage. De toute sa vie, John n'avait pu tolérer l'idée de frapper une femme. Jusqu'alors. Il était possédé par l'envie de gifler cette inconnue dont le subterfuge l'avait pris au piège. Bien entendu, il n'aurait jamais pu lever la main sur une femme.

Le meilleur espoir de John était que son frère le duc insiste pour dissoudre le mariage de sa sœur à une canaille notoire. Il devait parler à Wiggington afin de voir comment il fallait s'y prendre pour s'extirper d'une telle embrouille ecclésiastique.

— Je vais donner un bal pour présenter au beau monde le comte et la comtesse de Finchley.

Grand-mère regarda John.

— Dans deux semaines, cela vous conviendrait-il ?

Il haussa les épaules.

— Euh, cela pourrait perturber notre... voyage de noces, dit-il avec un sourire forcé. C'est très gentil de votre part d'être venue aujourd'hui, Grand-mère, mais j'ai vraiment hâte d'être avec mon... épouse.

Sa grand-mère jeta les bras autour de lui pour une longue étreinte.

— Je suis tellement contente que vous ayez choisi de vous marier, et je ne pourrais pas être plus satisfaite de votre choix. Lady Margaret fera une comtesse fantastique.

Elle baissa d'un ton pour murmurer :

— J'espère que cela lui permettra également de se débarrasser de sa timidité.

Puis sa grand-mère se dirigea vers Lady Margaret et serra cette... cette femme... contre elle en lui adressant de douces paroles.

John saisit cette opportunité pour rejoindre Perry et il leva les yeux au ciel.

— Vous ne m'aviez pas dit que vous épousiez la fille d'un duc !

— C'est une immense confusion. Je vous

expliquerai tout plus tard.

— Je ne vois pas comment vous allez pouvoir poursuivre à présent votre idée de l'abandonner. Vous savez qu'Aldridge a la réputation de menacer de duels les hommes qui s'en prennent à ses sœurs. Vous souvenez-vous de cette affaire avec Morton ? Il n'est toujours pas revenu en Angleterre. Aldridge a menacé de le tuer s'il s'y risquait.

Comment John était-il parvenu à tout gâcher de la sorte ?

— Il y a cependant un avantage, murmura Perry.

John jeta un œil à sa grand-mère qui papotait gaiement avec cette... cette *Lady* Margaret comme s'il n'existait pas.

— Je ne vois pas l'avantage qui pourrait en résulter.

— Vous avez besoin d'argent, n'est-ce pas ?

— Assurément.

— On dit que les sœurs du duc d'Aldridge ont trente mille livres de dot.

John en resta bouche bée. Trente mille livres représentaient une somme extraordinaire. Il ne lui était jamais venu à l'esprit auparavant d'épouser une héritière afin de se tirer de ses difficultés financières. C'était parce qu'il n'avait jamais auparavant eu envie d'être enchaîné à une quelconque femme. Et particulièrement *pas* à la sœur cadette du puissant duc d'Aldridge.

Sa grand-mère prit enfin congé et redescendit gaiement la nef. Le vicaire était parti et la bonne de Margaret était assise en silence sur le banc du fond. Il ne restait que John, Perry et la femme à laquelle il venait malheureusement de se lier. Il effectua les présentations entre Perry et Lady

Margaret.

Peter arborait un large sourire et eut l'air excessivement fier de lui quand il dit :

— Je crois qu'au lieu de l'appeler Lady Margaret, elle sera désormais connue en tant que Lady Finchley.

La simple idée que cette... cette femme soit son épouse rendait John malade. Il plissa les paupières.

— Vous avez sans doute raison. À présent soyez brave et laissez-moi seul avec... mon épouse.

Une fois que Perry eut quitté l'église, John se tourna vers elle. Au moins, elle n'était pas laide. S'il ne lui en avait pas autant voulu, il aurait même pu la trouver jolie. Elle n'était certes pas une beauté. Mais elle était relativement mignonne avec une chevelure de la couleur de l'écorce et des yeux verts. Ou bien étaient-ils bleus ? Peut-être était-ce une combinaison des deux. Il n'y avait rien non plus d'offensant dans sa silhouette et elle était vêtue avec un étonnant bon goût, quoique sa robe de mousseline légère fût aussi discrète qu'elle. Rien en elle n'aurait jamais invité un regard insistant.

— Je vous prie de venir vous asseoir à mes côtés afin que nous puissions discuter de... notre situation.

Ils se dirigèrent vers le banc du premier rang. Il dut se retenir de ne pas exploser. Il était tellement contrarié qu'il avait envie de lui crier dessus, mais, ayant besoin de s'assurer de sa coopération, il ne pouvait pas se permettre d'être agressif envers elle.

— Madame, je suis curieux de savoir pourquoi vous avez accepté ce... mariage. Ce n'est pas comme si nous nous étions déjà rencontrés. Comment vous êtes-vous retrouvée ici à l'heure même où j'étais censé épouser une inconnue du nom de Margaret Ponsby ?

Elle baissa les cils et il vit qu'elle tremblait. Mais elle ne répondit pas. Il se souvint que sa grand-mère lui avait dit que Lady Margaret était timide. Était-ce pour cela qu'elle ne répondait pas à sa question ?

Au bout de quelques moments, elle leva les yeux vers lui.

— Puis-je vous demander, Votre Seigneurie, pourquoi vous épousiez une étrangère ?

C'était une question valide.

— Je ne possède pas de fortune personnelle et ma grand-mère, qui a particulièrement hâte de me voir assagi, refusait de me verser le moindre argent avant que je ne sois marié.

Elle resta silencieuse un instant avant de parler.

— Alors vous n'aviez pas – et n'avez toujours pas – l'intention que cela soit un véritable mariage ?

Au moins, elle n'était pas stupide. Terriblement effacée, mais pas stupide.

— C'est correct.

— J'admets, Votre Seigneurie, que je suis toujours déconcertée par tout ceci. Pourquoi donc aviez-vous eu l'intention de m'épouser ?

Il ressentit une bouffée de colère. *Je n'avais diable pas l'intention d'épouser la sœur du duc d'Aldridge.* Mais il devait contrôler ses émotions et s'adresser rationnellement – et même avec égards – à cette femme.

— J'avais correspondu avec une Miss Margaret Ponsby de Windsor. Nous ne nous sommes jamais rencontrés.

Elle écarquilla les yeux.

— C'est l'une de mes cousines éloignées, Votre Seigneurie. Vous parlez de la vieille fille qui a près de cinquante ans ?

Il grogna intérieurement.

— Je ne sais rien d'elle. Elle a répondu à mon annonce et était prête à effectuer la cérémonie contre la somme de cent livres.

— Oh, non ! J'avais cru que vous – ou Mr. Perry – me donniez cet argent pour notre maison pour les veuves de guerre !

Elle mit la main dans son réticule et lui rendit la bourse.

— Tenez. Vous devez donner ceci à Miss Ponsby de Windsor. Je crois qu'elle en a bien besoin.

Marmonnant dans sa barbe, il saisit la bourse.

— À présent, Madame, je vous prie de me dire pourquoi vous avez accepté cette cérémonie.

Même si John n'était pas vaniteux, il savait que les femmes le trouvaient attirant. Cette femme avait-elle prévu de le prendre au piège du mariage ?

Une fois encore, elle mit un moment avant de répondre. Enfin, elle leva les cils.

— Je pensais remplacer une épouse par procuration.

— Mais je vous ai demandé si vous étiez...

Il referma la bouche d'un coup.

— J'étais surprise que vous connaissiez mon nom.

Elle savait visiblement qui il était. Il aurait presque pu croire que Grand-mère lui avait imposé cette fille de duc. Presque. Sa grand-mère était incapable de la moindre tromperie. Son aïeule étant la personne la plus honnête qu'il ait jamais rencontrée, il savait qu'elle n'aurait jamais fait quelque chose d'aussi fourbe.

— Eh bien, c'est devenu un véritable bourbier. Je suis désolé de vous avoir mêlée à ma vie chaotique. Je vais voir si mon notaire peut s'arranger pour dissoudre toute cette histoire de mariage.

Elle hocha solennellement la tête.

— Je vous serais obligé de ne pas en toucher mot à quiconque.

Elle fronça les sourcils en acquiesçant à nouveau.

— Je viendrai vous trouver à Berkeley Square, ou bien je vous écrirai lorsque j'en saurai davantage.

* * *

Wiggington se cala contre le dossier de sa chaise et observa John d'un air grave.

— La loi est très claire sur la question de l'annulation. On ne peut accorder une annulation que si l'un de vous deux est en mesure de prouver que vous étiez mentalement déficient avant le mariage.

Les premières pensées de John allèrent au duc d'Aldridge. Il y avait peu de chances pour qu'il permette à sa sœur d'être ridiculisée pour avoir épousé un fou.

— Et, Monseigneur, je vous assure que vous ne voulez *pas* saisir la Chambre des Lords pour qu'elle vous accorde un divorce. La dépense conséquente ainsi que la publicité encourue rendent cette option rédhibitoire.

En premier lieu, John ne possédait pas les fonds pour demander un divorce, et ensuite, le duc d'Aldridge ne laisserait jamais sa sœur faire l'objet d'un scandale aussi public. Qu'allait-il faire ? Il savait que Wiggington devait trouver son client bien imbécile. Ne lui avait-il pas dit que ce contrat de mariage était le document le plus irrégulier qu'il ait jamais vu ?

— Pourquoi, Monseigneur, ne pouvez-vous pas poursuivre selon votre première intention qui était de demeurer séparés après la cérémonie ?

— Parce que mes plans d'origine ne comportaient pas un mariage avec la sœur du duc d'Aldridge ! J'avais cru que j'épouserais une inconnue, une vieille fille qui aurait été contente d'accepter les cent livres que je lui offrais. Mais voilà, j'ai épousé l'une des voisines de ma grand-mère.

Il fronça les sourcils.

— Elle semblait enchantée de cette union.

— Êtes-vous bien certain de ne pas pouvoir rester séparé de la sœur du duc ? Si votre grand-mère est tellement contente, elle ne manquera pas à présent de vous ouvrir les cordons de sa bourse.

John secoua la tête.

— Elle s'attendra à ce que je reste collé aux basques de cette femme. Croyez-moi, je sais comment pense ma grand-mère.

— Et je suppose qu'il est désagréable pour vous de rester collé aux basques d'une femme ?

— Terriblement, oui.

Wiggington haussa les épaules.

— J'aimerais pouvoir vous aider, mais je n'en ai pas le pouvoir.

— Je pourrais continuer comme si aucun mariage ne s'était produit, mais quid de Lady Margaret ? Je me sens coupable de l'avoir privée de l'opportunité de s'unir à l'homme de son choix.

À présent qu'il avait eu le temps de réfléchir à

la situation, il lui en voulait moins. Il avait également compris que sa timidité avait justifié son incapacité à protester contre le vicaire ou lui-même durant la cérémonie de mariage.

— Oh, mon Dieu. Je n'avais pas songé à la situation de cette malheureuse femme.

John se redressa.

— Je compte sur vous pour consulter des avocats et des notaires, et pour voir si vous pouvez trouver quelque chose dans la jurisprudence qui me permettrait de dissoudre cette union désastreuse.

Il quitta en trombe le bureau de son notaire.

Il avait l'intention de se saouler correctement avec Perry, Arlington et Knowles. Se retrouver en compagnie de ses trois camarades bambocheurs le tirerait bien de sa morosité.

* * *

Comme l'avait requis son époux, Lady Margaret ne toucha mot à quiconque de ce faux mariage, mais il occupa tout de même l'intégralité de ses pensées durant toute cette journée et celle du lendemain. Il était impossible de ne pas se souvenir de ce que cela lui avait fait de se retrouver debout au côté de Lord Finchley, les mains unies, tandis qu'ils se promettaient leur amour devant Dieu et les hommes. Quelque chose dont elle n'avait jamais encore fait l'expérience l'avait saisie quand ils s'étaient tenus devant cet autel. Elle s'était prise à croire qu'elle liait véritablement sa vie à la sienne. Son cœur avait fait un bond quand elle l'avait entendu prononcer son nom pendant qu'il récitait les vœux de mariage.

Elle savait qu'elle devait être totalement dénuée de fierté pour envisager de faire de son faux mariage un mariage réel, même si elle dirigeait manifestement toutes ses pensées dans cette direction précise. Elle savait que même si elle vivait jusqu'à l'âge de quatre-vingt-dix ans, elle ne trouverait jamais d'homme qui surpasserait Lord Finchley en termes d'attirance, pure et débridée. Franchement, il n'existait pas d'autre homme qu'elle aurait souhaité posséder. Juste lui.

Elle se souvint également des paroles de sa grand-mère quand elle avait dit à Margaret qu'il ferait un époux fantastique. Était-ce vrai ? Rien n'aurait pu lui faire davantage plaisir que de devenir sa femme.

En personne, Lord Finchley était un petit peu plus grand qu'elle l'avait cru. Et même si elle l'avait toujours trouvé légèrement mince, en réalité, elle se rendait compte qu'il émanait de lui une puissance féline, particulièrement dans ses cuisses musclées qui étaient alors gainées d'un pantalon bien coupé. Même s'il était bien mis, son attitude et le nœud simple de sa cravate, ainsi que l'absence d'accessoires en diamants ou d'éperons que les autres hommes trouvaient nécessaires, témoignaient d'une insouciance qu'elle trouvait attirante.

Elle eut du mal à respirer quand elle se rappela avoir contemplé la perfection de son jeune visage. Il avait toujours sur ses traits quelque chose d'un garçon insouciant. Peut-être était-ce la façon dont sa chevelure acajou tombait nonchalamment sur son front, juste au-dessus de ses yeux noirs à l'éclat diabolique. Margaret soupçonnait que le sourire qu'il avait adressé à sa grand-mère était le même que celui qu'il arborait lorsqu'il n'était qu'un garçon espiègle. Car Margaret ne doutait pas qu'il ait été un garçon espiègle. Et un jeune homme dissolu.

C'était sa regrettable malédiction d'être animée par une attraction inébranlable pour un vaurien des plus notoires.

De toute sa vie, elle n'avait jamais eu de secret pour Caro – hormis son adulation secrète pour Lord Finchley.

Et à présent, elle n'informerait pas Caro de ce mariage. Elle avait donné sa parole à Lord Finchley de ne parler de ce mariage à personne, et de toute sa vie, Margaret n'avait jamais proféré un mensonge. (Enfin, hormis la fois où elle avait avoué à leur gouvernante que c'était elle – et non Caro, la véritable coupable – qui avait jeté les livres de français au feu.)

Il était difficile de ne pas relater à Caro un événement d'une telle importance. Mais sa sœur ne comprendrait pas pourquoi c'était si important, car durant toute leur vie, Margaret n'avait jamais parlé à Caro de son adoration pour Lord Finchley.

Il était encore plus difficile de ne pas discuter du « mariage » avec la duchesse. La femme de son frère était la seule personne à connaître les sentiments profonds de Margaret pour Sa Seigneurie. Et même si elle n'avait pas été tenue par sa parole à Lord Finchley, elle ne se serait malgré tout pas confessée à Elizabeth, car elle savait que celle-ci partageait tout avec Aldridge, et Margaret était terrorisée en songeant à la réaction de son frère quand il apprendrait qu'elle avait épousé un vaurien joueur, coureur de jupons et porté sur la bouteille. Les menaces d'Aldridge contre le vicomte de Morton étaient toujours mentionnées à voix basse dans la famille, même si personne ne savait précisément ce qu'avait fait

Lord Morton à Sarah pour mériter un tel mépris.

La deuxième nuit, même si son corps était douloureusement fatigué, elle se trouva toujours incapable de dormir. L'aube pointait presque lorsqu'une idée géniale se présenta à elle. Elle se redressa brusquement dans son lit, le cœur battant d'excitation.

Elle se dit qu'elle avait peut-être trouvé le moyen d'offrir à Lord Finchley et à elle-même ce qu'ils désiraient le plus.

Il ne lui restait plus qu'à présenter son plan.

Chapitre 4

Elle détesta ne pas se rendre à Trent Square ce jour-là. Au niveau personnel, travailler avec les enfants était la chose la plus gratifiante que Margaret ait jamais faite. Mais son futur tout entier pouvait dépendre de ce qui allait se dérouler entre elle et Lord Finchley au cours de cette journée.

Pour éviter de mentir à Caro et Elizabeth, elle demeura simplement dans son lit ce matin-là après l'heure désignée pour commencer sa toilette, et lorsque Caro s'en enquit, elle soupira et dit :

— Cela me fait peine, mais je suis parfaitement incapable de me rendre à Trent Square aujourd'hui.

Caro, tout naturellement, en déduisit que Margaret ne se sentait pas bien et lui communiqua une longue liste de précieux conseils pour accélérer sa guérison.

Dès que ses sœurs eurent quitté Aldridge House, Margaret sauta hors de son lit, sonna sa bonne et lui donna les instructions suivantes :

— Faites de moi une grande beauté.

Secrètement, elle savait que c'était impossible, mais il était impératif qu'elle paraisse la plus jolie possible.

Après mûre réflexion, elle choisit une robe de matinée vert forêt. À chaque fois qu'elle avait porté cette tenue de mousseline légère et près du corps, elle avait reçu de nombreux compliments.

En plus d'être la couleur qui lui seyait le mieux selon elle, elle mettait sa poitrine en valeur plus que ses autres robes. C'est-à-dire qu'au lieu de ressembler à un petit garçon, lorsqu'elle portait la robe vert forêt, celle-ci accentuait ses *atouts* féminins.

Vêtue de la sorte, elle s'assit à sa commode, regardant intensément Annie qui la coiffait. Cette fille était si douée que Margaret la croyait capable de changer un pinceau en une fleur. En moins de vingt minutes, la jeune camériste était parvenue à transformer la masse terne et emmêlée des cheveux de Margaret en une coiffure digne d'une déesse grecque.

Quand Margaret se redressa et s'observa dans le miroir, les yeux d'Annie étincelèrent.

— Madame, je crois que nous avons été à la hauteur de vos espérances. Vous êtes une véritable beauté.

Margaret savait qu'elle ne serait jamais une beauté aussi remarquable que la belle-sœur d'Elizabeth, la marquise de Haverstock, mais elle se satisfaisait de ne pas pouvoir être plus belle qu'elle l'était cet après-midi-là.

Elle avait aussi beaucoup réfléchi au meilleur moment pour se présenter à Finchley House. Elle avait quelque expérience avec les vauriens, car ses deux plus jeunes frères – qui servaient à présent sous Wellington – se comportaient terriblement avant qu'Aldridge ne leur procure une commission et ne les force à s'engager dans l'armée. Ils s'étaient rendus coupables de tous les actes qui faisaient la notoriété de Lord Finchley. Ils avaient évité Almack's et la possibilité de rencontrer des jeunes femmes correctes, parié plus d'argent qu'ils n'en possédaient, eu un penchant pour fréquenter des danseuses d'opéra et absorbé de grandes quantités d'alcool quasiment jusqu'à l'aube, dormant ainsi jusqu'au beau milieu de l'après-midi.

Elle était raisonnablement certaine que Sa Seigneurie serait endormie dans son lit quand elle se présenterait à Finchley House sur Cavendish Square.

Elle quitta discrètement sa maison et entama le court trajet vers Cavendish Square, faisant un détour pour s'arrêter un instant à St-George afin d'y faire brûler un cierge. Elle tomba à genoux et pria pour ne pas tomber dans son mutisme habituel quand elle tenterait de parler à Lord Finchley.

Après avoir quitté Hanover Square, elle répéta ce qu'elle allait dire. D'abord, elle se força à essayer de suivre l'exemple de Caro. De toute sa vie, celle-ci n'avait jamais perdu ses mots. *Je dois faire semblant d'être Caro.* Aussi se prépara-t-elle mentalement au péché qu'elle allait commettre.

Car à l'âge de vingt-deux ans, Lady Margaret Ponsby s'apprêtait à prononcer son deuxième mensonge.

Quand elle pénétra sur Cavendish Square, son cœur se mit à battre la chamade. Elle savait précisément quelle maison appartenait au comte de Finchley. Elle le savait depuis qu'elle était toute petite. D'ailleurs, c'était l'un des manoirs les plus modestes de Cavendish Square.

Elle s'approcha de la porte de Finchley House, d'un noir rutilant, et elle toqua d'une main tremblante. Il n'y avait pas une seule cellule de son corps qui ne tremblât pas. Elle émit une autre prière silencieuse pour que sa voix ne trahisse pas les frissons qui la secouaient.

Cette prière ne fut *pas* exaucée. Quand le majordome de quarante ans ouvrit la porte toute grande et riva sur elle un regard hautain, c'est d'une voix tremblante qu'elle déclara :

— Lady Margaret Finchley souhaite voir Sa Seigneurie.

Songer qu'elle était Lady Finchley faillit la faire s'évanouir.

* * *

Quand Clark ouvrit les rideaux de la chambre de John, son premier instinct fut d'admonester son fidèle serviteur. Puis il se rappela avoir ordonné à son valet de le réveiller à midi. Il n'était pas précisément certain de pouvoir déjà ouvrir les yeux. Il n'était pas non plus certain de parvenir à lever la tête de l'oreiller. Il était dommage que Perry ait commandé cette dernière bouteille de brandy la nuit dernière à White's. Ou bien était-ce après qu'ils eurent quitté White's ? Diable, il ne s'en souvenait pas.

— J'avais anticipé que vous auriez pu avoir besoin d'une tisane, ce matin, Monseigneur, dit le valet, toujours très compétent, se dirigeant vers le lit du comte en portant un plateau sur lequel était posé un verre d'eau.

— Soyez gentil et aidez-moi à me lever. Je ne me sens pas très en forme aujourd'hui.

Alors que Clark aidait son maître, on frappa à la porte.

— Entrez, dit John d'une voix rauque.

Sanford ouvrit la porte, mais n'entra pas dans la chambre de son maître. Les sourcils froncés, il plissait le visage en une expression interrogatrice.

— Lord Finchley, je dois vous dire que Lady Margaret *Finchley* vous attend.

Il fallut à John quelques secondes pour

comprendre. Quand il réalisa qui était cette Margaret Finchley, il bondit hors du lit, jurant violemment, son mal de tête oublié dans la rage bouillonnante qui le consommait.

— Il semblerait que la première impression que j'ai eue d'elle en tant que femme odieuse et manipulatrice ait été juste, se marmonna-t-il.

Il s'était presque convaincu qu'elle était simplement timide et effacée. Ah !

— Permettez-moi de vous raser, Monseigneur, avant d'aller voir la dame, dit Clark.

Ignorant son valet, John dirigea son attention sur le majordome en attente.

— Dites à Lady *Finchley* que je la rejoindrai très vite dans le salon.

Puis il dirigea un regard menaçant vers son valet.

— Je ne me raserai pas pour affronter cette... ce pot-de-colle. Aidez-moi à m'habiller.

Dix minutes plus tard, il entrait nonchalamment dans son salon. La dame, debout, regardait par l'une des fenêtres qui donnaient sur le square.

— Faites-moi plaisir, Madame, et dites-moi ce que vous faites ici... à utiliser *mon* nom !

Elle se tourna et le regarda, une expression anéantie sur le visage. Il était quasiment certain qu'elle allait se mettre à pleurer. Ce qui lui donnait l'impression d'être un goujat. Il avait beau la savoir majeure, elle ressemblait aujourd'hui à une enfant terrifiée. Il devait avouer qu'elle était une ravissante petite créature. S'il avait été attiré par les jeunes femmes vertueuses, elle lui aurait grandement plu. Mais voilà, il n'avait aucun goût pour ce genre de créatures.

Sa voix s'adoucit.

— Allons, ne voulez-vous pas vous asseoir ?

Elle acquiesça solennellement et se dirigea vers un sofa de soie près du feu. Il s'assit sur un sofa identique en vis-à-vis. Leurs regards s'accrochèrent un instant. À présent, elle lui rappelait encore davantage un enfant effrayé ou un chiot apeuré.

— Pardonnez-moi mon éclat de voix, dit-il.

Elle hocha la tête. Seigneur Dieu, elle n'allait quand même pas pleurer ? Allait-elle dire quelque chose ?

Il attendit. Et attendit. Grand-mère avait manifestement raison quand elle avait dit que cette jeune femme était excessivement timide.

Enfin, elle inspira profondément et prit la parole. Il détecta un tremblement dans sa voix.

— Pardonnez-moi, Monseigneur, d'avoir utilisé votre nom de la sorte.

— Je suppose que vous en avez le droit, mais j'aurais préféré que vous n'en fassiez rien.

Leurs regards se croisèrent à nouveau.

— Parce que vous n'avez aucun désir d'être enchaîné à une femme ?

Sa voix était soudain devenue un peu plus stridente.

— Je ne l'aurais pas formulé ainsi devant une dame, mais oui, vous avez parfaitement décrit mes sentiments concernant le mariage.

Elle hocha la tête.

— Je suis contente de vous l'entendre dire, Monseigneur. Nous sommes en parfait accord en ce qui concerne notre aversion pour le mariage.

Il arqua les sourcils.

— Je n'ai jamais entendu parler d'une femme qui ne voulait pas se marier.

— C'est parce que la vie d'une vieille fille est

tellement peu attrayante. Je n'ai pas envie de le rester. Une femme mariée a tellement d'opportunités qui s'ouvrent à elle – sans parler de sa propre demeure et d'une place respectée au sein de la société.

Il n'y avait jamais songé de la sorte. Par tous les dieux ! Elle avait raison. Mais l'amour ?

— Je pensais que toutes les femmes rêvaient d'être amoureuses.

— Je n'ai jamais rencontré un homme à qui j'aurais eu envie d'offrir mon cœur, et je suis franchement lasse de tous les chasseurs de fortune qui me courtisent constamment.

Alors elle était un parti particulièrement recherché ? Hum...

Avant qu'il ne puisse répondre, elle reprit la parole. Peut-être n'était-elle pas si timide que cela, après tout.

— En plus de votre aversion envers l'idée d'être *enchaîné*, je pense ne pas me tromper en disant que vous seriez heureux de mettre les mains sur ma dot de trente mille livres.

Elle le regarda par en-dessous en haussant les sourcils.

Il sentit sa gorge se dessécher. Même sa grand-mère ne le comprenait pas aussi bien que cette femme. Il s'éclaircit la gorge.

— J'avoue qu'une telle perspective possède son charme.

Elle haussa les sourcils et lui adressa un sourire.

— Alors je propose que nous fassions semblant d'être un couple de mariés heureux. J'espère ne pas me flatter en disant que notre mariage rendra votre grand-mère très heureuse, et j'aimerais être maîtresse de cette demeure.

Il en resta bouche bée, mais elle poursuivit. Elle ne lui paraissait certainement pas timide. Cette dame était pratiquement en train de lui demander sa main !

— Je ne m'attends pas à ce que Votre Seigneurie passe tout son temps avec moi. Vous serez libre de vous comporter exactement comme vous l'avez toujours fait.

Elle inspira profondément et ajouta :

— Vous pouvez même poursuivre vos associations avec le genre de femmes que vous êtes connu pour fréquenter.

— Je vous en prie, Lady Margaret ! Vous ne pouvez pas parler de ce genre de choses.

— Je m'en abstiendrai une fois que j'aurai emménagé.

Emménagé ? Il grimaça. La dernière chose qu'il aurait souhaité – à part une épouse, qui était réellement la dernière chose qu'il aurait souhaité – était d'avoir une femme respectable vivant sous son toit. Elle saurait l'heure à laquelle il rentrerait. Elle saurait quand il ne rentrerait *pas*. Elle s'attendrait probablement aussi à ce qu'il soit présent quand elle organiserait des soirées et des bals à Finchley House, comme sa mère l'avait fait.

Que diable était-il censé lui répondre ? Il ne savait réellement pas quoi dire. Il resta assis, son regard choqué rivé à celui de Margaret.

— Ce sera un peu comme d'avoir votre meilleur ami, Mr. Christopher Perry, vivant sous votre toit.

Comment diable cette femme savait-elle que Perry était son meilleur ami ?

— Madame, je ne vois pas comment vous pouvez vous comparer à Mr. Perry, avec qui, je vous l'assure, je n'ai jamais souhaité partager un domicile.

Elle soupira.

— Je voulais dire : être ce que Mr. Perry est pour vous. Un ami. Rien de plus. Je propose de passer un pacte et d'être des amis véritables et loyaux l'un pour l'autre. Si vous me donnez votre nom et le statut qui l'accompagne en tant que matrone de Finchley House, en échange, vos difficultés financières seront probablement éradiquées lorsque vous recevrez ma dot, ainsi que l'approbation de votre grand-mère. Ne pensez-vous pas qu'alors, elle vous lèguera une bonne partie de sa fortune ?

Cela paraissait si bénin dans sa bouche. Tentant, même. Malheureusement, son plan ne marcherait pas. Cette vieille fille, sœur d'un duc, le comprenait peut-être lui, mais pas la façon dont fonctionnait sa grand-mère.

— Tant que je poursuivrai ce que Grand-mère appelle ma vie de *débauche*, elle ne m'ouvrira jamais les cordons de sa bourse.

Lady Margaret fronça les sourcils.

— Puis-je vous demander alors en quoi un faux mariage avec *Miss* Margaret Ponsby de Windsor aurait satisfait votre grand-mère sur ce point ?

— J'avais urgemment besoin d'une aide *temporaire* de ma grand-mère. Je savais que lorsqu'elle comprendrait les détails d'un tel mariage, elle me refuserait à nouveau son argent.

— Alors nous ne devons pas trouver une solution *temporaire* à vos difficultés, mais une qui soit permanente.

Elle baissa les yeux et un air pensif passa sur son visage.

Elle avait enfin fini de parler.

Pendant plusieurs instants, la pièce demeura

tellement silencieuse que le seul son qu'on entendait était le clopinement distant et irrégulier des chevaux qui passaient dans la rue en contrebas. Il était incapable de trouver la moindre raison (hormis l'argent) d'accepter la proposition absurde de cette femme, mais il pouvait certainement énumérer une longue liste de raisons pour la rejeter.

— Votre Seigneurie !

L'appréhension l'envahit tandis qu'il levait un sourcil pour croiser son regard excité.

— Nous pourrions mettre de côté une portion de votre nouvelle fortune pour acheter les colporteurs de rumeurs dans les journaux afin qu'ils ne publient *pas* votre nom, une pratique que je sais être exercée par le prince régent. De cette façon, votre grand-mère ne saura pas que vous poursuivez vos débau... – elle toussota – ... vos anciennes activités qu'elle désapprouve.

Cette proposition avait du mérite. Il commença à réfléchir à toutes les choses qu'il pourrait faire avec la fortune de cette femme et un legs complémentaire de sa grand-mère. Il pourrait ravoir sa calèche et ses chevaux. Il serait capable de réembaucher son garçon d'écurie et son cocher. Il pourrait retourner à Newmarket pour ces meetings hippiques qu'il aimait tant. Il pourrait à nouveau se permettre de jouer au Faro à White's. Il pourrait même prendre sous son aile une jolie petite danseuse d'opéra. Oui, vraiment, la situation s'éclaircissait. Il hocha la tête.

— Cela vaut assurément la peine d'y réfléchir.

— Et soyez certain, Votre Seigneurie, que je ferai mon possible pour couvrir d'attentions votre grand-mère – que j'ai toujours excessivement porté dans mon cœur – et que je ne cesserai jamais de lui vanter vos qualités domestiques.

Ces simples mots eurent le pouvoir de lui tirer une grimace. Existait-il quelque chose de moins tentant que les *qualités domestiques* ?

— Vous êtes bien intelligente, dit-il sans la moindre conviction.

— Monseigneur ?

— Oui ?

— N'avez-vous pas dit à votre grand-mère que nous partions en voyage de noces ?

— C'était pour gagner du temps. Elle a hâte de présenter au monde les nouveaux Lord et Lady Finchley.

— Puisque vous n'aspirez à épouser aucune des dames de la bonne société, que cela peut-il vous faire que l'on vous croie marié à moi ?

Elle avait raison. Il se préoccupait comme d'une guigne de savoir que toutes les dames de la haute société le croient marié à elle.

— Je n'ai aucune objection à faire savoir dans le monde que je vous ai épousée.

Ce à quoi il objectait était le mariage en soi. Tout mariage qui l'engageait, lui.

— Très bien. Alors vous êtes d'accord qu'il est temps de nous embarquer dans notre vaste supercherie ? Devrais-je en parler à mon frère aujourd'hui ? Je peux peut-être emménager cet après-midi.

Il en eut mal au cœur. Pour beaucoup, beaucoup de raisons. Dieu, il n'avait pas songé à son frère. Le duc d'Aldridge était largement connu pour être extrêmement protecteur envers ses sœurs. Exigerait-il de John qu'il demeure tout le temps collé aux basques de sa *femme* ?

Songer à Lady Margaret comme telle était tout aussi désagréable que la notion de domesticité. Il déglutit, la gorge desséchée.

— Vous devriez peut-être utiliser votre intelligence pour trouver une autre solution. Toute cette histoire de vivre sous le même toit est...

Mortifiante, mais il ne pouvait lui dire cela.

— Peu attrayante.

Il vit son visage s'effondrer. Il craignit qu'elle ne se mette à pleurer. Il n'avait jamais été capable de tolérer une femme en pleurs, et encore moins celle-ci, puisqu'il se savait responsable de sa détresse. S'il n'avait pas concocté ce plan idiot qui avait abouti à la cérémonie de mariage à Hanover Square, elle ne serait pas là en ce moment. Elle ne l'aurait pas *légalement* épousé. Et elle ne serait pas en train de lui proposer un acte aussi horrible que de vivre sous le même toit que lui !

Seigneur Dieu, elle *allait* se mettre à pleurer ! Elle tourna la tête vers la cheminée pour qu'il ne puisse pas voir ses yeux, mais il ne manqua pas d'observer le léger tremblement de ses épaules qui était le signe révélateur d'un sanglot.

Il se sentait comme le pire des dégénérés. Cette dame se préoccupait de trouver le moyen de lui assurer une fortune, et il abusait d'elle.

— Pardonnez-moi, Madame, si je vous ai offensée d'une quelconque façon. Je vous assure que *si* je recherchais une épouse, je n'aurais pu trouver meilleure candidate que vous.

Elle ne répondit pas, mais il voyait que ses sanglots augmentaient en intensité.

Finalement, elle se redressa lentement du sofa, ne le laissant pas entrapercevoir une seconde son visage et ce qu'il devinait être ses yeux rougis, et elle se dirigea sans mot dire vers la porte.

Que diable était-il censé faire ? Pour une fois, il

devait faire passer les sentiments d'une autre personne au-dessus des siens. Il bondit sur ses pieds et se précipita pour lui bloquer la sortie. Elle pila net, détournant le visage de son regard attentif.

— Pardonnez-moi, Madame, dit-il d'une voix tendre, si je vous ai offensée d'une quelconque façon. Pouvez-vous honnêtement me dire que vous ne voyez aucune objection à être mariée à l'un des vauriens les plus notoires de Londres ?

Elle prit une inspiration profonde.

— Je n'ai pas protesté.

À son tour, il inspira profondément et se prépara à prononcer un énorme mensonge.

— Alors, Madame, cela me ferait plaisir d'être votre époux.

Chapitre 5

On aurait pu croire qu'elle venait de gravir une colline en courant. Sa respiration haletante ne voulait pas se calmer. Elle trembla durant tout le trajet de retour jusqu'à Berkeley Square. Elle était toujours étonnée que son idée de s'exprimer de la façon pratique de Caro ait fonctionné. Pas une seule fois alors qu'elle se trouvait en présence de Lord Finchley était-elle retombée dans son mutisme habituel. Elle s'était – elle devait bien l'admettre – constamment demandé, avec une détermination et un intérêt indéfectibles : *Comment se comporterait Caro ?* Et elle avait continué à mentionner à Sa Seigneurie les raisons pour lesquelles le mariage leur serait bénéfique à tous les deux.

Elle s'étonnait encore davantage qu'il ait finalement accepté qu'ils vivent – du moins aux yeux du monde – comme un couple marié. Rien que de se dire qu'elle était Lady Finchley, l'épouse du seul homme qui l'ait jamais attirée, l'affectait d'une façon particulièrement profonde. C'était comme si elle avait bu une bouteille entière de champagne. Et plus encore.

Mais alors qu'elle se rapprochait d'Aldridge House, sachant qu'il lui faudrait faire part de cette nouvelle à son frère, la terreur la saisit. Il avait beau être sévère, son frère ne lui avait jamais provoqué une telle peur. C'était un frère gentil et un homme bon. Il était particulièrement regrettable que tout Londres prenne Lord Finchley pour un vaurien incorrigible. Aldridge n'allait pas être content que sa sœur se soit unie à un tel homme. Elle se souvenait toujours de l'aversion violente d'Aldridge pour le vicomte de Morton, qui avait été le prétendant de leur sœur aînée Sarah. À ce jour, Lord Morton n'avait pas remis les pieds en Angleterre.

Pire encore que la réputation de Lord Finchley, il y avait le fait qu'elle ait dissimulé ce mariage à son frère et à toute sa famille. Comment pourrait-elle jamais expliquer ces coïncidences inimaginables qui l'avaient unie à John Beauclerc, le comte de Finchley ? C'était impossible. Tout le monde devait penser que ce mariage était agréable aux deux parties. Et à cause de son aversion pour le mensonge, cela devait être exprimé sans y avoir recours.

Il était terriblement honteux qu'elle ait menti ce jour-là à Lord Finchley à propos des nombreux prétendants qui se pressaient pour lui demander sa main, ainsi que de son aversion pour le mariage. Avant cet acte répréhensible, elle s'était convaincue que son objectif de devenir l'épouse du comte justifiait la pratique dévoyée de proférer des mensonges, même si elle se sentait toujours particulièrement coupable de sa ruse.

Quand elle tourna à l'angle de Berkeley Square, elle eut soudain une idée géniale. Elizabeth pourrait être l'alliée de Margaret lorsqu'elle annoncerait cette nouvelle à son frère. Sa belle-sœur connaissait les sentiments de Margaret pour Lord Finchley.

Une fois chez elle, Margaret se dirigea immédiatement vers l'étude de la duchesse, où Elizabeth était assise à une écritoire plaquée or dans le style français, rédigeant une lettre. La jolie blonde leva les yeux vers sa belle-sœur, lui adressa un sourire et reposa son stylet.

Margaret prit une inspiration et s'écroula sur le coussiège.

Elizabeth fronça les sourcils.

— Que se passe-t-il ? Vous tremblez.

Elle parcourut du regard la jolie robe de Margaret.

— Vous n'auriez pas dû sortir si vous n'étiez pas bien ce matin. Dois-je faire appeler l'apothicaire ?

— Tout va bien. Je suis très contente mais nerveuse de faire part d'une certaine nouvelle à mon frère.

— Et puis-je vous demander quelle est cette *nouvelle* ?

La voix de Margaret trembla quand elle dit :

— J'ai épousé l'homme de mes rêves.

Un cri inarticulé émana de la duchesse.

— Vous n'êtes pas sérieuse ! Dites-moi que vous n'avez *pas* épousé Lord Finchley !

— Si, et je ne saurais être plus heureuse.

— Je n'approuve absolument *pas* vos actes.

La duchesse secoua la tête avec une finalité qui signifiait *tout est perdu*, puis elle baissa la voix.

— Avec l'amour que je vous porte, je voulais que vous épousiez un homme correct qui vous apprécierait, vous et toutes vos qualités. Je ne pense pas que Lord Finchley soit cet homme.

— Je n'en ai jamais désiré un autre.

La duchesse ne répondit pas. Le silence s'abattit sur la chambre comme un glas funéraire.

Enfin, Elizabeth reprit la parole.

— Ai-je raison en disant que Lord Finchley a besoin de votre dot ?

Margaret hocha la tête.

— Je suis vraiment désolée. Je crains que vous ne vous retrouviez avec le cœur brisé.

— Je sais qu'il ne m'aime pas encore. Je suis prête à patienter. Des années, s'il le faut. J'espère qu'un jour, il m'appréciera comme la bonne épouse que j'aurai été pour lui. Sa grand-mère m'a dit qu'au-delà de ses habitudes de vaurien, c'est un homme bon et noble. Je la crois.

— J'admets que la comtesse douairière est sage, mais son affection pour son unique petit-fils colore certainement sa perception de Finchley.

— Seul le temps nous le dira.

— Je crains que votre frère ne s'irrite de ne pas avoir été consulté. Il sera en colère que l'acte soit déjà accompli et que vous ayez épousé un joueur et une canaille notoires.

— Je sais.

Elizabeth leva les yeux vers Margaret.

— Je suppose que vous voulez que ce soit moi qui annonce la nouvelle à Philip ?

Margaret hocha la tête.

— Vous connaissez mes sentiments pour Lord F... pour mon époux. Vous êtes la seule à qui j'en aie jamais fait part. Je suis convaincue que vous saurez exprimer à Aldridge toute mon attirance pour l'homme que j'ai épousé. Et... lui rappeler que je suis majeure.

— Philip dînera avec nous ce soir. Je le verrai en privé avant le repas et lui rapporterai ces décevantes informations.

Margaret se redressa.

— Je vous remercie.

Alors qu'elle quittait l'étude aux murs couleur malachite de la duchesse, elle eut l'impression qu'on lui avait retiré des épaules le poids d'une montagne. Même ses tremblements s'apaisèrent.

Elle fut soulagée de ne pas avoir été forcée de proférer le moindre mensonge.

À présent, elle devait tout dire à Caro.

* * *

Caro et elle avaient toujours partagé une chambre. Elles n'avaient que onze mois d'écart et on les prenait souvent pour des jumelles. C'était un étrange phénomène que la plus jeune soit la dominante. Même durant leur enfance, la timide Margaret s'était toujours effacée devant sa cadette. Alors que Margaret avait été lente à parler, Caro s'exprimait déjà par phrases juste après avoir célébré son premier anniversaire.

Et elle n'avait jamais cessé de parler. Margaret s'était contentée de disparaître à l'arrière-plan tandis que la personnalité vive de Caro faisait des étincelles.

Elles étaient excessivement proches l'une de l'autre et avaient tout partagé. Tout, sauf l'entichement de Margaret pour Lord Finchley.

Elle avait su que Caro n'aurait pas approuvé. Parce que Caro aimait Margaret plus que tout, elle aurait toujours voulu protéger sa sœur des hommes inappropriés. Et tout le monde considérait ce bon à rien de Finchley comme un homme inapproprié. Même s'il était comte.

Margaret entra dans leur chambre. Caro leva la tête, assise sur une chaise où elle lisait un volume plutôt épais.

— Je n'approuve pas le fait que tu sois sortie après ton indisposition de ce matin. Tu aurais pu attraper une fièvre pulmonaire.

— Je t'assure, ma chère, que je ne me suis jamais mieux sentie.

Caro l'observa avec attention.

— J'admets que je détecte une certaine...

allégresse dans ton attitude. Où t'es-tu rendue ?

— J'ai tellement de choses à te dire, dit Margaret d'un air sombre en se laissant retomber sur une chaise qui était séparée de celle de Caro par une petite table éclairée d'une bougie.

Elle prit une profonde inspiration.

— Je suis allée chez mon mari.

Le livre de Caro se referma brusquement. Elle en resta bouche bée, les yeux écarquillés. Pour la première fois de toute sa vie, c'était au tour de Caro d'être muette.

Au bout de quelques instants, elle dit :

— Tu plaisantes.

Margaret secoua la tête.

— J'ai secrètement épousé Lord Finchley.

— Pas lui !

Caro grimaça comme si on venait de la transpercer d'une flèche.

— Je pense que nous irons très bien ensemble.

Caro fronça les sourcils.

— Tu n'aurais pu choisir pire homme !

Margaret redressa l'échine et s'exprima avec une autorité peu coutumière.

— Je ne te permettrai pas de dire du mal de mon époux !

— Dieu du ciel, ne me dis pas que tu es amoureuse de ce… débauché !

Sa sœur aînée plissa les paupières.

— Je ne tolèrerai pas que l'on injure l'homme que j'ai épousé.

Les larmes commencèrent à monter aux yeux de Caro. Elle enfonça la tête entre ses mains et se mit à pleurer.

Margaret comprenait toutes les émotions contradictoires qui devaient tourmenter sa chère sœur. Le mariage signifierait qu'elles se retrouveraient séparées l'une de l'autre. Elles ne s'étaient jamais séparées depuis le jour de la naissance de Caro. Le choc d'une annonce aussi soudaine y était aussi pour quelque chose. Et enfin, Caro s'alignerait sur tous les proches de Margaret, qui craindraient que ce mariage avec un vaurien notoire ne lui apporte que des soucis.

Cela lui faisait bien de la peine de voir les épaules de Caro secouées de sanglots. Elle quitta sa chaise et alla réconforter sa sœur.

— Je t'en prie, ne pleure pas. Je ne peux pas te dire à quel point je suis heureuse d'être Lady Finchley.

Caro leva un visage rougi et couvert de larmes.

— Pourquoi lui ? D'entre tous les hommes... Je ne savais même pas que tu le connaissais.

— Je sais que c'est un choc pour toi. J'ai eu tort de t'avoir dissimulé mon adoration pour Lord Finchley, mais je savais que tu n'approuverais jamais, et je n'aurais jamais rêvé qu'il puisse naître quelque chose d'aussi... d'aussi fantastique de mon penchant pour lui.

— Comment as-tu pu me dissimuler une telle chose ? Je n'ai cessé de déblatérer devant toi sur tous les hommes pour qui j'ai eu un faible.

— Je savais que tu n'aurais pas approuvé.

— Effectivement ! Tu aurais pu trouver tellement mieux...

Elle succomba à un autre sanglot.

Margaret passa la main sur les épaules parcourues de saccades de sa sœur.

— Je te prie de ne pas voir mon mariage comme une mauvaise chose. Il m'a rendu exceptionnellement heureuse. Et ce n'est pas comme si toi et moi n'allions plus nous voir tous les jours. Finchley House est toute proche et nous continuerons d'aller à Trent Square ensemble.

— Si seulement tu t'étais confiée à moi, renifla-t-elle. J'aurais pu t'en dissuader.

Margaret se raidit.

— C'est exactement la raison pour laquelle je ne me suis *pas* confiée à toi.

Caro continua de pleurer et quand elle se reprit enfin, elle leva la tête vers Margaret.

— Tu vas me manquer.

— J'admets que ne pas vivre avec ma très chère sœur sera difficile, mais nous avons toujours su qu'un jour, il nous faudrait nous marier.

— C'est vrai. Et tu es certainement en âge. En as-tu parlé à Aldridge ?

— Elizabeth doit le lui dire aujourd'hui.

— Il va être en colère.

Envisager la désapprobation de son frère la déprima encore davantage.

* * *

Deux jours après avoir accepté la proposition de Lady Margaret, John se prit à trembler tout en pénétrant dans la bibliothèque du duc d'Aldridge. À chaque pas qu'il faisait à l'intérieur de la pièce obscure, il se maudissait de s'être embarqué dans cette malheureuse histoire qui avait donné lieu à cette cérémonie désastreuse à St-George. *Hanover Square*. Pourquoi n'avait-il pas précisé quel St-George ? Pourquoi, oui pourquoi, avait-il eu l'idée de concocter un plan aussi douteux ?

Il eut vaguement conscience que le duc d'Aldridge se leva quand il entra dans la pièce. Un feu brûlait dans l'âtre et une unique lampe à huile était allumée sur le bureau. Même les murs de cette sinistre pièce étaient sombres. Ils étaient certainement recouverts de panneaux de noisetier ou d'un bois de ce genre.

— Voulez-vous vous asseoir près du feu, Lord Finchley ?

La voix du duc manquait de chaleur, mais au moins, il n'était pas résolument hostile.

John s'inclina sans conviction, salua le duc du menton puis se laissa tomber sur un sofa de velours rouge. Aldridge attisa les flammes et se redressa, son regard d'acier rivé à celui de John. Grand, puissant et l'air sombre, le duc d'Aldridge projetait une attitude des plus sévères.

— Commençons, dit Aldridge. J'ai conscience que ma sœur est majeure et donc libre de sélectionner le partenaire de son choix, mais je ne vous cache pas ma désapprobation concernant votre mariage secret. Je suis d'avis que vous avez poussé ma sœur, de nature conciliante, dans cette affaire clandestine, parce que vous saviez que je n'accepterais jamais que vous deveniez l'époux de Margaret.

John ne put que hocher la tête, d'accord avec le duc.

— Oui, je savais que vous auriez fait tout ce qui était en votre pouvoir pour empêcher Lady Margaret de s'unir à un homme tel que moi.

John était plutôt satisfait de ne pas avoir proféré de mensonge. Pour l'instant. Mais comment diable allait-il parler de ce mariage auquel il avait été tant opposé ? Il ne pouvait quand même pas jurer qu'il serait un époux dévoué à la sœur de cet homme. Ce serait un mensonge éhonté. Et il ne pouvait pas proclamer non plus être amoureux de Lady Margaret.

— J'ai parfaitement connaissance, Finchley, des vastes sommes d'argent que vous devez, et je suis convaincu que vous avez demandé la main de

Margaret afin d'obtenir sa dot.

— Je ne nierai pas l'existence d'un intérêt certain, même si vous devez avoir conscience que Lady Margaret est une ravissante créature. Quel homme ne souhaiterait pas s'unir à elle ? Je dois avoir énormément de chance pour avoir été ainsi choisi par...

Il s'apprêtait à dire *Lady Margaret*, mais pour plus d'effet, il dit :

— ... ma femme.

Une fois encore, John se réjouit d'avoir pu poursuivre la discussion sans avoir eu recours au mensonge.

— Qu'une jeune fille aussi raisonnable que Margaret ait souhaité s'unir à vous me dépasse, marmonna Sa Grâce.

Pour être honnête, John s'était posé exactement la même question. Il se satisfaisait du fait que, contrairement aux autres jeunes femmes, Lady Margaret n'aspirait pas à un mariage romantique.

Le regard du duc se posa sur les papiers que John tenait à la main.

— Je vois que vous avez apporté les documents que mon homme d'affaires vous a fait livrer hier. Avez-vous une quelconque question concernant le contrat de mariage ou l'octroi de fonds ?

— Non, Votre Grâce. C'est parfaitement généreux.

— L'avez-vous signé ?

John hocha la tête.

Les yeux d'Aldridge devinrent des fentes et il se tint devant la cheminée, un feu rageant derrière lui, observant John avec une hostilité affirmée.

— Je vous préviens, Finchley, que si j'apprends que vous avez gaspillé une dot aussi généreuse aux jeux de hasard ou pour des femmes de la nuit, je ferai tout ce qui est en mon pouvoir pour m'assurer de votre ruine.

Si l'attitude du duc avait été rigide quelques instants plus tôt, elle était à présent menaçante. John se disait que le duc souhaitait le voir mort. Sa gorge devint aussi sèche que du pain brûlé.

— C'est une dot très généreuse, Votre Grâce, et je vous assure que j'ai l'intention de ne pas la gaspiller. Il est toutefois vrai que j'ai de nombreux créanciers qui se réjouiront que je puisse régler mes comptes auprès d'eux.

Le duc lui parlait quasiment de la même façon que Grand-mère l'avait fait. John creusa dans ses souvenirs pour se remémorer des choses que sa grand-mère soulignait toujours lorsqu'elle le convoquait pour lui mettre les points sur les i.

— Je pense qu'épouser votre sœur si bonne me donnera la maturité qui m'a fait défaut jusqu'à présent. J'ai besoin de suivre d'autres activités que celles qui ont contribué à me faire une réputation de... – il déglutit – ... vaurien.

— J'y croirai quand je le verrai, dit Aldridge d'une voix qui était celle d'un père sévère.

Il inspira profondément, son regard sombre ne quittant jamais celui de John.

— J'ai d'autres exigences vous concernant, des exigences qui n'ont pas été mises sur papier.

Malgré le feu, John eut l'impression que de l'eau glacée lui suintait le long du dos.

— Quel genre d'exigences ?

— Si jamais j'apprends que vous n'avez pas traité ma sœur avec respect, je vous détruirai. Vous ne la tournerez *jamais* en ridicule. Pas de danseuse d'opéra. Pas de jeux ou d'excès d'alcool qui durent une semaine entière. Si vous lui faites le moindre mal – physiquement ou émotionnellement –, je vous poursuivrai jusqu'au bout du monde et m'efforcerait de vous tuer en combat équitable. Même si cela signifie détruire l'homme que ma sœur aime.

John avait l'impression qu'on venait de le gifler en pleine face. Dans quoi diable s'était-il engagé ? N'avait-il pas convoité la dot de cette dame afin de poursuivre précisément les choses dont le duc souhaitait le priver ? *Seigneur Dieu, pas de danseuse d'opéra ?* Qu'est-ce qui donnait le droit à ce duc moralisateur de dicter le comportement de John ?

Les deux hommes se fusillaient du regard et leur hostilité était palpable.

Au bout de quelques instants, le duc reprit la parole.

— Je pense que mes exigences s'accordent à celles de votre grand-mère.

John hocha la tête.

— Vous êtes encore jeune. Le mariage et la paternité feront de vous un homme respectable, si vous les y autorisez.

La paternité ? Grands dieux, il n'avait aucune intention de coucher avec Lady Margaret ! Elle n'était pas son type. Pas le moins du monde. Elle ne possédait pas ces corps voluptueux qu'il admirait tant.

Après avoir vu les généreux contrats de mariage, John s'était présenté relativement satisfait. Mais à présent, il avait l'impression d'être entré dans une prison visant à le désinvestir de tous les plaisirs que l'existence avait à offrir.

Il ne s'était jamais senti aussi déprimé.

— Si vous êtes si fortement opposé à ce mariage, Votre Grâce, peut-être souhaiteriez-vous y mettre fin.

John haussa un sourcil plein d'espoir.

Le visage du duc prit une expression menaçante.

— Je ne consentirai jamais à une chose aussi désagréable, qui ferait de Margaret un objet de notoriété. De toutes mes sœurs, elle est de loin la plus sensible.

Une femme sensible était la dernière chose au monde qui manquait à John.

— Très bien, Votre Grâce.

— Vous acceptez d'être un époux exemplaire ?

L'estomac de John se contracta.

— Je doute d'être un jour un époux aussi exemplaire que vous ou Lord Haverstock, mais vos unions solides me serviront de repères.

Une fois encore, il était fier d'être parvenu à répondre sans proférer un scandaleux mensonge.

Une fois de plus, la pièce retomba dans un silence que brisait seulement le crépitement des flammes. Puis John se remémora les paroles du duc. *Même si cela signifie détruire l'homme que ma sœur aime.* Il n'était pas certain de savoir quelle partie de cette phrase le troublait le plus. La partie qui concernait sa destruction par un puissant duc ou celle qui disait que Lady Margaret était amoureuse de lui.

C'était impossible. Ils étaient de parfaits inconnus. Puis il comprit qu'elle avait dit à son frère qu'elle était amoureuse afin de le forcer à accepter docilement ce mariage. Il devait bien reconnaître qu'elle était rusée.

Malheureusement, il n'avait jamais admiré les femmes rusées.

— Bon, dit enfin le duc en se redressant. Je crois savoir que les affaires de Margaret ont été déménagées à Finchley House.

John se leva, se tournant vers Aldridge.

— C'est le cas.

Cela le rendait toujours malade de penser qu'il était forcé de partager sa maison avec une femme – une femme avec laquelle il n'avait aucune envie de coucher, une femme qui était une parfaite inconnue.

— Au moins, elle ne partira pas en province comme ma sœur aînée. Margaret va me manquer.

— La perte de Votre Grâce fait mon gain.

Ce n'était pas exactement un mensonge. Il y avait gagné une occupante permanente dans sa demeure.

— Alors vous êtes venu chercher votre épouse ?

— Effectivement.

— Je vais demander à un valet d'aller la quérir.

Chapitre 6

Il était vraiment embarrassé d'avoir dû accepter l'usage de la calèche du duc d'Aldridge afin d'emmener son épouse à Finchley House. À présent qu'il avait reçu sa généreuse dot, l'un de ses premiers achats serait une calèche pour elle. Il se préoccupait comme d'une guigne de posséder son propre véhicule, mais il ne pouvait certainement pas demander à la fille d'un duc d'être cahotée à travers tout Londres dans un fiacre public.

Il avait également l'intention de faire de son mieux pour réembaucher son cocher et son garçon d'écurie. Il aurait également besoin de chevaux et avait en vue un hongre magnifique qui devait être mis en vente à Tatt's.

Il regarda en face de lui son épouse qui était assise toute droite sur le siège rembourré de velours de la calèche d'Aldridge. Les maris et les femmes étaient-ils censés partager la même banquette ? Même si ce n'était pas un véritable mariage, il supposait qu'il devait donner les *apparences* d'être marié. Cette satanée bonne femme qu'il avait épousée ne l'aidait pas le moins du monde en lui montrant comment se comporter. Elle n'avait pas prononcé une seule parole depuis qu'ils étaient montés dans la voiture.

Puisqu'il n'avait aucune intention d'être uni à elle pour de vrai, la nature réticente de cette femme lui conviendrait parfaitement. Qu'aurait pu dire une jeune fille comme il faut qui aurait pu l'intéresser d'une quelconque façon ? Et même s'il aurait dû se réjouir de sa timidité, elle le mettait plutôt mal à l'aise.

— Dites-moi, Lady Margaret, je suppose que nous devrions établir la manière dont nous allons nous adresser l'un à l'autre. Vous ne pouvez certainement pas m'appeler Lord Finchley et je ne pense pas que l'on donne du Lady Margaret à sa propre femme.

— Comment voudriez-vous que je vous appelle, Monseigneur ?

Bon sang, qu'elle avait l'air timide. Elle ressemblait davantage à une écolière qu'à une femme majeure.

— Mes amis m'appellent Finchley. Ou Finch.

Elle garda un visage placide.

— Et votre grand-mère ? Comment s'adresse-t-elle à vous ?

Il haussa les épaules.

— Elle m'appelle John Edward, pour me différencier de mon père, qui s'appelait John David.

Il se demanda si la nouvelle épouse qu'il avait prise était censée l'appeler par son prénom ou son titre. Il n'avait jamais prêté une attention particulière aux couples mariés et à leurs interactions, ou même s'ils s'asseyaient sur la même banquette dans une calèche.

— Verriez-vous un inconvénient à ce que je vous appelle John Edward ? Ou même John ?

Quelque chose en lui fondit. Sa mère l'avait toujours appelé John. On ne s'était plus adressé à lui de la sorte depuis son décès.

— Bien sûr que non. Je vous en prie, faites.

— Cela ne vous ferait rien si je vous appelais John ?

— Pas le moins du monde.

Il se demanda comment elle aimerait qu'on s'adresse à elle.

— Cela signifie-t-il que je doive vous appeler Margaret ?

— Cela conviendrait parfaitement.

Il plissa le nez.

— Je suppose que personne ne vous a jamais appelé Maggie ?

Elle secoua la tête.

— Non.

Il lui adressa un sourire.

— Bon, au moins, je le saurai.

— Si cela vous fait plaisir…, commença-t-elle.

Puis elle s'arrêta, trop timide ne serait-ce que pour soutenir son regard.

— Si vous préférez, *vous* pouvez m'appeler Maggie.

La façon dont elle avait dit *vous* donnait l'impression qu'à travers ce satané mariage, il avait obtenu une intimité toute particulière. Il regrettait à présent d'avoir mentionné le nom de Maggie. La nature de cette femme était bien trop formelle pour être une Maggie. Mais quelque chose lui disait qu'elle aurait souhaité que son époux utilise pour elle un nom dont les autres ne se servaient pas. Il se dit que c'était un trait de vieille fille, car il supposait qu'il la percevrait toujours comme une vieille fille.

— Dites-moi, Maggie, à quoi faisiez-vous référence lorsque vous avez mentionné une maison pour les veuves de soldats ?

Apparemment, il avait abordé un sujet pour lequel elle était capable de s'enthousiasmer. Elle redressa encore plus le dos (s'il était possible) et sa voix passa de la docilité à l'intérêt.

— La duchesse d'Aldridge, avant même de devenir duchesse, avait établi une demeure pour les veuves démunies de soldats morts au combat sur la Péninsule. Elle est située dans une grande maison sur Trent Square dont mon frère est le propriétaire. Je suis très heureuse de pouvoir dire que nous avons à présent vingt-huit enfants qui y vivent en compagnie de leurs mères.

— Comment vous y impliquez-vous ?

— J'enseigne aux enfants à jouer du piano et je propose toute l'aide que je peux pour me rendre utile.

Il plissa le nez.

— C'est très gentil de votre part de vous sacrifier autant pour eux.

— Oh, je ne me sacrifie pas vraiment. D'ailleurs, cela me plaît énormément.

Quelle drôle de femme elle devait être. Il voyait bien peu de choses qui lui plairaient moins que d'enseigner à des enfants à jouer d'un instrument de musique.

La calèche ralentit lorsqu'ils parvinrent à Finchley House. Il avait demandé à la gouvernante de s'assurer que des bougies soient allumées dans toutes les pièces communes, dans sa chambre et dans celle de la comtesse. Il avait particulièrement exigé que la chambre de la comtesse soit rendue attrayante.

Ils descendirent de la calèche et il lui offrit son bras, puis ils se dirigèrent vers la porte d'entrée. Un valet vint ouvrir et il vit que les membres de son personnel – sans doute extrêmement réduit par rapport à celui de la demeure de son frère – étaient alignés dans leurs atours amidonnés pour saluer leur nouvelle maîtresse.

Il présenta Sanford et Mrs. Pimm à... Maggie.

Sa femme était courtoise mais réservée. On ne l'aurait jamais prise pour la fille d'un duc. Elle était complètement dénuée de l'attitude arrogante qui accompagnait normalement quelqu'un d'un rang aussi élevé. En réalité, elle était effacée.

Ensuite, lui et la nouvelle Lady Finchley descendirent le couloir, saluant du menton chacun des serviteurs. Une fois que ce devoir fut accompli, il fit entrer son épouse dans le salon. Elle hocha la tête, mais ne dit rien. Trouvait-elle Finchley House en piteux état ? Il réalisa soudain qu'elle avait manqué d'une touche féminine au long des sept dernières années.

— Écoutez, Lady...

Il s'interrompit puis se corrigea.

— Maggie, vous êtes libre de changer la décoration. Je crois qu'elle aurait bien besoin de l'influence d'une femme.

— C'est très joli.

C'était assurément une femme agréable. Il aurait pu trouver pire. (Mais il aurait mieux fait de rester célibataire. À part pour la question de la dot.)

Il la fit alors entrer dans la bibliothèque. Là, son expression s'égaya. Elle se dirigea à grands pas vers un mur recouvert d'ouvrages reliés de cuir, la plupart rouges – et la plupart non-lus – et elle se mit à examiner certains des titres.

Quelques minutes plus tard, elle se tourna vers lui.

— C'est une très belle bibliothèque que vous possédez. Lisez-vous beaucoup ?

— Si vous me connaissiez mieux, vous ne me poseriez pas cette question.

— Je ne sais de vous que ce qui paraît dans les journaux.

Il fit la grimace.

— Je vous en prie, n'en croyez pas la moitié, même si j'admets volontiers que je suis un incorrigible vaurien.

Ses doux yeux noisette rencontrèrent les siens.

— Votre grand-mère n'utiliserait pas le mot *incorrigible*.

Non, c'est vrai. Grand-mère, pour une raison qui lui échappait, croyait qu'il y avait, enfoui en lui, quelque chose qui ressemblait à de l'honneur. Il fallait prendre en compte, bien sûr, que l'amour rendait aveugle.

— Montrez-vous indulgente envers une vieille femme, dit-il avec désinvolture.

Margaret changea poliment de sujet.

— Votre père était-il un lecteur avide ?

Il eut un petit rire.

— Mon père était encore plus incorrigible que moi.

— Mais ces livres... Ils sont fantastiques. C'est une très, très bonne bibliothèque. À qui le devez-vous ?

— Cela me fait de la peine d'admettre que mon arrière-grand-père maternel, qui était un très riche citoyen de Londres, s'est procuré cette bibliothèque tout entière sur la recommandation d'un érudit dont il avait engagé les services, dit John en haussant les épaules. Manifestement, tout peut s'acheter, tant qu'on a assez d'argent.

— Objecteriez-vous à ce que je passe beaucoup de temps ici ?

— Faites tout ce qu'il vous plaira. Vous êtes, après tout, la nouvelle maîtresse de Finchley House. Et ce n'est pas comme si je viendrais vous déranger dans cette pièce.

Il se dirigea vers la porte.

— Souhaitez-vous voir votre chambre à coucher ? Votre femme de chambre y a passé l'après-midi à trier toutes vos affaires qui ont été livrées ici plus tôt dans la journée.

Elle lui adressa un large sourire.

— Oui. J'ai vraiment hâte.

— Je vous prie de ne pas vous attendre à quelque chose d'aussi grandiose que ce à quoi vous êtes habituée, dit-il en commençant à monter les marches jusqu'à l'étage suivant.

— Je n'ai jamais eu ma propre chambre.

Il s'arrêta, arquant un sourcil.

— Vous partagiez votre chambre avec l'une de vos sœurs ?

Elle hocha la tête.

— Avec Caroline. Nous avons moins d'un an d'écart.

— Je suis certain que partager votre chambre avec elle va vous manquer. Cela a dû être très amusant. À moins que vous ne vous entendiez pas.

— Oh, nous nous entendons parfaitement bien.

— Cela m'a plutôt plu de devoir partager ma chambre quand je suis entré à Eton. Être fils unique est terrible. J'aime beaucoup l'esprit de camaraderie qu'il y a à côtoyer d'autres hommes.

— Tels que Mr. Perry ?

— Oui, par exemple. Nous étions quatre à être devenus les meilleurs amis du monde depuis que nous jouions ensemble au cricket dans cette bonne vieille école d'Eton.

— Et aucun d'eux n'est marié ?

Il plissa à nouveau les narines.

— Je crois que je suis le premier.

— Cela dit, ce n'est pas comme si nous étions véritablement mariés. Vous pourrez poursuivre votre relation avec vos trois amis comme si vous veniez à peine de sortir d'Oxford.

— Oui, en effet, dit-il plutôt gaiement.

En passant devant la porte de sa chambre, il se sentit mal à l'aise. Aucune vraie dame n'était jamais venue dans cette partie de la maison depuis sa succession. Il lui semblait terriblement étrange de se trouver ici avec elle. Ils descendirent le couloir au plancher de bois jusqu'à ce qu'il arrive devant la chambre de la comtesse, et il ouvrit la porte.

— Votre chambre à coucher, Madame.

Le visage de Margaret s'égaya quand elle entra dans la pièce.

— C'est joli.

Il demeura sur le seuil. Il ne parvenait pas à entrer dans une chambre qui avait des associations aussi intimes. Après tout, cette femme – cette dame – était quasiment pour lui une parfaite inconnue. Il parcourut la pièce du regard. Le lit à haut baldaquin à rideaux dominait tous les autres objets dans son champ de vision. Malheureusement, il ne serait jamais utilisé à des fins plus agréables. Il posa le regard sur elle. Elle se tenait face à la commode, de profil, et il observa les lignes élancées de sa ravissante silhouette. Oui, c'était dommage, mais qu'y faire ? Il soupira.

— C'est votre mère qui a sélectionné les draperies et les rideaux du lit ?

Pourquoi fallait-elle qu'elle mentionne les rideaux du lit ? Il se prit à songer à s'allonger entre les rideaux fermés, à ravir cette dame à laquelle il s'était uni par erreur. Cela ne conviendrait pas !

— Oui, je crois. Elle aimait le turquoise.

— Moi aussi.

Quelque part, cela le surprenait. Le turquoise était une couleur dynamique, et elle était si... effacée. Non qu'elle ait une apparence effacée, par ailleurs. Elle était résolument plus jolie que la moyenne. C'était simplement que son tempérament était si effacé, et elle était tellement discrète. Il aurait parié qu'elle préférait des couleurs insipides comme le gris ou le rose.

— Vous êtes libre de modifier cette chambre comme il vous semblera.

Elle secoua la tête.

— Il n'y a rien ici que j'aimerais changer. Votre mère possédait un goût infaillible.

Son commentaire le ravit au-delà de toute mesure. Cela validait l'opinion qu'il avait de sa charmante mère.

— Je vous remercie. C'est vrai.

Il se sentit plus proche de Maggie. Pas assez pour entrer dans cette chambre, pas assez pour coucher avec elle et certainement pas assez pour s'arrêter un jour de souhaiter que cet abominable mariage ne se soit jamais produit. Toutefois, ils partageaient tous les deux sa bonne opinion de sa mère vénérée.

Il prit une profonde inspiration, comme pour purger ses pensées de la question du lit.

— Eh bien, si vous êtes installée, je peux partir.

Elle arqua un sourcil.

— Vous serez avec Perry et les deux autres gentlemen ?

— Oui.

— J'aimerais connaître leurs noms. Ceux des deux autres.

— Ils s'appellent David Arlington et Michael Knowles.

— Pensez-vous que nous puissions les inviter tous à dîner afin que je les rencontre ?

— Pourquoi diable auriez-vous envie de les rencontrer ?

Il n'était pas certain qu'aucun d'entre eux sache se comporter en présence d'une dame comme il faut.

— Puisque je suis votre épouse, je suis aussi intéressée que vous par vos amis.

Comme il détestait ce mot. *Épouse.*

— Très bien.

— Je vous fais confiance pour choisir une date pour le dîner qui nous convienne à tous.

* * *

Ses trois meilleurs amis le dévisagèrent d'un air penaud quand il entra à White's quelques minutes plus tard. Son regard passa d'Arlington, toujours joyeux, à Knowles, le pensif, qui ne ratait jamais une occasion de s'amuser avec ses amis.

— Perry vous a parlé.

Knowles hocha la tête.

— Nous sommes au courant pour votre mariage.

— Vous perdez la main, vieux frère, dit Arlington. Votre première nuit avec une femme que vous venez d'épouser légalement, et vous ne prenez pas votre plaisir avec elle ? Nous sommes flattés que vous préfériez être avec nous.

Knowles le dévisagea avec un grand sérieux.

— Et Perry dit que la nouvelle Lady Finchley est très jolie, en plus.

John bouillonnait.

— Perry aurait dû vous dire que ce n'est pas un véritable mariage.

— La dame pense peut-être différemment. Vous devez admettre que les femmes sont toujours attirées par vous, dit Knowles.

Peter sourit.

— Vous êtes, après tout, grand, brun et avec un titre. Qu'est-ce qu'une femme peut demander de plus ?

Arlington haussa les sourcils.

— Une bourse pleine et un grand... instrument font des miracles pour plaire à une dame.

Ils s'esclaffèrent tous. Tous sauf John.

— Avec la dot de cette dame, dit Perry, Finch a maintenant sa bourse pleine, mais je ne peux pas confirmer la deuxième qualification.

Arlington eut un sourire en coin.

— J'affirme que c'est l'absence de ces deux ressources très importantes qui a poussé cette lascive de Mary Lyle à chercher compagnie *mieux pourvue*.

Ils commencèrent tous à rire. Mais pas John.

Knowles lui lança un regard.

— Puisque nous parlons de Mary la lascive, je dois vous mettre en garde, vieux frère, que ce n'est parce que vous avez enfin des fonds que vous devez prendre une maîtresse sans réfléchir. Aldridge n'approuve manifestement pas la pratique de prendre maîtresse. Il n'en a pas. Et le duc se montre férocement protecteur envers ses sœurs.

— Souvenez-vous de ce qui est arrivé au vicomte de Morton, le prévint Perry.

Arlington partit d'un rire tonitruant. Ils se tournèrent tous vers lui pour voir ce qui l'amusait autant.

— L'amour de Finch pour le jeu, les courses de chevaux, la boisson et les femmes est la raison pour laquelle il a dû se marier, et maintenant qu'il l'a fait, il semble bien que ces activités lui soient refusées.

Knowles regarda solennellement John.

— Il a raison, vieux frère.

John ressentit une bouffée de colère.

— Personne ne dit au comte de Finchley comment dépenser son argent.

Il jeta un œil à Perry.

— Et si on jouait au Faro ?

— Peut-être, vieux camarade, dit Knowles, devriez-vous donner l'illusion de vous être assagi afin de rassurer votre grand-mère. Ne contrôle-t-elle pas une fortune relativement vaste ?

Il y avait du mérite dans ce que lui disait son ami le plus sérieux. Si Grand-mère le pensait assagi, il pourrait recevoir une somme plusieurs fois supérieure à celle que lui avait donnée en dot le duc d'Aldridge. Quel mal cela ferait-il de feindre la domesticité pendant plusieurs semaines afin de mettre les mains sur ce qui aurait déjà dû lui appartenir ?

John déglutit fortement.

— J'ai très envie de me noyer dans le brandy ce soir.

— Un très bon plan, dit Arlington.

Perry commanda quatre bouteilles.

* * *

Margaret savait que son époux n'avait aucune intention de coucher avec elle, mais elle était blessée qu'il la trouve si peu désirable au point de ne même pas vouloir pénétrer dans sa chambre. Longtemps après son départ, elle refusa d'éteindre la moindre bougie. Elle s'assit sur un sofa de soie et observa sa nouvelle chambre. Certes plus petite qu'à son habitude, elle était aussi élégante que n'importe laquelle dans la maison ducale où elle avait grandi.

Savoir que la mère de John en personne avait
choisi la décoration donnait à Margaret
l'impression d'être plus proche d'elle, plus proche
du fils unique de cette femme. Elle aurait voulu la
connaître. John avait visiblement adoré sa mère.
Elle se demanda ce qu'il avait hérité d'elle –
hormis sa chevelure somptueusement sombre.
Elle savait que son père avait été une incorrigible
canaille. Tristement, le fils avait hérité d'une
bonne partie des traits de son géniteur.

Elle n'avait pas passé beaucoup de temps en
compagnie de son époux, mais elle se dit que
peut-être, il n'admirait pas l'homme qu'avait été
son père. Et sa grand-mère ? Sa brève interaction
avec elle après la cérémonie du mariage indiquait
une proximité entre John et elle. La vieille femme
adorait manifestement son seul petit-fils. Avait-
elle pareillement excusé les excès de son fils ? Elle
semblait croire que sous ses manières
débauchées, John était bon et décent.

Margaret préférait croire qu'il l'était.

Même s'il l'avait désertée lors de ce qui aurait
dû être leur nuit de noces, rien de ce qu'il avait
fait n'aurait pu diminuer l'attraction qui l'unissait
à lui.

Quand elle avait pénétré dans sa nouvelle
chambre à coucher et avait vu le lit imposant, son
cœur avait manqué exploser. Sa gorge s'était
desséchée. Son ventre avait palpité. Comme elle
aurait voulu qu'il s'agisse d'un véritable mariage.
Comme elle aurait voulu qu'il l'étreigne à l'étouffer
et la porte jusqu'à ce lit. Comme elle aurait voulu
qu'il lui retire tous ses vêtements et lui donne le
plaisir qu'elle appelait tant, remplisse un besoin
que lui seul pouvait satisfaire.

Il était illogique d'être si férocement attachée à

lui. Il était futile d'oser espérer qu'il soit un jour attiré par elle. Il était idiot d'être si désespérément amoureuse de lui.

Chapitre 7

Comme il était étrange de venir à Berkeley Square sans gravir les marches de son ancienne demeure. Aujourd'hui, Margaret avait l'intention de rendre visite à la grand-mère de John. Bien entendu, elle ne quitterait pas le quartier sans descendre à Aldridge House, particulièrement pour voir Caro, qui avait pleuré la veille lorsqu'on avait emporté les affaires de Margaret.

Quel plaisir ce fut d'annoncer au majordome de la douairière :

— Lady Finchley souhaite voir Lady Finchley.

Il était tout aussi gratifiant de voir la grand-mère de John se précipiter dans le salon et serrer Margaret contre sa poitrine.

— Oh, ma chère, quelle joie de vous voir ! Venez, nous devons nous retirer dans mon petit salon personnel. Ce sera bien plus intime.

Très essoufflée, la douairière gravit les marches menant au troisième étage, où la chambre dans laquelle elle mena Margaret était l'une des pièces les plus confortables que la jeune femme ait jamais vues. Les couleurs pastel étaient apaisantes et les meubles, doublés de chintz, douillets et féminins. La pièce étalait le bric-à-brac de tout ce qui avait été accumulé durant la vie de la vieille femme. Sur les murs étaient accrochés des portraits du roi George et de la reine Charlotte. Il y avait une collection de portraits miniatures de divers membres de la famille Beauclerc. Le sofa était orné de coussins brodés, que la douairière devait avoir exécutés au cours de sa longue vie.

Après que les femmes se furent installées sur le sofa, la douairière adressa un grand sourire à Margaret.

— Alors, ma chère, cela vous plaît-il d'être mariée ?

— Beaucoup.

— Je dois vous dire que je n'ai jamais été aussi fière de John Edward que le jour où j'ai découvert qu'il vous avait choisie pour épouse. Je ne savais même pas qu'il vous connaissait. Depuis combien de temps cette... romance s'épanouit-elle ?

Margaret se rappela qu'elle devait répondre honnêtement. Après tout, elle détestait mentir.

— Cela n'engage que moi...

Elle s'interrompit et leva la tête vers la grand-mère de son mari.

— J'ai toujours voulu...

Comment pouvait-elle exprimer ces émotions complexes que le petit-fils débauché de cette femme avait toujours éveillées en elle ? Elle ne pouvait certainement pas dire *conquérir son cœur*, car elle n'avait aucune garantie que ce jour viendrait.

— ... être celle qui aurait la chance d'épouser John.

— Soyez bénie, ma chère. Je crains que l'avenir ne soit difficile, mais je sais au fond de moi que John finira par s'assagir, et quand il le fera, il sera dévoué et aimant en tant qu'époux, et enfin en tant que père.

Le cœur de Margaret tambourina. Cette idée l'enthousiasmait.

— Je prie pour que vous ayez raison, Madame.

— Je ne nierai pas qu'il existe un côté sauvage

chez tous les comtes de Finchley, mais John Edward possède plus de qualités rédemptrices que ses ancêtres.

— Je vous serai reconnaissante de m'en faire part.

Le visage de la vieille femme se radoucit.

— Ce sont de petites choses. Il a toujours eu un faible pour les femmes dans sa vie. Il a toujours été particulièrement soucieux de sa douce mère... et de moi aussi. Aucun fils ne s'est jamais montré plus dévoué que John Edward l'a été envers sa mère. Il n'a jamais quitté son chevet lorsqu'elle a contracté la maladie qui l'a emportée. J'ai honte de dire que mon propre fils n'a pas montré la même compassion dont John Edward a fait preuve en abondance.

— J'admets que l'une des raisons pour lesquelles je suis venue vous voir aujourd'hui était pour en apprendre davantage sur John.

Margaret adorait le fait qu'elle soit la seule femme du royaume à pouvoir parler de lui en utilisant son prénom.

Lady Finchley l'aînée sourit.

— Il en existe probablement qui pensent qu'il me cajole afin d'accéder à la fortune que ma laissée mon père fortuné, mais je crois qu'il se préoccupe de moi. Il est incapable du moindre artifice. Même quand il était petit, il était incapable de dire un mensonge. Je pense vraiment qu'il préfèrerait que je vive une longue existence plutôt que de s'enrichir par ma mort.

Margaret aimait apprendre ces choses de l'homme qu'elle avait épousé. C'était fortuit qu'il déteste mentir, tout comme elle.

— Ma chère, pour que votre mariage soit un succès, vous devrez trouver le moyen d'écarter

John Edward de ses amis fêtards ! dit-elle en plissant le front.

— Vous voulez parler de Christopher Perry, David Arlington et Michael Knowles ?

La vieille femme plissa les paupières.

— Effectivement. Vous aurez des ennuis tant que ces trois messieurs ne se seront pas mariés et qu'ils n'auront pas adopté une vie domestique.

Margaret haussa les épaules.

— Je crains que cela ne soit pas de mon ressort.

— C'est vrai. Et il est dommage que je ne puisse amener à un tel changement.

— Je ressens la même chose.

Elle était très jalouse de ces trois hommes qui allaient passer plus de temps qu'elle avec son mari.

On frappa à la porte puis John entra dans la pièce, un bouquet de lavande et de violettes à la main. Son regard passa de sa grand-mère rondelette à Margaret, et il se figea net. Ne quittant pas sa femme des yeux, il dit :

— Si j'avais su que vous étiez ici, Maggie, je vous aurais également apporté des fleurs.

Elle sentit son cœur faire un bond. La perspective de recevoir des fleurs de sa part était si touchante. Et encore plus le fait que son époux l'appelle *Maggie*. C'était un nom que personne d'autre n'avait jamais utilisé pour elle. Même s'il n'y avait aucune intimité dans ce mariage, qu'il l'appelle Maggie était une marque d'affection, une validation qu'elle seule était son épouse.

— Je suis touchée par votre sentiment.

Il se tourna et offrit le bouquet à sa grand-mère.

— Je les ai vues dans la rue et ai

immédiatement songé à vous, Grand-mère. Je vous néglige depuis mon mariage.

— Et c'est compréhensible. Votre Maggie doit à présent passer en premier.

Elle prit le bouquet et huma les fleurs minuscules.

— Elles sont jolies, mon cher John Edward, et je vous remercie.

Son regard satisfait accrocha celui de Margaret comme une confirmation silencieuse de la nature prévenante de son petit-fils.

Margaret n'aurait pas été plus heureuse que si elle avait reçu elle-même ce bouquet. Cela la rendait encore plus confiante dans son obsession de toujours pour cette canaille de savoir qu'il possédait des qualités rédemptrices.

La douairière tapota le sofa à côté d'elle et fit signe à John de s'asseoir entre elles.

— Je dois vous complimenter, John Edward, commença-t-elle. Votre nom n'est pas apparu dans les journaux une seule fois depuis que vous avez eu le bon sens d'épouser Lady Margaret Ponsby.

— Je préfèrerais que vous ne lisiez pas ces journaux, dit-il. Comme je le disais à Maggie, vous ne pouvez pas croire ces ragots.

Comme je le disais à Maggie. Comme elle aimait l'entendre parler de la sorte. Elle avait l'impression que leur mariage était bien réel, qu'ils partageaient la même intimité que les autres couples mariés.

— Depuis que vous vous êtes marié, je n'ai pas non plus vu mentionner dans les journaux vos camarades tapageurs, dit sa grand-mère. Cela signifie-t-il que vous êtes le meneur en termes de frivolité ?

Il secoua la tête.

— Je suis plus un suiveur qu'un meneur. Je dirais que Perry est l'investigateur. Et si vous n'avez pas vu mention de mon nom dans les journaux, c'est en bonne partie à cause du sage conseil que j'ai reçu de Knowles.

La vieille femme leva les yeux au ciel.

— J'ai peine à croire qu'aucun de ces jeunes hommes soit sage.

Elle haussa les épaules.

— Mais j'ai suffisamment critiqué vos amis. Nous devons discuter du bal pour vous présenter au monde, vous et votre Maggie. J'aimerais le tenir vendredi prochain. Cela vous conviendrait-il ?

Ce fut à lui de lever les yeux au ciel.

— Si c'est ce qui peut vous rendre heureuse, Grand-mère.

— Je sais que vous n'aimez guère les bals, mais vous n'êtes plus un célibataire qui sera assailli par des mères intrigantes souhaitant unir leur fille à un beau jeune homme titré.

— Je vous prie de ne pas me décrire de la sorte.

— Vous parlez du mot *beau* ?

Sa grand-mère haussa les sourcils.

Il hocha la tête, lançant un regard noir à la vieille femme.

Elle se tourna pour regarder Margaret.

— Ne le trouvez-vous pas beau, ma chère ?

La couleur monta aux joues de Margaret. Elle était incapable de mentir.

— Si.

Il lui coula un regard, l'air radouci, mais ne dit rien.

— Pour quelle autre raison, mon garçon,

auriez-vous mérité une compagne telle que Lady Margaret ? Bien sûr qu'elle a été attirée par votre beauté. Vous devez reconnaître que vous ne possédez pas grand-chose d'autre qui puisse vous faire valoir auprès d'une dame de sa qualité. Mais soyez assuré que je l'ai informée de vos meilleures qualités afin qu'elle n'ait pas l'impression d'avoir commis une grave erreur en vous épousant.

Elle regarda successivement John et Margaret.

— Vous ne regretterez pas ce mariage, ni l'un ni l'autre.

Pour épargner un embarras à son époux, Margaret lui demanda :

— Qu'allez-vous faire aujourd'hui ?

— J'aimerais vous acheter une calèche, dit-il en haussant les épaules. Voulez-vous m'accompagner ?

Elle sentit son pouls s'accélérer.

— Rien ne saurait me faire davantage plaisir.

— Alors vous devez prendre la mienne, dit la douairière.

* * *

Il était particulièrement gêné quand sa femme, si respectable, s'assit en face de lui dans la calèche de sa grand-mère. De quoi s'entretenait-on avec une femme de haute naissance ?

Il avait été très surpris de la trouver chez Grand-mère. À présent que sa parente n'était plus capable de se déplacer autant qu'elle le faisait quand elle était plus jeune, il s'inquiétait de la savoir seule et mettait un point d'honneur à lui rendre visite souvent. Il était son seul parent vivant, et elle aussi. Même si la vieille femme le grondait, il l'aimait beaucoup.

Il respecta encore davantage sa femme pour avoir fait d'une visite à sa grand-mère l'une de ses priorités après que leur mariage fut rendu public.

— C'était gentil de votre part d'aller trouver ma grand-mère.

— Je vous en prie.

— N'écoutez pas les compliments qu'elle me fait. Elle est extrêmement partiale envers son unique petit-fils.

Maggie eut un petit rire.

— Vous avez de la chance de l'avoir. Et je serais heureuse de la considérer comme ma propre grand-mère.

— Vos grands-parents ne sont plus là ?

— Ils sont tous partis. Mes parents aussi.

— Ah, c'est une chose que nous avons en commun. Mais vous avez de la chance d'avoir autant de frères et sœurs.

— Assurément. Et avec le mariage de mon frère, j'ai gagné une sœur à laquelle je tiens particulièrement.

Elle leva la tête vers lui.

— Vous devez à présent considérer Aldridge comme votre frère.

Mais pourquoi le duc devait-il être si ennuyeux ? Il n'avait pas toujours été ainsi. On racontait que le duc d'Aldridge avait été une remarquable fripouille – avant qu'il ne reçoive une flèche de Cupidon et tombe follement amoureux de l'ancienne Elizabeth Upton, la sœur de Haverstock.

John ne voyait personne, à part peut-être Haverstock, qui soit un candidat moins crédible que lui pour être son frère. Ces deux-là formaient le duo le plus sérieux qu'il ait jamais connu.

— Je ne peux nier avoir toujours souhaité un frère.

Le silence remplit soudain la voiture.

Malheureusement, il ne trouvait pas quoi dire d'autre à cette femme.

Enfin, elle reprit la parole.

— J'ai appris que nous avions autre chose en commun.

Il haussa un sourcil.

— Votre grand-mère m'a dit que vous ne racontez pas de mensonges.

— Est-ce pareil pour vous ?

Elle hocha la tête.

Il ne savait pas pourquoi il avait toujours détesté mentir, mais il savait qu'aucun de ses amis n'était honnête en permanence.

— J'ose affirmer que peu de gens peuvent s'en targuer.

— Et vous auriez raison.

Le silence s'épaissit.

Elle brisa enfin le silence glacial.

— Même si j'ai appris que la plupart des impostures sont parfaitement innocentes. Des exagérations. Des compliments hypocrites. Des mensonges pour éviter des punitions, corporelles ou mentales.

— C'est vrai.

Comme il était étrange qu'elle – de nature effacée – porte à présent la conversation, et qu'il soit réduit à faire des réponses de deux ou trois mots.

Dans le silence qui s'ensuivit, elle regarda par la fenêtre de la calèche et il saisit l'occasion de la contempler. S'il avait été attiré par les femmes respectables de bonne naissance, elle aurait certainement représenté une conquête remarquable. Il n'y avait rien qui choquait dans son apparence. Perry n'avait-il pas dit qu'elle était jolie ? Tout le monde savait que Perry était un connaisseur en termes de beauté féminine.

Elle était entièrement féminine, de son nez parfait au rose pâle de ses lèvres et jusqu'à ses doigts graciles. Même s'il n'aurait normalement pas remarqué une dame dotée d'une chevelure d'un brun aussi commun, il réalisa qu'elle avait un beau visage. Aucun trait ne dominait. Comme toute sa personne, c'était un visage sans relief et délicat. Sa silhouette élancée était agréable à l'œil et elle s'habillait avec un goût impeccable. Knowles apprécierait cette qualité.

Étrangement, il se découvrit l'envie de la présenter à ses amis, curieux de voir ce qu'ils penseraient d'elle. Étrangement, il voulait qu'ils l'approuvent.

Bien entendu, elle n'était pas réellement sa femme, plus une sorte de sœur, pour être honnête. Mais étrangement, il ne la considérait pas comme une sœur, bien qu'en si peu de temps, il en soit venu à la percevoir comme une extension de sa famille restreinte. Quelques minutes plus tôt, elle lui avait dit qu'elle souhaitait partager sa grand-mère avec lui. C'était une perspective qu'il trouvait réconfortante.

— Alors, dit-il, quand aimeriez-vous rencontrer mes camarades ?

— Je n'ai pas d'autre projet qui soit aussi important ou intéressant que celui-ci.

Intéressant ? Il doutait qu'elle les trouve intéressants. À moins que cette dame n'adore le tir. Ou l'escrime. Ou les courses de chevaux.

— Je suppose que je devrais les inviter au bal de Grand-mère.

— Ils viendront pour vous, même si je devine qu'ils ne goûtent pas aux bals.

Comme elle le comprenait bien. Lui et ses

amis.

— Vous avez raison.

Un instant plus tard, elle demanda :

— Alors vous avez retrouvé vos camarades hier soir ?

Il acquiesça.

— À White's.

— Avez-vous joué au Faro ? Aldridge en était excessivement fervent – avant qu'il ne devienne l'homme sérieux qu'il est à présent.

— Je n'ai pas joué hier soir. Je tente de remporter l'approbation de ma grand-mère. Elle entend parler de toutes mes mauvaises actions.

— Parce qu'elles sont généralement rapportées dans le journal.

Il hocha la tête.

— Je suppose que je devrais faire ce que vous avez suggéré lors de notre rencontre initiale et soudoyer les journaux pour bloquer les nouvelles de mes mauvais actes.

Elle hocha la tête.

Si elle avait été aussi didactique que sa grand-mère, elle aurait dit : « Il vaudrait mieux cesser de mal agir plutôt que de payer pour éviter que cela ne soit imprimé ». Dieu merci, la femme qu'il avait épousée n'était pas une sorte de harpie autoritaire. Même dans ses rêves les plus fous, il n'aurait pu imaginer Maggie lui disant ce qu'il devait ou ne devait pas faire. Il appréciait cela en elle.

À présent qu'elle l'avait interrogé sur sa soirée à lui, il supposait qu'il devait s'enquérir de la sienne. Il prit une inspiration.

— Et votre soirée hier soir ? Qu'avez-vous fait ?

Elle haussa les épaules.

— Pas grand-chose. Mais je vous assure que

j'ai apprécié d'avoir la maison – ma propre maison dont je serai la maîtresse – pour moi toute seule. Je n'ai jamais été nulle part sans être entourée de mes frères et sœurs.

Elle lui adressa un regard doux.

— Même si je ne considèrerai jamais votre présence comme une intrusion.

Ses mots adoucirent quelque chose en lui.

C'est alors qu'ils s'arrêtèrent devant le fabricant de voitures sur le Strand.

* * *

Comme elle adorait être une femme mariée ! Le simple fait de voyager seule dans une calèche sans un chaperon à l'horizon était un véritable plaisir. Elle pouvait donner l'impression qu'ils formaient véritablement un couple marié heureux.

Et à présent, être en mesure de prendre toutes les décisions pour sa propre calèche était excitant, et assurément quelque chose qu'une sœur cadette sortie de son école depuis à peine trois ans avait rarement l'occasion de faire.

Le fabricant de calèches, reconnaissant les Finchley comme un couple de qualité, leur offrit tous les égards possibles dus à leur rang. Quand il s'éloigna un moment, elle murmura à son mari :

— Dites-moi, avons-nous assez d'argent pour la calèche qu'il vient de nous montrer ?

— Grâce à votre dot, oui. Je vous en prie, choisissez exactement ce qui vous ferait plaisir.

Puisqu'ils n'étaient que deux dans la famille – et elle se rendait compte que, la plupart du temps, ce ne serait que pour une personne –, elle n'avait pas besoin d'une calèche des plus grandes ou des plus luxueuses. D'ailleurs, ce n'était pas dans sa nature de faire un choix qui aurait pu attirer l'attention sur elle. Elle préférait quelque chose de discret.

Quand le fabricant revint, Margaret désigna une calèche qui n'était ni bradée, ni trop chère.

John lui adressa un regard interrogateur.

— En êtes-vous sûre ? Elle est terriblement commune. Vous pouvez avoir tout ce que votre cœur désire.

— Celle-ci me convient parfaitement.

— Dans ce cas, Madame, je ferai terminer et livrer la vôtre pour dans deux semaines, répondit le fabricant.

— Puis-je avoir une doublure en velours bleu pâle sur les sièges ? demanda-t-elle.

— Certainement. Un très bon choix, Madame.

Quand ils quittèrent le fabriquant, John lui offrit son bras, et elle se réjouit du frisson de possession qu'elle ressentit quand elle noua son bras au sien. Mais malgré son bonheur, elle se demanda si ce mariage serait un jour consommé, se prit à se demander si John et elle auraient un jour un enfant. Deviendraient-ils vraiment de véritables époux ?

Une fois de retour dans la calèche de sa grand-mère, il demanda :

— Puis-je vous déposer quelque part ?

Elle hocha la tête.

— À Berkeley Square, une fois encore. Pour voir ma famille.

— Je soupçonne votre sœur Caroline d'être terriblement affectée par votre... mariage ?

Elle hocha à nouveau la tête.

— Elle a pleuré durant toute la journée d'hier.

Il resta un instant silencieux.

— Puisque vous êtes si proches, je devine qu'elle est au courant de la coïncidence qui nous a réunis ?

— Je n'en ai parlé à personne.

— Alors que lui avez-vous dit ?

Elle haussa les épaules.

— Très peu de choses. Je ne pouvais pas mentir.

Il émit un grognement.

— Alors je suppose qu'elle a pleuré toute la journée parce que vous vous êtes unie à l'un des vauriens les plus notoires de Londres.

Que pouvait-elle répondre à cela ? Margaret savait que la moitié de la tristesse de Caro était causée par la séparation entre les deux sœurs et que l'autre moitié était due à ses inquiétudes concernant l'union de Margaret à un homme aussi débauché.

Son silence devait avoir donné mauvaise conscience à John.

— Elle pense sans doute que je suis un avide chasseur de fortune.

Elle ne savait toujours pas quoi répondre.

Quelques instants plus tard, il dit d'une voix radoucie :

— Cela arrangerait-il les choses que je rencontre votre sœur et joue au mari dévoué ?

Elle ne put s'empêcher de réprimer un sourire quand elle croisa son regard.

— Vous le feriez vraiment ? Tout de suite ?

Il haussa les épaules.

— N'importe quoi pour empêcher ma réputation de se dégrader davantage à ses yeux – et, bien entendu, si cela vous fait plaisir, je considèrerais tout moment passé à Aldridge House salutaire.

Si cela vous fait plaisir. Comme cela sonnait bien. Et meilleure encore était la perspective que son époux fasse semblant de lui être dévoué.

Comme c'était pathétique pour elle qu'un simulacre doive prendre la place d'une affection véritable.

Chapitre 8

Il n'était pas précisément certain de savoir comment on feignait d'être un mari dévoué, mais si cela faisait plaisir à la timide petite créature qu'il avait épousée, il tenterait de jouer le jeu – et de ne pas songer à la vente aux enchères de Tattersalls qu'il était en train de rater. Il espérait simplement que Perry n'enchérirait pas sur ce hongre sur lequel il lorgnait. C'était dans le genre de Perry de faire ce type de choses. Il aimait jouer les seigneurs avec ses amis aristocrates, utilisant sa bourse bien remplie pour prendre possession des choses que les autres désiraient. Qu'il en ait besoin ou pas.

John pourrait peut-être passer en coup de vent à Aldridge House, exprimer rapidement un attachement profond à Maggie, puis parvenir à se rendre Tatt's avant que le hongre ne soit présenté.

Quand ils pénétrèrent dans l'ancienne demeure de Maggie, il prit une inspiration et posa une main possessive sur sa taille. Peu de choses le répugnaient davantage que le mariage, mais il était reconnaissant envers Maggie de l'avoir tiré de ses problèmes financiers sans demander grand-chose en retour. Elle voulait simplement que les gens respectent sa position en tant que comtesse. Et avoir une maison et une chambre à elle. C'était bien peu demander.

Elle ne méritait certainement pas que les gens – particulièrement ceux qui l'aimaient – pensent qu'elle n'était rien de plus qu'une dot. Il devait montrer à sa sœur qu'elle était aimée pour elle-même, pas pour sa fortune.

Ce fut un majordome très âgé qui les introduisit à Aldridge House, mais Maggie le traita comme s'il s'agissait d'un grand-père adoré. Puis le couple de jeunes mariés commença à gravir les escaliers quand une jeune femme qui ressemblait remarquablement à Maggie descendit l'escalier en courant. Elle se jeta sur Maggie et les femmes s'étreignirent comme si elles ne s'étaient pas vues depuis des années.

— Je dois te présenter mon mari comme il se doit.

Maggie se tourna vers lui et sourit.

— Voici Caroline.

— Elle est tout aussi jolie que vous.

Il se sentait sacrément gêné de lui dire qu'elle était jolie, mais c'était pourtant vrai. Et cela montrait *bien* son attachement. Ce qui était une bonne chose. Il ne voulait pas que tout le monde croie qu'il était un sale chasseur de fortune.

— Vous ressemblez presque à des jumelles. Qui est l'aînée ?

— C'est moi, dit Maggie.

— Même si tout le monde pense que c'est moi, poursuivit Caro. On me dit que j'ai la personnalité dominatrice d'une première-née.

Maggie, tout sourire, hocha la tête en le regardant.

— C'est vrai.

Il prit la main de Margaret dans la sienne. Comme il l'avait fait ce jour-là à St-George. Seulement à présent, c'était différent. Bien entendu, elle n'était plus une étrangère. Même s'il en savait très peu sur elle, il n'aurait su dire laquelle des deux était l'aînée.

Puis ils se dirigèrent vers le salon et il prit garde à s'asseoir à côté de Maggie tandis qu'ils continuaient à se tenir la main. Qu'on ne vienne pas lui dire qu'il ne montrait pas sa dévotion ! Une fois que Caroline se fut assise à côté d'eux et pour la forme, il porta la main de Margaret à sa bouche et y déposa un léger baiser.

À sa grande surprise, elle lui pressa la main. Allons, pourquoi avait-elle fait cela ? Ce n'était pas comme si sa sœur pouvait voir un tel geste. Il se dit qu'elle se montrait simplement reconnaissante qu'il veuille bien jouer au mari attentionné. Plus qu'attentionné, d'ailleurs. Comment ne pas apprécier la douce Maggie ? Mais apprécier une personne ne signifiait absolument pas vouloir l'épouser.

Sa mission présente était de faire croire à Caroline qu'il avait souhaité se marier avec elle.

Il jeta un œil à l'horloge sur le manteau de la cheminée. Une heure. Les enchères allaient commencer. Sauf erreur de sa part, le hongre serait présenté juste avant la fin. Il avait peut-être encore le temps de s'y hâter. Le cheval était d'une telle beauté !

— La douairière Lady Finchley donnera un bal en notre honneur la semaine prochaine, dit Maggie à sa sœur.

Le regard de Caroline passa de leurs mains unies au visage de John. La ressemblance entre les deux sœurs était remarquable, même s'il trouvait Maggie plus jolie.

Sa sœur le dévisagea avec une certaine hostilité dans son attitude.

— Je ne me souviens pas vous avoir déjà vu à un bal, Monseigneur.

— Je ne les apprécie pas.

— Mais à présent que vous êtes marié, dit Caroline, j'espère que vos centres d'intérêts vont changer.

Que diable pouvait-il répondre à cela ? Il ne pouvait quand même pas mentir. Le fait était qu'il n'avait aucune intention de changer de centres d'intérêts.

— Je ne suis plus le même homme. En tant que fils unique, j'ai eu tout le loisir jusqu'à présent de ne penser qu'à moi. Mais maintenant, il faut que je songe à ce que ressent Maggie.

Il était plutôt fier de sa réponse.

Les yeux de Lady Caroline s'écarquillèrent et elle haussa les sourcils. Une expression de mortification totale s'imprima sur son visage.

— *Maggie ?* Personne n'a jamais appelé ma sœur de la sorte.

Margaret lui sourit.

— C'est un nom que mon cher époux a choisi pour moi. Personne d'autre n'est censé l'utiliser.

Cher époux ? Elle en faisait un peu trop. C'étaient des mots qu'il détestait. Il ne voulait être l'époux de personne, et encore moins un *cher* époux.

Caroline, contrairement à son habitude, demeura silencieuse. Au bout d'un long moment, elle reprit enfin la parole.

— J'espère que personne d'autre n'utilisera ce nom ! Pour ma part, je ne le ferai jamais !

Un autre silence s'ensuivit. Il était dommage que Maggie soit si effacée, dommage qu'il n'ait pas la moindre idée de la façon de s'adresser à sa sœur, qui était incapable de dissimuler l'opinion négative qu'elle avait de lui.

— Ma chère Maggie, vous devez parler à votre sœur de notre nouvelle calèche.

Seigneur Dieu, pourquoi avait-il ajouté un *ma ?* Il continuait à s'étonner lui-même.

Il devait admettre qu'une telle marque d'affection pèserait beaucoup dans la balance pour convaincre Lady Caroline, si critique, qu'il n'était pas un satané chasseur de fortune.

Le regard hostile de Lady Caroline passa de lui à sa sœur.

— John et moi revenons tout juste du fabriquant de voitures où nous avons commandé une nouvelle calèche pour mon usage personnel.

— Ta propre calèche ! Je vais être très jalouse.

— Elle sera à ta disposition puisque j'ai l'intention de partager toutes mes journées avec toi comme je l'ai toujours fait.

Sa femme jeta un œil à l'horloge avant de se tourner vers lui.

— Très cher, n'y a-t-il pas un autre endroit où votre présence serait la bienvenue ?

Comment diable était-elle au courant pour Tattersalls ?

— J'admets que j'avais prévu de me rendre à Tatt's, mais vos envies et vos souhaits passent en premier.

Qu'est-ce qu'il lui avait pris de dire cela ? Il n'avait certainement pas eu l'intention de mentir. Jamais. Étrangement, il réalisa qu'il venait de dire la vérité. Il n'était assurément pas amoureux de Maggie, mais lui faire plaisir était immensément plus important.

Elle pressa sa main.

— Alors j'ai envie que vous alliez à Tattersalls.

Il lui pressa aussi la main, se redressa et s'adressa à Lady Caroline.

— C'était un plaisir de faire votre connaissance et j'espère vous voir au bal.

Elle lui offrit un sourire guindé.

— J'y serai.

Puis il se tourna vers Maggie et se pencha pour déposer un baiser sur sa joue.

— Jusqu'à ce que votre nouvelle calèche soit livrée, Grand-mère ne s'opposera pas à ce que vous utilisiez la sienne. Elle ne sort plus que rarement.

— Je vous remercie.

Il se dirigea à grands pas vers la porte.

Maggie l'appela.

— John ?

Il se tourna.

— Il me tarde de savoir si vous avez obtenu le cheval que vous désirez.

Cette femme peut lire dans mes pensées. C'était particulièrement effrayant.

Il espérait devant Dieu qu'à présent qu'il lui avait fait plaisir une fois, elle n'allait pas exiger qu'il soit constamment auprès d'elle. S'attendait-elle à ce qu'il retourne en courant à la maison après Tatt's pour lui faire part de ses bonnes – ou mauvaises – nouvelles ? Il n'avait aucune intention de se précipiter chez lui après la vente aux enchères. Lui et Knowles passeraient chez Angelo pour s'entraîner à l'escrime plus tard dans l'après-midi.

Pourtant, avisant son visage plein d'espoir, il ne voulut pas la décevoir. D'ailleurs, il avait l'intention de convaincre sa chicaneuse de sœur qu'il n'était pas une espèce de rustre.

— Alors assurez-vous de me garder une place à table pour le dîner de ce soir.

En quittant l'ancienne demeure de Maggie, il essaya de se remémorer la dernière fois où il avait dîné à Finchley House. Cela faisait des années.

Mais qu'est-ce cela faisait ? Ce n'était pas comme s'il avait prévu de passer la nuit avec elle. Lui et ses amis avaient d'autres projets. Des projets qui n'incluaient pas Maggie.

Il passa devant la calèche de Grand-mère dont il avait insisté que Maggie se serve. Il se rendrait à Tatt's à pied. En parcourant Piccadilly, il ne put détourner ses pensées de Maggie. Comment diable avait-elle su pour l'intérêt qu'il portait au hongre ? Il ne lui en avait pas parlé. Il lui avait dit bien peu de choses sur lui. Et ce n'était pas comme si elle connaissait les canailles qu'il côtoyait, des canailles qui auraient pu lui parler de son intérêt pour le hongre.

Il était très désagréable d'envisager qu'elle s'immisçait dans ses pensées.

* * *

Margaret était encore tout excitée après le départ de son mari. Il était allé jusqu'à l'appeler *ma* chère Maggie ! Ce n'était pas une grande déclaration. Ce n'était pas comme s'il était amoureux d'elle. Mais pour elle, c'était excitant. Connaissant son honnêteté intrinsèque, elle se délectait de ces paroles. *Ma* chère Maggie. Elle était à lui ! Il savait qu'elle était à lui !

Elle avait l'impression qu'il venait de placer la première brique des fondations sur lesquelles leur mariage serait bâti. Ils avaient sans nul doute du pain sur la planche, mais elle était heureuse qu'ils aient commencé.

— Je dois admettre, dit Caro d'un ton glacial, que ton mari n'est pas aussi odieux que ce à quoi je m'étais attendue.

Margaret jeta un regard noir à sa sœur adorée.

— Je te demanderai de ne plus jamais utiliser ce genre de vocabulaire pour parler de mon mari.

Caro soupira.

— Je sais pourquoi tu es tellement amoureuse de cet homme. Il *est* terriblement beau.

— Je sais. Je l'ai observé par la fenêtre pendant des années.

À présent, elle pouvait enfin être entièrement honnête avec sa sœur. À présent que Caro ne pouvait plus rien faire pour empêcher le mariage.

— Tu es vraiment heureuse d'être mariée à Lord Finchley ?

— Je ne saurais l'être davantage.

Sauf que ce n'était pas vrai. Le véritable bonheur ne viendrait pas avant d'avoir remporté l'affection de John. Mourrait-elle sans avoir conquis son amour ?

— Alors je dois être contente pour toi. Je suis incontestablement jalouse de ta calèche. Tu me fais regretter à présent toutes les demandes en mariage que j'ai refusées, soupira Caro. À présent que je t'ai perdue, je n'ai plus qu'à accepter le prochain gentleman qui fera sa demande. Tant qu'il est beau. Et titré.

— Copieuse.

Les deux sœurs éclatèrent de rire.

— Sérieusement, dit Margaret. C'est bien que tu n'aies accepté aucun des hommes qui t'ont fait leur demande. Il faut que tu attendes ton chevalier servant. Je sais qu'il viendra. Tu dois te marier par amour.

Les yeux de Caro s'embuèrent quand elle contempla sa sœur.

— J'ai l'impression que tu aimes vraiment Finchley. Comment as-tu pu me cacher un attachement aussi puissant ?

— Je savais que tu n'aurais pas apprécié. À cause de sa réputation.

Caro hocha la tête.

— Je ne vois pas comment vous avez pu vous retrouver tous les deux. J'ai passé toute ma vie à tes côtés.

— Tout ce que je peux dire est que le destin m'a unie à celui que j'adore pile au bon moment. À présent, ma chère sœur, si l'on prenait la calèche de la douairière pour nous rendre chez Madame Duvall sur Conduit Street ? Pour ma part, j'ai bien envie d'une magnifique nouvelle robe pour mon bal *de mariage*.

* * *

Quand il arriva à Tatt's, son hongre venait à peine d'être présenté. Perry se tenait au premier rang, observant le cheval de John. Celui-ci joua des coudes à travers la foule dense et parvint tout essoufflé aux côtés de Perry.

— Vous n'oserez pas.

Les deux hommes se regardèrent dans les yeux. Perry haussa les épaules.

— Vous m'accablez. J'avais simplement l'intention de m'assurer que cette bête magnifique entre en votre possession.

— Notre amitié ne vous empêchera pas de vous approprier une chose qui me fait envie.

— Il a raison, vieux camarade.

C'est là que John vit David Arlington, debout à la gauche de Perry.

— Vous vous souvenez quand Finch était prêt à conquérir cette hétaïre. Comment s'appelait-elle ?

Il regarda Perry qui lui lança un regard noir.

— Winnie.

Arlington afficha un sourire en coin.

— Comment aurais-je pu oublier ? Dès que vous avez su que Finch avait l'intention d'en faire sa protégée, vous lui avez promis une rétribution bien plus conséquente.

John haussa les épaules.

— Vous devez reconnaître qu'une fois que Perry l'a installée dans des quartiers luxueux, il m'a laissé toute latitude de m'en donner à cœur joie avec elle.

— Votre cœur, vieux frère, n'est pas la partie de votre anatomie qui vous a dirigé vers cette Marie-couche-toi-là, sourit Arlington. En parlant de cœur, comment va le mariage ?

À ce moment précis, le commissaire-priseur se mit à faire la réclame du hongre de John.

— Messieurs, nous avons gardé le meilleur pour la fin. On pourrait parcourir le monde entier sans trouver un cheval qui vaille celui-ci.

L'attention de John se braqua sur le hongre. Quelle belle bête ! On discernait sa noble ascendance à sa symétrie parfaite et son allure gracieuse. Tous les regards furent attirés par l'animal à la robe marron foncé et aux quatre chevilles blanches.

— Non seulement ce hongre a-t-il été créé pour la vitesse, dit le commissaire, mais il est également inégalable en grâce et en beauté.

Sans vouloir paraître trop impatient, John avait hâte de prendre possession d'une telle créature. Quand le commissaire prit son marteau et dit :« Qui m'en donnera cinquante livres ? », John fut le premier à lever la main. Puis il fusilla Perry du regard.

Celui-ci haussa les épaules. Un adversaire d'éliminé.

— Cinquante-cinq, cria Lord Elsworth.

Les deux pairs continuèrent à se battre aux enchères.

Quand le prix dépassa les quatre-vingts guinées, un bourdonnement de voix émergea de la foule. Ce n'était pas tous les jours qu'un cheval méritait un tel prix.

— Quatre-vingt-cinq pour Lord Finchley, dit le commissaire.

Puis hochant la tête vers l'autre homme, il dit :

— Quatre-vingt-dix pour Lord Elsworth.

— Cent, cria John.

Un silence de mort s'abattit sur la foule. Tous les yeux se braquèrent sur Lord Elsworth, qui secoua la tête.

— Je ne paierai jamais cent guinées pour un animal, quel qu'il soit !

John, qui avait réussi à faire reprendre du service à son ancien cocher et palefrenier, confia son nouveau cheval à ce dernier. Lui et ses trois amis voulurent célébrer l'achat de John à White's, en compagnie de plusieurs bouteilles de brandy.

Une fois qu'ils se furent installés autour de leur table habituelle, Knowles les rejoignit. Les sourcils froncés, il avait l'air troublé.

— Quelque chose ne va pas ? demanda John.

Knowles hocha la tête.

— Aucun d'entre vous n'a vu le journal de ce matin ?

Perry secoua la tête. John secoua la tête. Arlington dit :

— Voir le journal et lire le journal sont deux choses totalement différentes. Je peux à peine y voir clair quand je quitte le lit.

— Dites-nous donc ce qu'il y contenait, demanda John.

— George Weatherford est mort. Son nom était cité parmi la liste des morts en Espagne. Il était officier dans le 11e régiment des dragons légers.

John eut l'impression qu'on l'avait frappé au ventre. Il n'eut que vaguement conscience des complaintes et des phrases de sympathie de ses amis. Tout le monde aimait George Weatherford.

Celui-ci avait le même âge que lui et ils se connaissaient depuis qu'ils étaient entrés à Eton à l'âge de huit ou neuf ans. Weatherford était plus sérieux et moins riche que les autres, mais John avait admiré son intelligence et sa gentillesse. Et il était un fantastique joueur de cricket.

Plus tard, quand John et ses amis étaient entrés à Oxford, la famille de Weatherford lui avait acheté une commission et il était parti sur la Péninsule.

John se disait qu'il avait entendu dire quelque part que Weatherford s'était marié. Cela lui ressemblait bien de s'investir dans le mariage. Il n'avait jamais aimé les mêmes choses que John et ses amis. Comment l'avait formulé Grand-mère ? Le vin, les femmes et le Faro.

À l'école, en tant qu'unique aristocrate dans leur aile du bâtiment, John avait toujours reçu le respect de ses camarades de classe. Weatherford en particulier l'avait admiré.

John posa son verre de brandy et se redressa en secouant la tête.

— Je n'ai plus envie de faire la fête. C'est une très, très mauvaise nouvelle.

Il quitta White's et prit le chemin de Cavendish Square. Vers chez lui.

Même la perspective de devenir propriétaire du hongre n'aurait pu le réconforter en un jour aussi sombre.

* * *

Il fut légèrement déçu que Maggie ne soit pas rentrée. Il avait beau ne pas vouloir partager sa maison avec une satanée bonne femme, il y avait quelque chose de réconfortant à la pensée d'avoir quelqu'un à qui parler quand on rentrait chez soi.

Non que Maggie et lui aient jamais réellement discuté. Les quatre fois où ils s'étaient retrouvés ensemble, elle n'avait vraiment beaucoup parlé qu'une seule fois : le jour où elle l'avait persuadé de la laisser faire semblant que c'était un véritable mariage.

Il se prit à gagner la bibliothèque. Que lui arrivait-il ? Il n'avait jamais eu envie de se retrouver dans une pièce remplie de livres.

Mais Maggie, si. Au bout de toutes ces années, la bibliothèque des Finchley allait enfin être utilisée.

Peut-être était-il venu ici parce que ces livres lui rappelaient Weatherford. Ils s'étaient aidés mutuellement à traduire en anglais un poème latin peu connu d'Ovide.

John était si peu familiarisé avec la bibliothèque qu'il n'était pas certain de savoir où se trouvaient les Romains, mais en quelques instants, il repéra les deux volumes d'Ovide en cuir écarlate et aux lettres dorées. Il soupira, prit l'un des deux et se dirigea vers le sofa près du feu. Pour une raison qui lui était inconnue, il avait envie de retrouver ce poème.

Cinq minutes ne s'étaient pas écoulées que la porte de la pièce s'ouvrit en coup de vent. Il leva la tête et vit que Maggie se tenait là, un grand sourire sur le visage.

— Vous êtes rentré tôt ! J'espère que vous avez de bonnes nouvelles.

Dès qu'elle eut prononcé ces paroles, elle dut comprendre à son expression qu'il était d'humeur maussade.

Elle fronça les sourcils et se dirigea vers lui en s'adressant à lui d'une voix douce.

— Je suis désolée. Vous n'avez pas remporté votre cheval ?

— Si.

Il baissa les yeux.

— Quelque chose ne va pas.

Il hocha la tête.

— Un vieil ami à moi a été tué.

Elle poussa un petit cri et se laissa tomber sur le sofa à ses côtés.

— Je suis vraiment désolée.

Ils demeurèrent tous les deux silencieux pendant un moment.

— Je suppose que vous n'avez pas eu envie de fêter votre acquisition après avoir appris une nouvelle aussi terrible.

Comment diable avait-elle su que lui et ses amis avaient levé un verre à la chance qu'il avait eu de remporter le hongre ? L'espionnait-elle ? Il hocha solennellement la tête.

— Pouvez-vous me parler de votre ami ?

Il mit un moment avant de répondre.

— Son nom était George Weatherford. Il était officier sur la Péninsule.

— Comme c'est tragique.

— Je l'ai rencontré à Eton.

— Alors c'était un jeune homme. Du même âge que vous ?

Il hocha la tête.

— J'espère qu'il n'a pas laissé de veuve, dit-elle d'un ton solennel. Mais par égard pour lui, j'espère qu'il a trouvé l'amour et le bonheur avant que la vie ne lui soit ôtée.

Étrangement, malgré sa propre aversion pour le mariage, John trouvait du mérite dans ce sentiment. Il espérait vraiment que Weatherford avait trouvé la joie dans le mariage. Il était ce type d'homme sérieux.

— Nous nous sommes perdus de vue au cours des dernières années, mais je crois avoir entendu dire qu'il s'était marié. Je prie pour que leur mariage ait été heureux.

— À présent, dit-elle d'un ton guilleret en lui adressant un sourire, j'aimerais que vous me parliez de votre cheval.

Elle savait comment l'égayer. Non qu'un satané cheval ait autant de valeur qu'un vieil ami, cela dit. Il se tourna vers elle.

— C'est la plus jolie bête que j'aie jamais vue. Un hongre.

— De quelle couleur ?

— Marron foncé. Avec quatre chevilles blanches.

— Oh, il a l'air beau.

— Ce n'est pas exactement un « il ».

Elle rougit. Ils ne dirent rien pendant un moment.

— Je voulais vous remercier de l'extrême gentillesse que vous m'avez témoignée en présence de Caro.

— Vous n'avez pas à me remercier. Je ne faisais que ce que n'importe quel mari devrait faire.

Non qu'il ait souhaité devenir le mari de qui que ce soit.

— Ai-je réussi à apaiser la haine que votre sœur me voue ?

— Ma sœur ne vous déteste pas. Elle s'inquiète simplement pour moi.

— Et elle a raison. Ne suis-je pas le vaurien le plus dépensier de Londres ?

Il lui décocha un sourire en coin.

— Vous avez dit que je ne devais pas croire tous les ragots qu'on lit dans le journal.

Il sourit. Son épouse avait le don de dissiper ses idées noires.

Chapitre 9

Margaret, Caroline, leur sœur Clair et la duchesse arrivèrent toutes au 7, Trent Square le jour suivant. Carter, l'intendant – qui avait précédemment fait office de valet de pied à Aldridge House – les introduisit. Quelques secondes plus tard, la veuve Mrs. Hudson, qui avait volontiers endossé le rôle de matriarche de la résidence, salua joyeusement les dames.

— Voulez-vous que j'envoie immédiatement les enfants dans la salle de musique, Lady Margaret, ou bien voulez-vous d'abord faire un câlin à Mikey ?

Tout le monde à Trent Square savait donc à quel point Margaret s'était entichée de l'adorable petit garçon ?

— Ma sœur n'est plus Lady Margaret, dit sèchement Caro. Elle est à présent Lady Finchley.

Au ton de sa voix, Caro était toujours mécontente du mariage inattendu de Margaret.

Mrs. Hudson se tourna vers Margaret et lui adressa un sourire.

— Félicitations pour votre mariage, Madame. C'est merveilleux.

Margaret sourit.

— Oui, vraiment, et oui, vous pouvez faire venir les enfants. J'espère que Louisa s'est remise de sa fièvre.

Mrs. Hudson parvint à sourire.

— Elle ne s'est pas encore rétablie, mais au moins, la fièvre est retombée. La nuit dernière est la première qu'elle a passée sans brûler de fièvre.

— Oh, ma pauvre, dit Margaret.

Louisa était l'unique enfant de Mrs. Hudson et Margaret savait à quel point sa mère s'était inquiétée pour elle.

— Je me doute que vous n'avez pas beaucoup dormi cette semaine.

— Vous parlez exactement comme Carter. Il a proposé de rester au chevet de Louisa il y a deux nuits de cela, afin que je puisse enfin dormir un peu, mais je savais que je n'aurais pas été capable de fermer l'œil tant que je me serais inquiétée pour ma petite. Même s'il a promis que s'il y avait le moindre changement ou que si Louisa m'appelait, il toquerait fort à la porte de ma chambre.

Que Mrs. Hudson s'en rende compte ou non, Abraham Carter, le bel intendant, était amoureux d'elle et il adorait également la petite fille comme l'aurait fait un père. Margaret croyait aussi que Mrs. Hudson – qu'elle s'en rende compte ou non – était en train de tomber amoureuse de lui. La pauvre Mrs. Hudson avait eu son lot de douleur. Elle méritait le bonheur. Il suffisait simplement que ces deux-là se mettent ensemble.

Abraham aussi méritait d'être heureux. Il était terriblement difficile pour Margaret d'appeler l'ancien valet de sa famille d'un autre nom qu'Abraham. Elle était tellement fière du travail qu'il avait accompli pour améliorer sa situation, de l'amour que lui portaient les enfants de Trent Square et de l'efficacité avec laquelle le numéro 7 était géré. Elle ne se souvenait pas qu'un serviteur ait jamais inspiré un tel respect.

Mais elle réalisa alors que pour ces veuves et leurs enfants, Abraham Carter n'était *pas* un serviteur. Il était tout à la fois un tonton sympathique, un père attentionné et un homme à tout faire placé sur cette terre pour permettre à leurs vies de se dérouler sans anicroches.

— Je crains que plusieurs enfants n'aient attrapé la maladie de Louisa, poursuivit Mrs. Hudson. Seuls Peter et Sarah vont venir vous retrouver aujourd'hui.

Margaret plissa le front.

— Les pauvres chéris. Voulez-vous que je fasse appeler l'apothicaire ?

La veuve secoua la tête.

— Je ne pense pas que cela soit nécessaire pour le moment, mais je vous remercie de cette gentille proposition.

Mrs. Hudson se tourna alors vers Clair et sourit.

— J'ai été tellement impressionnée de vous voir nommée dans les journaux, Lady Clair, et avec une personne si célèbre ! Le très honorable Richard Rothcomb-Smedley.

Clair parut démesurément contente.

— C'est un homme formidable, c'est vrai.

— Est-ce vrai qu'il deviendra chancelier de l'Échiquier avant l'âge de trente ans ?

Clair haussa les épaules.

— Nous l'espérons, oui. Il a travaillé très dur.

Il était dommage qu'il n'ait toujours pas demandé la main de Clair, se dit Margaret. Non seulement ces deux-là étaient-ils parfaits l'un pour l'autre, mais ils se témoignaient également une immense affection.

Peut-être qu'après avoir eu vent des trente mille livres que Lord Finchley avait reçues en épousant une des sœurs Ponsby, Mr. Rothcomb-Smedley demanderait la main de Clair. En tant que fils cadet, la fortune de Clair pourrait lui être utile.

Mrs. Hudson observait Margaret en fronçant les sourcils.

— Je crois avoir également lu quelque chose dans les journaux sur votre Lord Finchley, mais je ne me rappelle pas dans quel contexte. Est-il aussi au Parlement ?

À la consternation de Margaret, ses sœurs se mirent à rire. Elle plissa les paupières et les fusilla du regard, puis elle s'adressa à la veuve.

— Non, mon mari n'est pas encore au Parlement, et il m'a demandé de ne pas croire les choses horribles qui sont imprimées sur lui dans les journaux, et je vous prie toutes de n'en rien faire non plus.

Elle se dirigea vers les marches d'un pas vif et se mit à les gravir.

— Oh, j'ai failli oublier de vous raconter la bonne nouvelle, dit Mrs. Hudson.

Margaret rebroussa chemin.

— Mrs. Nye va nous quitter.

— Je ne vois pas pourquoi c'est si positif, lança Caro.

— Elle doit se remarier. Apparemment, un des hommes du village où elle a grandi a toujours eu un faible pour elle, et quand il a appris qu'elle était veuve, il a commencé à lui rendre visite. Ils se marieront une fois que les bans seront postés, puis il l'emmènera dans sa nouvelle maison.

— Je suis très contente pour elle, dit la duchesse. Et cela signifie que nous aurons de la place pour une autre famille.

— Nous sommes tous très contentes pour elle. Il semblerait que son Mr. Miller possède quelque propriété et un ancien manoir respectable.

— Ce sont en effet de bonnes nouvelles, dit Margaret. J'espère que vous parviendrez toutes à trouver le même bonheur que Mrs. Nye.

Mrs. Hudson plissa le front.

— J'aurais l'impression de trahir mon cher Harry.

Margaret fit un pas en arrière et posa une main rassurante sur l'épaule de la veuve.

— D'après ce que je sais de votre cher mari, je suis certaine qu'il aurait voulu que vous retrouviez l'amour, que vous soyez heureuse. Vous et Louisa.

Impossible que la loyauté de Mrs. Hudson envers son époux mort soit l'obstacle qui l'empêche de trouver le bonheur avec Abraham. Quelle terrible entrave c'était à une histoire d'amour naissante avec lui ! Elle tourna les talons et se remit à gravir l'escalier.

* * *

— À présent que vous vous êtes rempli les poches, vieux frère, dit Perry, que diriez-vous de jouer au whist pour vingt livres la partie ?

John sourit.

— Cela fait longtemps que je n'en ai pas eu l'occasion.

Lui et ses trois amis étaient assis à leur table habituelle à White's. Knowles fronça les sourcils et posa une main sur le bras de John.

— Ne pensez-vous pas que le duc d'Aldridge l'apprendra ? Si j'étais vous, je ferais plus attention. Le duc est un homme dont vous ne souhaitez pas encourir la colère.

— Ne l'écoutez pas, dit Perry.

— Ce n'est pas comme si je perdais l'intégralité des trente mille. Quel mal cela fera-t-il de perdre quelques livres ici et là ? D'ailleurs, dit-il en adressant un sourire à son ami le plus sérieux, je pourrais parfaitement l'emporter.

Arlington l'observa d'un air interrogateur.

— Alors vous avez dédommagé Lord Bastingham ?

John déglutit. Il n'aimait pas se dire qu'une portion non-négligeable de la dot de Maggie avait servi à dédommager Bastingham pour ses pertes passées. Il hocha gravement la tête.

Perry demanda des cartons.

— Nous devrions peut-être commencer un peu plus bas que vingt livres une partie, suggéra John.

Arlington eut un ricanement.

— Je vois que le mariage a déjà fait mûrir Finch.

— Le mariage n'a rien à voir là-dedans, cracha John. Je ne préfère simplement pas m'aliéner le duc d'Aldridge. J'ai des raisons de croire qu'il me méprise déjà.

— Personne ne pourrait jamais vous mépriser, dit Knowles d'une voix étonnamment douce. Je me rappelle comme ce pauvre vieux Weatherford vous idolâtrait. Il avait l'habitude de dire que vous étiez l'aristocrate le plus réaliste et le plus gentil qu'il eût jamais rencontré. Il vous considérait comme un véritable ami.

— Moi de même, dit John qui avait une boule énorme dans la gorge.

— Arrêtons de broyer du noir, lâcha Perry. Si nous disions dix livres une partie ?

Arlington haussa les épaules.

— Pourquoi pas cinq ? Le trimestre suivant est encore loin.

— À propos, dit John, j'espère tous vous voir au bal de ma grand-mère ce vendredi.

Perry leva les yeux au ciel et dit :

— J'y serai.

— Je ne le raterai pour rien au monde, dit Knowles. J'ai hâte de voir cette femme que vous avez épousée.

— Moi aussi, lui fit écho Arlington. Il faut que je voie cela de mes propres yeux. Comment Finch a-t-il pu se trouver une dame fortunée *et* belle ? Cette femme ne doit apparemment pas lire les journaux.

— Et elle aussi tolérable que le raconte Perry ? demanda Knowles à John.

John serait heureux qu'ils la trouvent avenante.

— Je dirais qu'elle est plus jolie que cela.

Il s'étonnait toujours qu'une dame aussi élevée ait pu envisager de lier sa vie à la sienne. Une femme de sa qualité aurait pu avoir n'importe qui de son choix.

* * *

Le soir du bal était arrivé.

C'était une nuit – la seule – que Margaret était certaine de passer en compagnie de son mari, et elle avait l'intention d'en profiter au maximum. Dès que la grand-mère de John avait annoncé le bal, Caro et elle s'étaient rendues chez la couturière, où Margaret avait commandé la robe la plus jolie qu'elle eût jamais eue.

Madame Duvall avait expliqué que c'était une robe de mariée, ce que Margaret trouvait particulièrement approprié. Une gaze française à rayures retombait délicatement sur un fourreau de satin blanc, et le bas de la robe présentait d'épais volants en dentelle de Bruxelles ornés de roses en satin rose pale. Margaret trouvait le corsage particulièrement flatteur. Comme le voulait la mode, il était très décolleté, mais pas assez pour perdre toute respectabilité, et il était brodé d'autres fleurs roses et de feuilles élégantes. Ses épaules seraient complètement exposées, mais on lui avait dit qu'elles étaient remarquablement gracieuses. Elle était reconnaissante d'avoir la chance de posséder une peau extrêmement pâle qui ne présentait pas le moindre défaut, alors elle se disait que les flatteurs avaient peut-être raison. Juste sous ses épaules, le tissu délicat bouffait au haut de ses bras comme deux nuages.

Caro s'était montrée excessivement jalouse.

— C'est la robe la plus jolie que j'aie vue de toute ma vie. Pour être honnête, il faudra que je me marie pour pouvoir commander une robe « de mariée » qui soit aussi jolie.

— Une très mauvaise raison de se marier, avait répondu Margaret avec dédain.

À présent, Caro était de retour à Aldridge House afin de se préparer pour le bal, et Margaret et sa camériste avaient passé des heures sur sa toilette. Elle avait enfilé des chaussons de satin blanc et de longs gants assortis en chevreau français. Elle sourit tout en dépliant le bel éventail peint à la main qu'Elizabeth lui avait offert en cadeau de mariage. Cette chère et prévenante Elizabeth. C'était le seul cadeau de mariage qu'elle eût reçu, se lamenta-t-elle. Elle détestait voir sa famille si opposée à John.

Cette soirée pourrait peut-être faire basculer leur opinion dans une direction plus favorable.

Et plus important encore, peut-être pourrait-elle faire basculer *ses* attentions dans une direction plus désirable.

— Oh, ma chère Annie, dit-elle à sa servante.

Je crois que je n'ai jamais eu une aussi jolie coiffure.

— Je vous remercie, Madame. J'ai essayé de faire exactement la même que celle de la dame dans l'*Ackermann*.

Le regard de Margaret se posa sur une page arrachée à la revue d'*Ackermann* du mois d'août précédent, qui présentait un mannequin de mode à la coiffure ravissante. Elle avait conservé cette image depuis un moment, voulant se faire faire exactement la même, mais elle avait attendu qu'un événement important se présente.

Rien n'aurait pu être plus important que ce soir-là.

Puis elle observa son reflet dans le miroir, le comparant à l'image dans la revue. Annie était une véritable perle. Elle avait épinglé les cheveux de Margaret exactement dans le même style, et cela lui seyait très bien, avec ses boucles irrégulières dans le style oriental nouées par un ruban de petites fleurs roses en soie.

Elle avait choisi des perles simples pour son collier et ses boucles d'oreilles.

Va-t-il seulement remarquer ma présence ? Elle se redressa et se contempla dans la glace. S'il ne l'admirait pas ce soir, cet homme était incurable. Malgré sa modestie habituelle, Margaret trouvait que ce soir-là, elle était extrêmement belle. Elle se prit à se demander ce que les danseuses d'opéra possédaient de plus qu'elle.

Enfin... Il ne fallait pas y penser. Elle lui avait dit qu'il était libre de fréquenter des femmes de ce genre, mais elle n'avait pas songé à quel point cela la blesserait s'il le faisait.

Elle entendit des pas lourds dans le couloir à l'extérieur de sa chambre, puis un coup énergique à la porte. Qui cela pouvait-il bien être ?

— Oui ? demanda-t-elle.

— C'est Finchley, euh, je veux dire John Edward, ou John.

Le cœur de Margaret se mit à marteler. Ses paumes devinrent moites. Sa gorge se dessécha.

— Entrez, parvint-elle à dire d'une voix tremblante.

Déjà vêtu de noir pour les réjouissances de la soirée et terriblement beau, il entra dans la chambre d'un pas nonchalant, un écrin de velours à la main. Il gardait les yeux braqués sur l'écrin et non sur elle.

— Je vous apporte les bijoux des Finchley que Grand-mère a fait livrer dans l'après-midi.

Puis il leva les yeux vers elle.

Il pila net comme si quelqu'un l'avait soudainement cloué au tapis à fleurs, et il la regarda en écarquillant les yeux.

Elle sentit qu'il la balayait lentement et attentivement du regard, et elle n'aurait pas été plus mortifiée si elle s'était retrouvée dépouillée de tous ses vêtements. Pourquoi restait-il aussi silencieux ?   Discernait-il   ses tremblements violents ?

Elle ne pouvait s'empêcher de laisser son propre regard passer sur lui. Même s'il conservait un air de jeunesse insouciante, ce soir-là, il émanait de lui une certaine masculinité, avec sa taille imposante et sa mâchoire puissante, à peine obscurcie par un soupçon de barbe. Il aurait fait un magnifique chevalier des temps jadis.

Il paraissait si imposant. Particulièrement là, dans cette chambre si féminine. Le cœur de Margaret battit la chamade quand elle songea qu'il était bel et bien en train de se tenir dans sa chambre à coucher.

Une autre barrière de détruite, une autre brique de posée.

Enfin, il reprit la parole.

— Pardieu, Margaret, vous êtes remarquablement belle ce soir.

Elle sentit alors tout l'air qui était resté prisonnier dans ses poumons s'en échapper à grand bruit.

Chapitre 10

Cette femme ressemblait à Maggie tout en étant différente. La femme élégante qui se tenait devant lui lui avait quasiment volé sa langue. Quand il était entré dans sa chambre, il avait été bien plus intéressé par la réaction qu'elle aurait en voyant les joyaux que par le fait de la voir, elle. Il n'avait pas songé une seule seconde à l'apparence qu'elle aurait.

Il savait qu'elle était dotée d'une beauté passable et d'un goût excellent en matière de vêtements, mais il n'avait jamais songé qu'une personne puisse être aussi différente dans une tenue de jour pastel que dans une exquise robe de bal. Il ne s'était absolument pas préparé à contempler bouche bée ces douces épaules à la pâleur d'ivoire. C'était pourtant exactement ce qu'il était en train de faire. Et il ne put s'empêcher de regarder le renflement divin de ses seins qui pointaient sous la soie délicate de sa robe magnifique.

Il fut soudain étrangement conscient de sa féminité. Et cela le rendait diablement gêné de se trouver dans la chambre de cette dame.

Même s'il en avait perdu ses mots, son examen lent avait détecté en elle un léger tremblement. Était-elle nerveuse ? Leurs regards se croisèrent. Il n'avait jamais vu une expression aussi vulnérable que celle de Maggie en cet instant. Il lui vint soudain à l'esprit qu'elle avait besoin qu'on lui dise à quel point elle était belle. Mais comment aurait-elle pu en douter ? Seul un aveugle aurait pu manquer de voir son exceptionnelle beauté de ce soir-là. Alors il lui avait dit maladroitement qu'elle était très jolie. Il n'avait jamais prononcé parole aussi vraie, mais cela le mettait mal à l'aise.

— Merci, répondit-elle timidement.

Toute inquiétude concernant sa propre gêne momentanée disparut par égard pour elle.

— J'ose avancer, Maggie, que vous serez la plus belle du bal.

— C'est notre bal, après tout. Je voulais une robe spéciale juste pour l'occasion.

— Je n'ai jamais rien vu d'aussi joli.

Que vous. Bien entendu, il devait avouer que son expérience concernant les tenues de bal était limitée, étant donné son refus avéré de participer à ce genre d'activités.

— À présent, voyons si les bijoux des Finchley sauront lui rendre justice. Me permettez-vous de retirer les perles ?

— Je vous en prie.

Elle braqua le regard sur l'écrin.

— Laissez-moi d'abord vous montrer les diamants.

Il ouvrit la boîte.

Elle laissa éclater son enthousiasme. Après avoir longuement vanté leur beauté, elle dit :

— Je serai très honorée de porter quelque chose d'aussi exquis.

— Grand-mère dit que ce sont les meilleurs du lot et elle espérait vous les voir porter ce soir.

Elle écarquilla les yeux.

— Je suis incroyablement honorée.

Elle ne s'exprimait absolument pas comme la fille hautaine d'un duc.

Il dégrafa son collier de perles tandis qu'elle retirait ses boucles d'oreilles.

— C'est moi qui suis honoré, dit-il. Je vais escorter la plus belle des femmes au bal de ce soir.

Il réalisa soudain que toutes ses paroles étaient sincères. D'ailleurs, il avait réellement hâte de présenter cette jolie dame à Arlington et Knowles. Et même si Perry l'avait déjà vue, John savait qu'il serait ébloui par son apparence de ce soir. Il avait vraiment envie de traverser la salle de bal de Grand-mère avec une créature aussi ravissante à son bras.

Il agrafa le magnifique collier de diamant autour de son cou élégant et fit un pas en arrière pour l'observer.

Dieu merci, son air vulnérable d'enfant effrayée avait cédé la place à une expression de joie. Étaient-ce les diamants ou bien ses flatteries qui étaient responsables de cette transformation ?

— Ils sont très beaux, dit-elle dans un murmure presque révérencieux.

Il saisit alors ses épaules élégantes et la regarda dans les yeux.

— Pas autant que vous.

Leurs regards se croisèrent brièvement. Ils ne dirent plus rien. Il était embarrassé par le compliment qu'il venait de lui faire. En vingt-six ans, il n'avait jamais adressé ces mots à une femme. Il n'aurait honnêtement jamais cru qu'il les dirait à la fille d'un duc ! Mais, comme toujours, il avait été guidé par l'honnêteté.

Il offrit son bras.

— Venez, Lady Finchley. Ma grand-mère a envoyé sa voiture. Elle voulait que nous arrivions un peu avant les invités.

* * *

C'était le bal le plus merveilleux de toute sa vie ! Comme elle était fière de se tenir au pied du grand escalier de la douairière, la vieille dame d'un côté et John de l'autre, tandis qu'ils accueillaient leurs invités tous les trois. Comme elle était fière que toute la bonne société sache qu'il était son époux. Comme elle était fière que son époux – du moins à ses yeux – soit le plus bel homme du bal. *Leur bal.*

Elle ne pouvait nier que les compliments généreux de John concernant son apparence contribuaient grandement à son bonheur. Savoir qu'il ne mentait jamais rendait ses louanges encore plus précieuses. Elle était également reconnaissante que tant de membres de la famille des Aldridge et des Haverstock aient fait le déplacement, y compris la marquise de Haverstock, dont l'enfant devait naître dans les jours à venir.

— Comme je suis contente que vous soyez venue, dit-elle à Lady Haverstock.

Margaret était bien trop timide pour faire un commentaire sur son accouchement imminent, même si elle aurait aimé lui dire à quel point sa maternité future rehaussait sa beauté déjà légendaire. Les immenses yeux sombres de Lady Haverstock pétillaient, et la joie qu'elle exsudait se communiquait à tous ceux qui l'entouraient.

Le marquis ne parvenait pas à cacher le ravissement qu'il ressentait envers sa femme. Posant un bras léger autour des épaules de la marquise et tandis qu'ils s'éloignaient, il lui murmura :

— Venez, ma chère, nous devons trouver un endroit où vous faire asseoir.

Vint ensuite la belle-sœur de Margaret. La duchesse et son époux accompagnaient souvent son frère – Haverstock – et l'épouse de ce dernier. Le petit renflement sous la robe légèrement drapée de la duchesse ne serait pas visible pour ceux qui ignoraient que les Aldridge allaient être parents. Comme toujours, la duchesse d'Aldridge se montra polie, particulièrement avec John.

— Bienvenue dans la famille, Lord Finchley. Vous avez beaucoup de chance d'avoir obtenu la main de Margaret.

— C'est tout à fait vrai, répondit-il.

La poitrine de Margaret se serra quand son frère s'avança vers eux, le visage sombre. *Je vous en prie, faites qu'il soit poli avec John.* Elle retint son souffle quand Aldridge vint se positionner devant eux. Elle aurait été vraiment mortifiée si son frère s'adressait de façon discourtoise à son époux.

— Ma chère Margaret, je vous connais depuis toujours et je ne vous ai jamais vue aussi belle. Le mariage doit vous réussir.

Il jeta alors un regard à John.

— Bonsoir, Finchley.

— Bonsoir, Votre Grâce.

Le duc et la duchesse d'Aldridge hochèrent une dernière fois la tête avant de poursuivre leur chemin et de gravir les escaliers vers la salle de bal.

Margaret manqua alors s'évanouir de soulagement. Certes, son frère ne s'était pas montré particulièrement aimable envers John, mais il n'avait rien dit non plus qui soit insultant.

Vint ensuite la sœur de la duchesse, Lady Lydia Morgan, accompagnée de son mari, que tout le monde appelait Morgie. Étant donné que Lady

Lydia n'aimait pas ce genre d'événements et détestait laisser son nourrisson, Margaret trouvait que c'était un honneur que de les recevoir.

Morgie s'exprima le premier.

— Diable, vous faites un très beau couple, tous les deux.

Il observa John.

— Je ne crois pas vous avoir déjà vu habillé pour un bal, Finchley.

Lady Lydia renchérit.

— Mais mon cher époux, c'est parce que Lord Finchley ressent la même aversion que moi pour les bals. N'est-ce pas, Monseigneur ?

John afficha un sourire.

— C'est vrai, mais il faut bien être présent à son propre bal.

Il jeta un œil à sa femme.

— Et vous devez bien admettre que cela vaut le sacrifice quand on est accompagné d'une dame aussi jolie.

Margaret sentit le rouge lui monter aux joues.

Mr. Morgan hocha la tête.

Sa femme prit la parole.

— Lady Margaret... euh, Lady Finchley, a toujours été ravissante, mais je crois qu'elle n'a jamais été aussi belle que ce soir. Je pense qu'être récemment mariée et follement amoureuse joue beaucoup sur votre apparence remarquable de ce soir.

Margaret était trop embarrassée pour jeter ne serait-ce qu'un œil à John.

— Merci, parvint-elle seulement à dire.

— Vous dansez, n'est-ce pas, Finchley ? demanda Morgie.

John haussa les épaules.

— Pas depuis de nombreuses, nombreuses

années.

Morgie hocha la tête.

— J'aime danser, pour ma part. Mais pas Lydia. D'ailleurs, si vous avez besoin que je prenne votre place pour accomplir ce devoir conjugal avec Lady Finch...

Un air mortifié passa sur le visage de Morgie.

— Je vous en prie, Lady Finchley, bouchez-vous les oreilles et n'écoutez plus jamais un seul mot qui sort de ma bouche.

Pour la deuxième fois de la soirée, Margaret sentit la chaleur lui monter aux joues.

— Ah, mais, Mr. Morgan, dit John en se tirant adroitement de ce moment d'embarras, vous devez admettre que danser avec une personne aussi ravissante que Lady Finchley vaut bien tout l'embarras que pourrait me causer cet exercice.

— Oh, oui, vous avez bien raison, dit Morgie. Même si je crois que personne ne critiquera votre technique.

Après que les Morgan eurent commencé à gravir les escaliers, John jeta un œil à la porte ouverte, prit la main de Maggie dans la sienne et murmura :

— Il semblerait que mes trois meilleurs amis soient arrivés.

Même si elle conserva un air assuré, elle se raidit, comme paralysée par la peur, quand elle réalisa qu'elle allait bientôt être présentée aux amis les plus proches de son époux. Elle eut cependant la présence d'esprit de sourire quand le trio s'avança.

Mr. Perry fut le premier à les saluer.

— Ah, Lady Finchley, permettez-moi de vous dire que votre beauté me coupe le souffle.

Elle continua de lui adresser un sourire.

— Je vous remercie.

Puis John lui présenta Michael Knowles. Comme Mr. Perry, il était impeccablement vêtu. Les deux hommes étaient beaux et possédaient une chevelure qui tendait vers le noir. Mr. Knowles faisait peut-être quelques centimètres de moins que Mr. Perry, mais sa minceur donnait l'impression qu'ils avaient la même taille.

— C'est un plaisir de faire votre connaissance, Madame, même si je dois dire que depuis quinze ans que je connais Lord Finchley, je n'ai jamais été aussi jaloux.

Elle ne sut pas quoi répondre à cela. Était-il jaloux que John ait épousé la fille d'un duc, ou bien que la femme de John soit si jolie ? La dernière chose qu'elle aurait voulu était de paraître prétentieuse. Elle répondit simplement par un :

— Je vous remercie. J'avais particulièrement hâte de rencontrer les chers amis de John.

David Arlington poussa Mr. Knowles vers les escaliers pour pouvoir se placer en face de Margaret. Il était aussi grand que Knowles, mais bien plus musclé. Comme les autres, il présentait une apparence avenante.

— J'aurais volontiers dit que votre beauté me coupe le souffle, Madame, mais Perry l'a déjà exprimé. Je vous aurais volontiers dit que je suis jaloux de Finch, mais Knowles m'a également coupé l'herbe sur le pied. Alors, laissez-moi vous dire que c'est un honneur que d'être invité ici ce soir pour faire votre connaissance.

Il lui prit alors la main et eut l'audace de poser les lèvres sur le gant. Leurs regards s'accrochèrent pendant une seconde à peine avant qu'il ne s'éloigne.

Le cœur de Margaret se mit à battre de façon erratique. Elle était particulièrement embarrassée par l'intimité du baiser de Mr. Arlington sur sa main. Elle avait l'habitude que les hommes donnent de faux baisers au-dessus de sa main, mais jamais encore ces baisers n'avaient-ils été vrais. Même son époux n'avait pas pris de telles libertés !

Un bref intermède dans le flot des invités lui permit de réfléchir un instant aux amis de John. Il était curieux que tous les quatre aient les yeux bruns. Et même s'ils étaient tous beaux, les trois autres n'étaient pas comparables à John.

* * *

— Mon cher petit-fils, vous allez devoir emmener votre femme valser sur la piste pour l'ouverture de la soirée.

L'estomac de John se serra comme la fois où il avait perdu cinq cents livres contre Lord Bastingham en un seul carton. Ce serait particulièrement mortifiant de s'humilier devant les cent cinquante personnes que Grand-mère avait invitées ce soir-là.

Pis encore, et s'il écrasait les pieds délicats de Maggie ? Puisqu'elle avait vingt-deux ans, cela faisait au moins trois ans qu'elle dansait dans des bals et des assemblées. Elle était certainement une danseuse gracieuse et accomplie qui avait dansé avec des dizaines – sinon des centaines – d'hommes au pied léger. Sa piètre technique l'embarrasserait-elle ? Et si son incompétence la dégoûtait ? Il avait déjà tant d'autres vices qui appelaient le mépris.

Il se tourna vers elle et prit une inspiration.

— Je vous préviens à l'avance que je ne peux que m'améliorer. J'espère simplement ne pas vous marcher sur les pieds.

Elle lui adressa alors un sourire bien plus chaleureux et spontané que celui qu'elle avait adressé à ce satané Arlington lorsqu'il s'était comporté comme un idiot en plaquant ses lèvres sur sa main.

— N'y pensez plus. Je vous assure qu'on m'a bien souvent marché sur les pieds, et je ne vous en tiendrai pas rigueur si cela vous arrive.

Il se rappela ce qu'elle avait dit le jour où elle était venue le trouver pour lui proposer de faire semblant d'être époux. Elle lui avait dit : « Nous serons des amis véritable et loyaux l'un pour l'autre ». En cet instant, il réalisa qu'ils étaient *réellement* devenus des amis véritables et loyaux. Elle ne le jugeait pas. Elle l'acceptait pour qui il était et ce qu'il faisait.

Il lui prit la main et y déposa un baiser, chose qu'il n'avait encore jamais faite.

— Vous êtes trop gentille, très chère.

Le *très chère* était pour se faire bien voir de sa grand-mère, toujours à leurs côtés, qui les contemplait avec affection comme s'ils étaient le couple royal.

— Je crois que personne n'observera ma façon de danser puisque la beauté de ma femme attirera l'attention de tous.

Quelques minutes plus tard, l'orchestre entama une valse et il se tourna vers Maggie.

— Ce serait un honneur que de danser avec vous.

Il était extrêmement nerveux quand ils se dirigèrent vers la piste de danse, tous les regards braqués sur eux. Quand ils atteignirent le centre du parquet, il posa une main sur la taille de Maggie puis saisit sa main de l'autre. Quand ils se rapprochèrent l'un de l'autre, il huma agréablement son doux parfum de roses.

— Je sais que grâce à vous, je vais avoir l'air de savoir ce que je fais, dit-il quand ils commencèrent à danser.

Au début, il était gêné par ses mouvements, par la façon dont il la tenait, par la possibilité de passer pour le dernier des imbéciles. Il ne put s'empêcher d'être immédiatement frappé par la grâce avec laquelle elle évoluait. Elle dansait avec une telle légèreté et une aisance si travaillée qu'il n'avait pas besoin de se concentrer sur ce qu'il faisait. Elle ne mit guère de temps à lui faire oublier sa nervosité en entamant la conversation avec lui.

— Je suis tellement contente de ne plus être célibataire et d'être ainsi forcée de danser avec tout homme éligible qui m'en fait la demande.

Il se souvint qu'elle lui avait raconté être particulièrement lasse d'être courtisée par les chasseurs de fortune. Même s'il avait volontiers accepté sa dot généreuse, elle savait au moins qu'il ne l'avait pas courtisée pour sa fortune. Ce qui, étrangement, le faisait se sentir absous d'au moins un péché. Cela étant, il ne l'avait pas courtisée du tout.

Et pourtant, ils étaient mariés à présent. *Mariés.*

Le mot lui restait toujours sur l'estomac. Mais pas pour elle.

— C'est une grande perte pour tous les hommes célibataires de la bonne société que j'aie eu la chance de vous épouser.

— Vous allez me faire rougir, Monseigneur, avec votre flatterie.

Alors que d'autres demoiselles coquettes

auraient pu faire semblant d'être gênées par sa flatterie, Maggie était sincère.

Il ne pouvait pas parler de célibataires sans penser à ses amis. Il était content qu'ils aient tous les trois vu Maggie telle qu'elle se trouvait ce soir-là, content qu'ils l'aient complimentée. Mais ce satané Arlington était allé trop loin ! Il faudrait que John lui parle.

Il lui vint soudain à l'idée que parce que ses amis savaient que son mariage avec Maggie n'était pas régulier, ils pourraient se mettre dans la tête que Maggie était ouverte à leurs... leurs attentions ! Cette pensée le remplit de rage. Oui, vraiment, il faudrait qu'il parle à Arlington.

Elle leva vers lui des yeux pétillants, la clarté qui tombait des trois immenses lustres lui illuminant le visage.

— Je suis heureuse d'être Lady Finchley.

Il se réjouissait de sa joie. Mais lui n'était pas content qu'elle soit Lady Finchley. Il n'avait jamais voulu d'épouse. *Jamais*. Le jour viendrait-il où il serait réconcilié avec l'idée qu'il était un homme marié ?

Il devait avouer que si l'on devait se marier, on n'aurait pu trouver de partenaire plus douce que Maggie. Il lui pressa la main.

— Compte tenu de tous mes défauts, c'est très gentil de votre part de dire cela.

— Oh, mais vous m'avez dit de ne pas croire toutes ces choses scandaleuses parues sur vous dans les journaux.

— Je dois dire que c'est un excellent conseil.

Un instant plus tard, elle poursuivit :

— Vos amis n'auraient pas pu être plus gentils pour moi.

Un peu trop gentils.

— Vous les avez éblouis.

Elle pouffa.

— C'est la première fois qu'on m'accuse d'avoir ébloui quelqu'un.

— C'est parce que c'est le genre de compliment que l'on murmure dans le dos des gens. Peu d'admirateurs admettent leur éblouissement devant l'objet de leur sentiment.

— Je dois avouer que l'idée de le provoquer me plaît bien.

— Eh bien, Madame l'Éblouissante, je suppose que vous allez devoir danser avec chacun d'entre eux ce soir. Je vous préviens. Aucun d'eux ne sait danser.

— Vous placez trop d'importance sur la maîtrise technique. Je ne connais aucune dame qui soit séduite par quelque chose d'aussi superficiel que cela.

Elle haussa les épaules, soupira et leva les yeux vers lui.

— Puis-je vous suggérer de danser avec Caro ?

Il se raidit.

— Je suppose que la politesse l'empêchera de refuser, mais je crois que votre sœur souhaite me voir en enfer.

— Ce n'est pas vrai.

Elle le regarda en faisant faussement la moue.

— Vous avez pour mission d'*éblouir* ma sœur.

— Il est dommage que votre frère ne puisse pas être ébloui !

— Ne l'avez-vous pas entendu dire que le mariage me réussissait parfaitement ? C'était la manière un peu guindée d'Aldridge de vous accueillir.

— J'aimerais que ce soit vr...

Il s'immobilisa brusquement. Bon sang, il lui

avait écrasé le pied. Elle grimaça, mais ne dit rien. Il la regarda avec sollicitude.

— Vous ai-je fait mal ?

Elle secoua la tête.

Elle voulait probablement être polie.

— En êtes-vous certaine ?

— Des hommes bien plus pesants que vous m'ont déjà marché sur le pied accidentellement et je n'ai pas encore eu d'os brisés.

— Je les forcerai à se dénoncer.

Son commentaire les fit rire tous les deux.

La douce mélodie des violons s'estompait. La danse serait bientôt terminée.

— Je dois vous dire que vous êtes une danseuse extraordinairement douée, dit-il.

Elle eut un petit rire.

— Et vous, Monseigneur, n'êtes pas en mesure de savoir si quelqu'un est extraordinairement doué pour la danse ou pas, étant donné que ce n'est pas une activité que vous pratiquez.

Elle l'avait coincé.

— Je devrais peut-être interroger mes amis – après qu'ils ont dansé avec vous, pour voir quelle note ils donneraient à vos talents de danseuse.

— Je vous prie de n'en rien faire.

Ils s'immobilisèrent lorsque la musique s'arrêta. John eut vaguement conscience qu'il aurait préféré continuer à danser avec Maggie que de devoir faire le tour de la pièce pour parler à toutes ces personnes ennuyeuses, dont la plupart étaient mariées. Il lui offrit son bras et lui tapota la main quand elle la posa sur sa manche.

Avant même qu'ils n'aient quitté la piste, Arlington aborda Maggie.

— Je serais désespéré si vous ne me faisiez pas la bonté de danser avec moi, Madame.

Le regard de Maggie passa successivement de l'air adulateur d'Arlington à John.

— Puisque ce n'est pas une valse, dit John en fusillant son ami du regard, je vous permets de danser avec ma femme.

Arlington regarda John par en dessous en arquant un sourcil, un demi-sourire aux lèvres.

— Êtes-vous en train de me dire que je n'ai pas le droit de valser avec Lady Finchley ?

— Parfaitement.

Arlington commença à ricaner, puis offrit son bras à Maggie.

John poussa un soupir.

C'était une occasion comme une autre d'aller accomplir son devoir auprès de la désagréable Lady Caroline. Il se dirigea à grands pas vers l'endroit où elle se tenait, près du duc d'Aldridge, qui étouffait à présent la duchesse de ses attentions. C'était un homme tellement différent quand il était en présence de sa femme ! Toute sa rigidité fondait quand il s'empressait avec sollicitude auprès de son épouse adorée.

John avait bien du mal à se remémorer les liens de parenté entre ces gens. La duchesse Elizabeth Aldridge était l'une des sœurs cadettes de Lord Haverstock. John l'avait enfin intégré. Lady Lydia Morgan était une autre des sœurs de Haverstock, ce qui faisait de Morgie le beau-frère de la duchesse. Au bout d'un moment de réflexion, John détermina que Maggie n'avait aucun lien de sang avec Morgie. Elle n'était pas non plus apparentée à la marquise de Haverstock, même si Maggie n'accordait guère de poids aux liens du sang. Elle avait insisté sur le fait qu'elle était quasiment aussi proche de la duchesse qu'elle l'était de ses sœurs biologiques.

Il était dommage qu'il ne puisse pas danser tout de suite avec la duchesse. Elle se montrait bien plus gentille avec lui que la sœur de Maggie. Peut-être devrait-il suivre le conseil de sa femme et essayer d'éblouir Caro. Mais comment s'y prenait-on pour essayer d'éblouir quelqu'un ?

Chapitre 11

Il n'eut guère l'occasion de parler à Lady Caroline (ce qui était une bonne chose, à la réflexion, compte tenu de son aversion pour lui). La danse à laquelle il l'avait conviée était un set qui exigeaient qu'ils se tiennent principalement en rang. Et cela, il y parvenait plutôt bien. Mais quand vint leur tour de descendre le couloir entre les deux rangées de danseurs, la nervosité le gagna à nouveau lorsqu'il prit la main de la sœur de Maggie dans la sienne. C'était comme s'il avait été frappé d'amnésie. Il ne se souvenait plus du moindre pas. C'était ce qui arrivait par manque d'entraînement.

Au crédit de sa partenaire, il devait admettre que Lady Caroline se montrait très tolérante envers son incompétence et l'aida au passage, se comportant comme s'il dansait divinement bien. Il lui jeta un regard en coin. Elle ressemblait toujours beaucoup à Maggie, mais elle n'était pas aussi jolie que sa sœur aînée. Il n'exagérait pas quand il avait dit à son épouse qu'elle serait la plus jolie femme de l'assistance.

Une fois que la danse fut terminée et qu'il ramena Lady Caroline vers ses compagnons, elle lui demanda :

— Avez-vous rencontré notre autre sœur, Clair ?

— Ne me dites pas qu'il y en a une troisième qui vous ressemble aussi comme deux gouttes d'eau ?

Elle secoua la tête.

— Non, Clair ne ressemble absolument pas ni à Margaret, ni à moi. À part la taille et la couleur de cheveux. Et elle ne possède pas du tout notre caractère, non plus. Elle se désintéresse de la mode et pense plutôt comme un homme. Elle aime la philosophie et l'économie politique, quoi que cela puisse être. Elle est très intelligente.

Elle jeta un regard à leur cercle familial, rassemblé dans un coin.

— Clair vient d'arriver avec son... prétendant, le cousin de Haverstock, Richard Rothcomb-Smedley.

— Je ne savais pas que Rothcomb-Smedley était un parent de ma femme.

— Seulement par alliance. Il est cousin germain de la duchesse.

Retiendrait-il un jour toutes ces connexions ? Il fut content de retrouver Maggie qui se dressait à côté de la duchesse. Elles se tenaient toutes les deux près du fauteuil où la marquise de Haverstock restait assise. Il devait reconnaître que même si son ventre était arrondi par l'enfant qu'elle attendait d'un jour à l'autre, Lady Haverstock était une femme remarquablement belle. Mais alors qu'il balayait du regard les trois femmes, il réalisa qu'elles étaient toutes ravissantes, toutes très au-dessus de la moyenne.

Il avait beau chérir ses amis, il était soulagé qu'Arlington ne soit pas là pour reluquer son épouse.

Maggie s'avança pour l'accueillir, son regard le quittant un instant pour s'arrêter sur Clair.

— Oh, très cher, vous devez rencontrer notre autre sœur.

— Lady Caroline m'en parlait à l'instant.

Son regard se dirigea à sa gauche et il salua du menton le parlementaire prometteur, Richard Rothcomb-Smedley, qu'il connaissait depuis Oxford et continuait de croiser régulièrement à White's.

— Alors vous connaissez déjà Mr. Rothcomb-Smedley ?

— Oui. Je ne savais pas qu'il songeait au mariage.

Maggie fronça les sourcils.

— Parce que ce n'est pas le cas. Il n'existe aucune entente entre lui et ma sœur. Venez. Je vais vous présenter.

Quand Lady Clair se tourna vers lui, il fut surpris. De dos, elle ressemblait à Maggie et Lady Caroline, mais de face, elle était complètement différente. Son visage était couvert de taches de rousseur et, quand ils s'approchèrent, il vit que ses épaules ne présentaient pas l'ivoire parfait de celles de Maggie, mais étaient pleines de taches de rousseur. Au début, il se dit que c'était dommage qu'elle ne soit pas aussi jolie que ses sœurs, mais une fois qu'il lui fut présenté et qu'elle prit la parole, il réalisa qu'elle était jolie à sa manière. Pas autant que Maggie, mais jolie quand même.

Prenant particulièrement garde à accomplir son devoir, il invita Clair pour la danse suivante, tandis que Maggie prenait Perry pour partenaire. Il convia la duchesse pour le set suivant et Knowles dansa avec Maggie. Quand cette danse fut terminée, il manqua soupirer. Il était relativement certain d'avoir dansé avec toutes les femmes qui comptaient pour Maggie tandis qu'elle n'avait certainement pas manqué de charmer ses amis. Quand leurs yeux se rencontrèrent lorsqu'il quitta la piste de danse, elle sourit. Il remercia la duchesse puis se dirigea vers Maggie et prit ses mains élancées dans les siennes.

— J'ai le sentiment que mes amis s'apprêtent à prendre congé. Et si nous allions leur parler avant leur départ ?

Elle leva vers lui des prunelles étincelantes.

— Cela me plairait.

Ils trouvèrent les trois hommes dans le salon, où Grand-mère s'était assurée qu'on installe plusieurs tables pour les convives qui préféraient le jeu à la danse. Le trio ne jouait pas, mais restait debout à deviser quand Maggie et lui pénétrèrent dans la pièce. Les camarades levèrent la tête et leur adressèrent de larges sourires.

— J'apprécie que vous soyez venus ce soir, leur dit John.

— Je ne peux pas dire que cela soit un plaisir, dit Perry à John d'une voix très basse.

Puis il se tourna vers Maggie et lui adressa un large sourire.

— Danser avec la divine Lady Finchley a résolument été l'un des points forts des festivités de ce soir. Dites-moi, Madame, n'avez-vous pas une sœur qui vous ressemble fortement ?

— Assurément.

— Elle s'appelle Lady Caroline, dit John.

— J'aimerais danser avec elle.

Perry n'avait jamais jusqu'alors prêté le moindre intérêt aux dames respectables. John était perplexe. Il ne parvenait pas à déterminer si ses attentions étaient bonnes ou mauvaises. Il ne voulait pas que ses amis changent. Il ne voulait pas qu'ils se marient un jour, deviennent sérieux et cessent de boire ensemble jusqu'à ce qu'ils roulent sous la table, de se disputer pour des dames à la réputation scandaleuse ou encore de rire aux larmes en se souvenant du bon temps qu'ils avaient partagé au cours de la décennie qui venait de s'écouler. Il voulait qu'ils restent tous les quatre exactement comme lorsqu'ils étaient sortis d'Oxford et avaient découvert une vie de vins, de femmes et de Faro, sans entraves aucunes pour la première fois de leur existence.

John ne voulait pas envisager de devenir un citoyen respectable, un époux dévoué ou – que Dieu l'en préserve – un père exemplaire. Et ce n'était pas quelque chose qu'il souhaitait non plus pour ses amis.

Il se réveillait toujours le matin – ou bien souvent, dans l'après-midi – parfaitement satisfait de sa vie. C'est-à-dire, jusqu'à ce qu'il se soit marié. À présent, il se réveillait en regrettant l'emprisonnement du mariage, un emprisonnement qui n'était absolument pas dû à Maggie, qui se montrait tendrement docile.

— Permettez-moi de vous la présenter, dit Maggie à Perry.

Avant que John ne puisse dire quoi que ce soit, sa femme et Perry étaient sortis de la pièce et gravissaient les marches qui menaient à la salle de bal.

Se tournant vers Arlington, il le fusilla du regard.

— Ne flanquez plus jamais les lèvres sur la main de ma femme, articula-t-il en détachant toutes les syllabes.

Le visage d'Arlington se fendit à nouveau de son habituel sourire suffisant.

— Mais dites donc, vous avez changé de discours. Vous vous comportez comme un mari jaloux, alors que vous n'avez cessé d'insister depuis le début que votre mariage n'est pas un *véritable* mariage.

— N'importe quel tribunal dans le pays défendrait la légalité de notre mariage.

Notre mariage. Il lui semblait étrange que Maggie et lui soient à présent une seule unité. *Notre*. Quelle drôle de sensation, particulièrement pour un fils unique, que de partager sa vie avec quelqu'un d'autre.

Ses yeux sombres pétillant d'hilarité, Arlington se mit à rire, s'esclaffant presque.

John lui décocha un regard noir.

— Je ne vois pas ce qu'il y a de si drôle.

— Vous. Vous avez beau eu jurer que ce soi-disant mariage ne vous ferait pas changer du tout, vous *avez* changé.

John jeta un œil à Knowles.

— Il a raison, vieux frère. Vous ne vous en rendez peut-être pas compte, mais vous avez changé.

— Cela ne sert à rien de discuter de cela avec vous deux.

Mais il allait leur montrer ! Tous les jours, il leur démontrerait le peu de contrôle que Maggie exerçait sur lui.

Le visage de Knowles se fit solennel.

— Vous iriez beaucoup mieux, Finch, si seulement vous acceptiez le fait que vous êtes un homme marié.

Les prunelles d'Arlington prirent un éclat diabolique.

— Un homme marié qui a bien de la chance, pour sûr. Peut-être que je devrais, moi aussi, aller trouver cette sœur qui ressemble remarquablement à votre comtesse. Et le duc offre trente milles de dot pour ses sœurs ?

Il amorça le mouvement de se rediriger vers la

porte, mais John lui saisit le bras.

— Vous êtes libre de danser avec Lady Caroline, mais je vous préviens, elle a refusé onze demandes en mariage. Grand-mère dit qu'on raconte qu'elle se réserve à un duc.

— Trop bien pour moi, décréta Knowles.

Son visage habituellement jovial barré d'un pli, Arlington dut en convenir.

* * *

L'aube allait pointer lorsqu'elle et John s'en retournèrent chez eux dans la luxueuse calèche de sa grand-mère. Elle n'avait jamais bu autant de champagne de toute sa vie. Il lui semblait que partout où elle se tournait, quelqu'un levait une coupe aux nouveaux mariés. Elle se sentait magnifiquement pétillante, quoiqu'un peu instable. Si elle n'avait pas eu le bras de John sur lequel s'appuyer, elle doutait être parvenue à regagner la calèche sans s'étaler de tout son long.

Quelques secondes après que la porte de la calèche se fut refermée en claquant, les chevaux firent un bond en avant. Elle regarda son mari sur la banquette opposée, et il lui sembla qu'il était de travers. *Oh, non.* Elle s'était tellement penchée qu'elle se retrouva presque allongée.

— Allons bon, Maggie, vous sentez-vous bien ?

Elle pouffa.

— Merveilleusement bien. J'ai l'impression que je peux voler et faire le tour encore et encore de cette calèche qui tournoie.

— Vous avez bien trop bu.

Sa voix lui parut plus vieille, plus mûre. Puis il se déplaça de son côté de la calèche et l'aida à se remettre en position assise. Il garda le bras passé autour d'elle.

— Je n'essaye pas de tirer avantage d'une

dame qui n'est pas en pleine possession de ses facultés, et je ne tente pas non plus de prendre des libertés. Je place simplement mon bras autour de vous parce que je crains que vous ne vous blessiez si vous tombez du siège.

Elle aurait pu s'évanouir. Même si elle n'avait pas avalé la moindre goutte de champagne, elle aurait quand même été au bord de l'évanouissement rien qu'à l'idée qu'il la tienne aussi serrée. Se tenir la main était un jeu d'enfant à côté de cela. Cela ne tenait pas seulement à la béatitude de sentir son bras qui l'encerclait, mais aussi à la sensation de son corps qui frôlait le sien. Sa robustesse, son parfum de santal, sa virilité indéniable manquèrent la submerger.

Elle leva vers lui des yeux adorateurs.

— Si je tombe et que je me casse en mille morceaux, je ne le sentirai même pas, tant je suis heureuse. C'était la plus belle nuit de ma vie.

* * *

Quelle existence horrible elle a dû mener. Sans la présence au bal de ses camarades de débauche, cela aurait été l'une des soirées les plus terriblement mornes qu'il avait connue en vingt-six ans d'existence.

— Je ne comprends pas comment cette soirée a pu produire de tels sentiments de félicité. N'était-ce pas comme tous les autres bals ?

— Pas du tout ! C'était *notre* bal.

Voilà, encore le même mot. Elle l'avait énoncé comme si c'était une chose sacrée. *Notre.* Il se dit qu'il avait besoin de s'habituer à être la moitié de leur *nôtre.*

— Oh, je vois. Vous étiez vraiment la plus belle de la soirée.

— Précisément comme vous l'aviez dit.

Sa tête s'abattit sur l'épaule de John.

Seigneur Dieu, s'était-elle évanouie ?

— Maggie, êtes-vous éveillée ?

— Bien sûr que je suis éveillée. Je n'ai pas envie que cette nuit se termine.

— Alors vous feriez mieux de fermer les paupières ; le jour va se lever.

Elle fit la moue.

— J'aurais pu valser avec vous toute la nuit.

— Même si je n'ai su éviter de vous malmener les pieds ?

— Ne dites pas cela. Vous êtes mon partenaire. Je suis incapable de vous critiquer. Cela ne se fait pas entre amis.

— Alors vous êtes loyale envers moi.

— Comme je l'ai promis. Êtes-vous loyal envers moi ?

Elle l'entoura du bras comme pour conserver son équilibre alors que la calèche effectuait un virage serré, mais une fois qu'ils se retrouvèrent à nouveau dans une rue droite, elle ne le retira pas.

C'est à ce moment qu'il prit particulièrement conscience de Maggie en tant que femme. Une femme désirable. Même plus tôt dans la soirée, dans sa chambre à coucher, il n'avait pas songé à elle comme un homme songe à une femme. Elle avait alors été un élégant objet de beauté, guère différente de la statue en marbre froid d'une déesse romaine. Mais il n'y avait rien de froid dans ce corps chaud et féminin collé si étroitement au sien. Et il n'y avait rien de respectable dans le désir purement animal qui le parcourut.

Comme si elle pouvait lire dans ses pensées, elle leva le visage vers lui, ses paupières s'abaissant d'un cran de façon séduisante, tout comme sa voix.

— Cette nuit serait parfaite si vous m'embrassiez.

Que le ciel lui vienne en aide, il fut incapable de résister.

Chapitre 12

Il abaissa à nouveau les lèvres pour venir effleurer celles de Maggie avec une grande tendresse. Il s'était dit qu'il allait simplement l'embrasser, pour lui faire plaisir. Après tout, c'était son devoir de faire de cette soirée *sa* soirée parfaite. Un instant auparavant, il n'aurait jamais songé à embrasser cette femme. Il avait prévu de prendre sa dot et de lui permettre de partager sa maison, puis de poursuivre son petit bonhomme de chemin comme il l'avait toujours fait. S'embrasser n'avait jamais fait partie de leur pacte. Aucun lien ne le connecterait jamais à celle qui l'avait épousé accidentellement à la suite de coïncidences presque inconcevables.

Et pourtant, il la tenait dans ses bras. Et pourtant, il l'embrassait.

Et il ne voulait pas s'arrêter. Quelque chose dans la pureté de son doux baiser haletant l'excitait comme aucune courtisane n'avait su le faire. La passion du baiser s'intensifia. Provenait-elle de lui ? Ou bien d'elle ? Son cœur se mit à marteler férocement quand il réalisa que c'était de tous les deux.

Il se surprit, lui aussi, à avoir le souffle court.

À sa grande surprise, elle ouvrit la bouche sous la pression de la sienne, et se mit à lui sucer avidement la langue.

Seigneur Dieu ! Il aurait pu jurer que Maggie n'avait jamais embrassé personne, mais elle le faisait avec un abandon immense. Où donc avait-elle appris cela ?

C'est le champagne. Elle était grise. Toutes ses inhibitions avaient été réduites à néant. En cet instant, il réalisa qu'il pourrait l'emmener au lit et lui faire l'amour sans qu'elle n'émette la moindre protestation.

Jusqu'au lendemain.

L'emmener au lit était exactement ce qu'il voulait en cet instant. Il la désirait comme il n'avait jamais rien désiré. Il la voulait si compulsivement que c'était comme si un feu le brûlait à travers les veines. Ses reins étaient douloureux du besoin d'épancher sa faim.

Quelque chose dans les confins ultimes de son esprit lui dit même : « Vas-y. C'est ton épouse, après tout ».

Il ne voulait pas d'épouse. Il ne pouvait pas lui laisser croire le contraire.

Et puis le minuscule brin d'honneur qu'il possédait ne lui aurait pas permis de tirer avantage d'une dame innocente qui avait bu trop de champagne.

Il se raidit et convoqua la volonté – ce n'était pas chose facile – de s'écarter d'elle.

Elle fit la moue.

— Cela m'a beaucoup plu. Pouvons-nous le refaire ?

— J'ai juré de ne prendre aucune liberté avec une femme qui se trouve sous l'influence de liqueurs fortes.

Elle plissa les paupières en le regardant.

— Me dites-vous que le champagnagne est une liqueur forte ?

— Vous voyez, vous ne parvenez même pas à prononcer le mot correctement.

La calèche s'arrêta devant Finchley House.

Dieu merci. Il était particulièrement difficile de garder son contrôle alors qu'elle se montrait si attirante. Une fois que le cocher eut ouvert la porte et tendu une main à sa maîtresse, elle en sortit en vol plané, au grand embarras du serviteur.

John sauta de la calèche et parvint à enrayer sa chute. Il la souleva dans ses bras et jeta un œil au serviteur.

— Je crois que je vais porter Lady Finchley, ce soir. Si vous voulez bien m'ouvrir la porte.

Il porta Maggie dans la maison, au haut des escaliers et jusque dans sa chambre. Une fois encore, il eut la vague impression qu'il n'était pas à sa place. Sa servante avait laissé près du lit une bougie allumée qui s'était presque éteinte. Il la porta jusqu'au lit et quand il l'y allongea, il réalisa alors qu'elle était profondément endormie. Elle était réellement saoule.

Après l'avoir recouverte, il resta un instant à contempler celle qu'il avait épousée. Il n'aurait pas dû se trouver là. Et pourtant, il se sentait forcé de la regarder. Comme elle était jolie quand elle dormait...

Le souvenir de leur baiser enflammé fit palpiter son cœur. Malgré toutes les raisons pour lesquelles il ne pouvait pas lui faire l'amour, il en ressentait toujours l'envie. Il avait peut-être trop bu, lui aussi.

* * *

Quand elle s'éveilla le lendemain matin, elle fut légèrement déçue de se découvrir tout habillée. Elle n'avait pas trop bu au point de ne pas se souvenir de l'exaltation d'être embrassée – et embrassée avec une grande passion – par son mari. Elle aurait vraiment souhaité que cette passion ait culminé dans l'union qu'elle désirait tant.

Elle s'autorisa à rester allongée pendant un moment tandis qu'elle prenait le temps de se remémorer les événements de la nuit la plus parfaite de sa vie. Elle avait été si contente quand John avait passé le bras autour d'elle durant leur retour en calèche, mais cette joie avait été éclipsée par le plaisir profond de leur baiser. Son tout premier.

Quelques minutes plus tard, quand elle voulut se lever, elle eut l'impression qu'on l'avait frappée à la tête avec un marteau. Elle se laissa retomber en arrière et sonna sa bonne.

— Je vous prie de m'apporter une tisane, dit-elle à Annie lorsque celle-ci se présenta quelques secondes plus tard. J'ai la migraine.

— Alors Madame ne se rendra pas à Trent Square cet après-midi ?

Étrangement, elle songea à Mikey et fut incapable de se priver du plaisir d'une étreinte si satisfaisante. Mikey était si adorable.

— Si, j'y parviendrai.

Après s'être habillée, elle demanda à sa bonne :

— Savez-vous si Monsieur est réveillé ?

— Oui, Sanford vient de monter le courrier dans sa chambre.

Margaret hocha la tête et donna congé à sa servante. Elle prit l'écrin de velours qui contenait les diamants de la nuit dernière, prit une profonde inspiration et se dirigea vers la porte qui raccordait sa chambre à celle de John.

Quand elle pénétra dans sa chambre, il était entièrement habillé et était assis à un petit secrétaire, les doigts crispés autour d'une feuille de papier. Ses yeux étaient humides et une expression particulièrement triste marquait son visage.

— Quelque chose ne va pas ? demanda-t-elle.

Son apostrophe le secoua et il leva les yeux.

Voir son visage si ravagé fut comme un coup au cœur pour Maggie.

— Je viens de recevoir une lettre de Weatherford.

Elle plissa le front.

— Votre ami qui est mort sur la Péninsule ?

Il hocha la tête.

— Il doit vous avoir écrit peu de temps avant sa mort.

Il baissa le regard sur la lettre.

— Oui, c'est daté de février.

— Je croyais que vous n'aviez plus de contact avec lui depuis des années.

— C'était vrai.

Sa voix se fit encore plus solennelle.

— Il savait manifestement qu'il allait mourir et me demande de veiller sur sa famille.

— Alors il s'était effectivement marié ?

— Oui, et il a... Il était père d'un petit garçon.

Il lui tendit la lettre.

Mon cher Finch,

J'ai conscience que cela fait longtemps que nous n'avons plus eu aucun contact, mais cela ne signifie pas que vous soyez absent de mes pensées. J'espère ne pas me flatter en me disant que notre séparation a été davantage gouvernée par des circonstances divergentes que par un manque d'affection mutuelle.

Je vous écris à présent parce que je suis convaincu que ma vie prendra bientôt fin, à cause de ces satanés Français. Je m'inquiète beaucoup pour ma femme, Sally, et notre jeune fils. Puisque j'ai appris que Sally était enceinte alors que je me trouvais déjà sur la Péninsule, j'ai été incapable de m'entretenir avec un avocat afin de désigner un gardien pour l'enfant. J'avais espéré vous demander d'accomplir ce service. Hélas, il est probablement trop tard. J'espère que cette lettre saura vous persuader d'accomplir cette commission si jamais je devais trouver la mort ici, en Espagne.

Je n'ai jamais rencontré de meilleur homme que vous, et je serais honoré que vous guidiez les décisions capitales dans la vie de mon fils. J'espère, par exemple, que vous puissiez utiliser votre influence pour lui assurer une place à Eton.

Il y a tant d'autres choses dont je rêve pour mon fils, mais je crains de ne pas vivre assez longtemps pour y assister.

Je vous prie de veiller sur Sally et le garçon. En même temps, je prie pour que vous n'ayez jamais à le faire.

Avec ma profonde affection et ma gratitude.
George Weatherford

Margaret essuyait ses larmes quand elle replaça la lettre sur le bureau de son mari.

— C'est tellement poignant.

Il avait enfoui la tête entre ses mains et leva alors le visage, les yeux rouges et humides, l'air désarçonné.

— Je me sens… je me sens étrangement honoré. Triste et malheureux et en deuil de mon ami perdu, mais honoré tout de même.

— *C'est* un honneur. Parce qu'en dépit de vos sentiments personnels concernant votre conduite, vous êtes un homme honorable.

Après tout, il n'avait *pas* tiré avantage d'elle la nuit dernière. C'était bien dommage.

— Vous avez trop écouté ma grand-mère.

Elle plaça les mains sur ses hanches et lui jeta un regard faussement contrarié.

— Je vis avec vous, Monseigneur. Accordez-moi de connaître une chose ou deux sur vous.

Il regarda à nouveau la lettre, plissant le front.

— Il ne m'a pas donné l'adresse de sa femme. J'écrirai à ses parents pour l'obtenir.

— Mieux encore, je vais faire un saut à Whitehall. Mon frère connaît tout le monde au War Office. Il sera capable de nous obtenir l'adresse de Mrs. Weatherford cet après-midi même.

Son époux se redressa.

— Je vous accompagne.

* * *

Une fois dans la calèche de sa grand-mère, il observa Maggie.

— Comment vous sentez-vous, aujourd'hui ? Avez-vous mal à la tête ?

Elle fronça les sourcils.

— Effectivement. Je ne boirai plus jamais autant de champagne.

Il émit un petit rire.

— Puisque votre... euh, excès s'est produit lors de votre bal de mariage, je suppose qu'un tel événement ne se reproduira jamais.

Se retrouver assis avec elle dans la calèche – quoiqu'en vis-à-vis – raviva le souvenir de l'intimité qu'il avait partagée avec elle la nuit précédente. Il eut le souffle coupé au souvenir puissant du Baiser. Il la parcourut du regard. Dieu merci, ce jour-là, elle n'était pas vêtue de façon provocatrice. Pas d'épaules dénudées. Pas de poitrine écrasée par le corsage de sa jolie robe. Pas de diamants agrafés autour de son cou élégant qui appelait au baiser.

Ce jour-là, ses yeux étaient de la même teinte que sa robe simple coupée dans une mousseline qui avait l'air extrêmement douce et qui couvrait ses bras en remontant relativement haut sur son cou. Ses mains étaient gainées par des gants blancs et repliées dans son giron. Rien en elle n'était aguichant.

Il lui était reconnaissant de s'être abstenue de mentionner Le Baiser. S'en souvenait-elle, d'ailleurs ? Il avait bien souvent – trop souvent, pour être honnête – trop bu au point de ne pas parvenir le lendemain matin à se souvenir de ce qui s'était passé la nuit précédente. Il priait pour qu'elle ait connu cet état d'ébriété la nuit précédente. Il ne voulait pas qu'elle se rappelle à quel point il avait été captivé par son baiser. Était-il embarrassé par la façon dont son baiser avait éveillé quelque chose en lui ? Ou bien était-ce parce qu'il avait franchi la frontière entre amis et amants, qu'il avait juré de ne jamais franchir ? Il aurait même pu craindre que si elle se souvenait de quoi que ce soit, elle soit en colère contre lui. Pour avoir franchi cette limite.

Ne lui avait-elle pas exprimé clairement qu'elle ne souhaitait pas s'engager dans un *véritable* mariage ? Mais elle lui avait pourtant bien demandé de l'embrasser, la nuit dernière. Malgré son ébriété.

Il regrettait à présent de l'avoir embrassée. Il regrettait l'intensité avec laquelle il l'avait désirée.

Il jura de ne plus jamais l'embrasser de la sorte.

Quand ils atteignirent Whitehall, il sentit sa

nervosité s'accroître. Il n'aimait pas la perspective de se retrouver confronté à son frère si sévère. Ce duc hautain l'accepterait-il un jour comme beau-frère ? John connaissait la réponse à cette question. S'il se comportait comme un homme rébarbatif qui s'extasiait sur la domesticité, le duc d'Aldridge l'approuverait alors.

John aurait préféré s'empaler sur sa propre épée.

Le duc, comme la nuit précédente, fut aimable avec sa sœur et abrupt avec John.

Mais John devait lui accorder un certain mérite. Bien que duc et extrêmement privilégié, l'homme montra une compassion remarquable pour la situation de Weatherford. Aldridge se précipita personnellement au War Office dans le bâtiment attenant et en revint dix minutes plus tard avec l'adresse de la veuve de Weatherford.

— Elle se trouve dans la capitale ! dit le duc.

John regarda le bout de papier. *Vingt-six Foster's Croft Lane*. Ce n'était pas une rue qu'il connaissait. Il était familier de toutes les rues de Mayfair et de Westminster, mais il ne pouvait pas vraiment s'attendre à ce que l'épouse de Weatherford réside au même endroit que la classe privilégiée. Comment diable le duc connaissait-il Foster's Croft Lane ?

— Je vous saurais gré, Votre Grâce, de bien vouloir nous indiquer la route.

— En réalité, ce n'est pas très loin d'ici. Continuez à descendre le Strand, après toutes les imprimeries. Je crois que Foster's Croft Lane est surtout utilisée pour ses écuries, mais il s'y trouve quelques logements. Du moins est-ce ce que vient de me dire le jeune secrétaire du War Office voilà quelques minutes à peine.

C'était ainsi qu'un puissant duc – qui ne percevait les rues de Londres que depuis la fenêtre de sa calèche à quatre chevaux – connaissait l'existence d'une rue insignifiante où résidaient les membres des classes inférieures.

Margaret prit le papier dans la main de John et le regarda avant de se tourner vers son frère.

— Nous vous sommes très reconnaissants, Aldridge.

Puis elle passa son bras dans celui de John qui remercia à son tour son frère avant qu'ils ne redescendent les marches et montent dans leur calèche à l'arrêt.

— Vous voyez, lui dit-elle une fois que la calèche commença à s'intégrer au trafic lent des véhicules du Strand, mon frère n'a pas été si méchant.

— Votre frère s'est montré extrêmement serviable. Je lui suis redevable.

À pied, ils seraient arrivés à Foster's Croft Lane bien plus rapidement. Leur calèche avançait comme un escargot. C'était probablement l'une des rues les plus fréquentées de Londres, à en juger par les fiacres de location, les charrettes de pommes de terre, les chariots à bière, les carrioles de charbon et les diligences. Et c'était certainement aussi la plus bruyante, entre les vendeurs de marrons et de fleurs installés sur le trottoir, les cochers qui interpellaient leurs collègues dans le sens opposé, les ânes qui brayaient, les enfants qui jouaient.

Il vit depuis la fenêtre de sa calèche une grosse plaque de marbre qui passait dans le sens opposé, dont la longue carriole était tirée par sept chevaux. Pas étonnant que cette file avance encore moins vite que la leur.

Il dirigea ses pensées vers la veuve de George Weatherford. *Sally*. Qu'allait-il lui dire ? Il était content que Maggie soit avec lui. Malgré sa timidité, sa femme saurait trouver les mots justes.

Le cocher avait rapidement hoché la tête quand John lui avait donné l'adresse, répondant qu'il savait précisément où cela se trouvait. Presque une demi-heure plus tard, ils prirent un virage pour quitter le Strand, à quelques pâtés de maison à peine de l'endroit où ils avaient retrouvé Aldridge. Ils parvinrent rapidement à un embranchement. Sur la droite s'ouvrait une allée sombre où l'on avait cloué un signe de fortune à l'étage supérieur : Foster's Croft.

Ils longèrent huit ou neuf écuries avant de parvenir à un bâtiment mince avec deux fenêtres à chacun de ses quatre étages. Il était d'un style qui avait été populaire plus d'un siècle auparavant. Les chiffres deux et six étaient fixés sur la porte noire décolorée.

— C'est là, dit-il.

* * *

Cela rappela à Margaret les logements dans lesquels Elizabeth et elle avaient retrouvé certaines de leurs veuves lorsque Trent Square, 7 venait d'être créé. Certains des quartiers dans lesquels Elizabeth et elle étaient parties chercher les veuves démunies étaient si mal famés qu'Aldridge avait insisté pour qu'un valet armé – ce cher Abraham – les accompagne, pour leur protection.

John et elle descendirent de la calèche, gravirent les marches et il toqua à la porte. Un homme mince, aux cheveux gris, et à qui il manquait une dent de devant ouvrit la porte et les dévisagea étrangement. Il n'était certainement pas habitué à ce que des gens du beau monde se rendent dans son logis.

— Je suis à la recherche de Mrs. Weatherford, dit John.

— Elle se trouve au dernier étage.

Margaret et John commencèrent à monter péniblement l'escalier de bois raide qui était plongé dans une obscurité presque totale. Comme il serait horrible de vivre dans un endroit aussi lugubre que celui-ci.

Au sommet des escaliers, il n'y avait qu'une seule porte. John frappa.

Quelques secondes plus tard, la porte s'ouvrit.

Une femme apparut, accompagnée de son jeune fils. Elle paraissait avoir le même âge que Margaret ; son fils, qui se dissimulait dans les jupons de sa mère, avait probablement trois ou quatre ans.

— Mrs. Weatherford ? demanda John.

Elle lui sourit.

— Elle-même.

Même si cette femme avait perdu son mari, même si elle était probablement pauvre, même si elle était forcée de vivre dans un bâtiment lugubre dans une rue morose où le soleil ne passait pas, Margaret lui envia sa beauté remarquable et son fils adorable.

Chapitre 13

Même sa tenue noire de veuve ne pouvait atténuer l'éclat de sa somptueuse chevelure couleur cannelle ou de ses yeux émeraude pétillants qui ornaient un visage étonnamment joli. On aurait dit que cette femme magnifique était descendue de la toile d'une des peintures colorées de la Renaissance par le Titien.

Comme s'il ne lui suffisait pas de posséder une beauté aussi extraordinaire, Mrs. Weatherford avait également la chance d'avoir un fils adorable. Margaret – qui s'attachait décidément aux petits garçons – ne sut pas ce qu'elle lui enviait le plus.

Puis la conscience de la perte tragique de cette femme frappa Margaret de plein fouet, la rendant excessivement honteuse de sa jalousie.

— Je suis John Beau...

La veuve l'interrompit.

— Beauclerc, le comte de Finchley.

Sa voix était raffinée.

John haussa un sourcil.

— Nous sommes-nous déjà rencontrés ?

Mrs. Weatherford secoua la tête.

— Non, c'est simplement que George parlait souvent de vous et très élogieusement.

Elle ouvrit plus grand la porte.

— Voulez-vous bien entrer ?

Son regard se posa alors sur Margaret.

— Vous êtes-vous marié, Monseigneur ?

— Effectivement. Permettez-moi de vous présenter mon épouse.

Les deux femmes s'adressèrent une très légère révérence.

— Mon logement est loin d'être ce à quoi votre Seigneurie est habituée, mais il est propre.

Elle souleva son fils, qui semblait avoir peur des inconnus.

Margaret sourit. Cela avait été pareil pour Mikey, au début, mais à présent, ils étaient très liés l'un à l'autre. Alors qu'elle pensait à son lien particulier avec Mikey, elle songea à l'enfant que portait Elizabeth et eut hâte d'avoir son propre neveu. Manifestement, elle-même n'était pas près de donner naissance à son propre enfant.

Leurs pas résonnèrent sur le plancher de bois distendu tandis que Mrs. Weatherford les guidait jusqu'à un salon tristounet et à l'ameublement sommaire. Situé à l'avant de la maison, il présentait deux fenêtres hautes et fines, mais à cause de leur extrême étroitesse, la majeure partie des rayons du soleil étaient bloqués par le bâtiment en vis-à-vis.

Lord et Lady Finchley s'installèrent sur le sofa en velours passé, et Mrs. Weatherford s'assit dans un fauteuil près de la cheminée, son fils sur ses genoux. Même si la journée était froide, il n'y avait pas de feu. Sans doute par souci d'économie, se dit Margaret.

C'était une très bonne chose qu'ils soient venus.

— Quel est le nom de votre fils ? demanda Margaret.

— C'est aussi un George. Comme son père.

— Je n'ai jamais connu d'homme plus remarquable, dit solennellement John.

La veuve sourit.

— Je suis d'accord.

Margaret désirait en savoir plus sur l'enfant, mais elle ne voulait pas les interrompre. Après tout, John était venu là par respect pour le père. Il était tout naturel que la veuve et lui souhaitent discuter du soldat disparu.

Mais il semblait que ni la veuve ni John ne sachent vraiment par où commencer.

Pour briser le silence, Margaret demanda :

— Dites-moi, quel âge a le petit George ?

— Je ne zuis pas petit ! protesta l'enfant. Z'ai trois ans.

Un an de plus que Mikey. Et Mikey ne s'exprimait pas encore par phrases.

Sa mère l'étreignit davantage, lui souriant tout en levant les yeux au ciel.

— Il a peut-être trois ans, mais il sera toujours mon b-é-b-é.

Elle avait manifestement choisi d'épeler le mot parce que George n'aimait pas qu'on dise qu'il était un bébé. Ils éclatèrent tous les trois de rire.

Un moment plus tard, John inspira profondément.

— Êtes-vous à Londres depuis longtemps, Madame ?

— Pas assez pour y avoir des amis. Quand George faisait partie de la garde montée, j'ai voulu rester près de lui. Nous avions un logement proche... et abordable !

— Pourquoi demeurez-vous ici à présent ? s'enquit John d'une voix douce.

— Je n'ai nulle part où aller. Je suis orpheline et il n'est pas possible de m'installer chez la mère de George. Son père est mort l'année dernière, voyez-vous. Et puisque sa sœur et sa famille y ont emménagé pour l'aider...

Pauvre John. Il ne savait pas quoi dire. Ayant

vécu une existence privilégiée, il ne comprenait probablement pas les difficultés que rencontraient les autres. En tant que fille de duc, Margaret avait également été complètement ignorante du dénuement que beaucoup devaient endurer. Avant qu'Elizabeth ne lui ait ouvert les yeux. Margaret avait accompagné Elizabeth pour secourir des veuves qui, avec leurs enfants, dormaient parfois à vingt dans une seule pièce. À présent, à Trent Square, chaque famille amputée d'un père avait sa propre chambre, et la duchesse et ses belles-sœurs couvraient toutes leurs dépenses.

— Sans le soutien de votre mari, dit Margaret, êtes-vous tout de même en mesure de vous permettre ce logement ?

John se tourna brusquement vers sa femme, plissant le front. Même s'il ne dit rien, elle savait qu'il devait trouver sa question déplacée. Après tout, on n'avait pas le droit de s'enquérir sur les revenus des autres ou sur les détails concernant leurs revenus.

La femme détourna la tête d'eux, comme si elle était humiliée. Quand elle reprit la parole, sa voix se brisa douloureusement.

— Non, pour être honnête.

— Alors je suis très content d'être venu aujourd'hui, dit John. Votre mari m'a demandé de veiller sur vous et votre fils.

Mrs. Weatherford commença à sangloter. Ses épaules minces se mirent à tressauter et son jeune fils eut l'air terrifié.

— Maman ! Tu as mal ?

Elle leva son fils contre sa poitrine et le serra fort, passant des doigts élégants à travers ses épaisses boucles sombres.

— Je suis simplement heureuse, mon amour, de savoir à quel point Papa nous aimait.

Margaret dut se retenir de ne pas éclater en sanglots.

— C'est la vérité, dit John d'un ton solennel.

— Bien sûr, mon mari est prêt à vous venir en aide de toutes les façons possibles, mais laissez-moi vous parler de ce qui – selon moi – est un joli endroit pour les veuves d'officiers.

Mrs. Weatherford se tapota les yeux de la manche et se retourna vers les Finchley. Malgré ses yeux rouges, elle était magnifique.

— Il existe un endroit pour les veuves d'officiers ? Ici, à Londres ?

— Il y a *un seul* endroit. Mon frère, le duc d'Aldridge, et sa femme l'ont établi dans le seul but de fournir à des veuves d'officiers un logement décent. Ces femmes ont beaucoup de choses en commun et elles s'entendent particulièrement bien. Elles vivent un peu comme une grande famille heureuse.

— Je ne peux pas vous dire à quel point j'ai eu envie d'être avec d'autres femmes qui puissent comprendre ma perte, d'autres femmes qui ont également perdu leurs maris sur la Péninsule. Et...

Sa voix se brisa.

— Je serais très reconnaissante de ne pas avoir à m'inquiéter de savoir comment payer mon loyer.

— Nous y avons vingt-huit enfants pour le moment. George aurait des camarades.

Margaret songea à Mikey et se le représenta courant partout avec George.

Mrs. Weatherford lui sourit.

— Ce serait fantastique.

— Par chance, une place va se libérer dans la

semaine.

La veuve arqua un sourcil.

— Une de nos veuves – une mère de quatre enfants – va se remarier et aura une jolie maison à elle dans le village où elle a été élevée. Nous sommes toutes très heureuses pour elle. C'est mon vœu personnel de voir chacune de nos veuves retrouver le bonheur avec un nouveau mari et une nouvelle maison à elle. Je considère Trent Square, 7 comme un lieu de transition, le temps qu'elles s'habituent à vivre sans leurs maris.

Mrs. Weatherford baissa les paupières, ainsi que la voix.

— Je ne m'imagine pas aimer quelqu'un comme j'ai aimé George.

Le silence remplit la pièce comme un brouillard lugubre.

Au bout d'un moment, John prit la parole.

— Personne ne prendra jamais la place de George Weatherford, ni dans votre cœur, ni dans le mien. Mais je sais que George voudrait que vous retrouviez le bonheur. Il aurait envie que vous vous remariiez.

La veuve leva la paume.

— Je vous prie de ne plus en parler.

Le silence revint.

— Si vous voulez, avant de prendre une décision, nous pouvons vous emmener, vous et George, à Trent Square, afin que vous puissiez décider par vous-même si cela vous convient, dit Margaret.

Le visage de la veuve s'illumina.

— Aujourd'hui ?

Margaret regarda John.

Il hocha la tête.

— Si cela vous fait plaisir.

Mrs. Weatherford soupira.

— Je serais reconnaissante du changement
d'environnement que pourrait offrir un tel
déplacement.

Quelques minutes plus tard, tous les quatre
étaient en route vers Bloomsbury. Le petit George
était fasciné par le voyage en calèche. C'était sans
nul doute son premier.

Cela serait la première visite de John à Trent
Square, 7. Avec un sourire sur le visage, Margaret
se rappela que la duchesse lui avait parlé de la
première fois qu'elle y avait emmené Aldridge –
avant qu'ils ne soient mariés et qu'aucune des
veuves ne s'y trouve – et qu'il lui avait volé un
baiser. Cela avait été leur premier baiser. À en
juger par leur dévotion actuelle l'un envers l'autre,
il avait dû être particulièrement éloquent.

Ce qui fit alors songer Margaret au baiser que
John lui avait donné la nuit dernière. Leur
premier. Ce souvenir fit marteler son cœur et
descendre des picotements le long du torse. Elle
avait envie qu'on l'embrasse à nouveau de la
sorte.

Elle avait envie de bien davantage…

* * *

Si la veille, on avait dit à John qu'il aiderait
une veuve au lieu de rejoindre ses amis au
meeting hippique de l'après-midi, il n'y aurait pas
cru. Mais étrangement, alors qu'ils traversaient la
ville, il ne regrettait pas d'avoir préféré le devoir au
plaisir. Ce devait bien être la première fois.

Moins d'une demi-heure après avoir quitté
Foster's Croft Lane, ils parvinrent à Trent Square.
Ce satané duc d'Aldridge possédait toute la place.
Le regard de John se posa sur le numéro 7 en

cuivre brillant qui se détachait sur une porte nouvellement repeinte.

La maison était la plus grande de la place. Elles étaient toutes plutôt modestes, tout en conservant une respectabilité assurée. Elles étaient probablement habitées par des avocats et des marchands prospères. S'il avait été officier avec une famille, c'était précisément le type de quartier où il aurait voulu que sa famille réside.

À la porte, ils furent reçus par un homme bien mis que Margaret présenta comme leur intendant, Carter. John n'avait jamais entendu parler d'un intendant. Cela dit, il n'avait jamais entendu parler d'une maison telle que Trent Square, 7, non plus.

Après avoir adressé un large sourire à Carter, Maggie expliqua que l'intendant avait précédemment été valet à Aldridge House, et qu'elle s'oubliait parfois et l'appelait Abraham.

Cet homme avait dû faire preuve de grandes compétences pour être promu de la sorte.

Alors qu'ils se tenaient dans le couloir d'entrée, une jeune femme se précipita pour venir saluer Margaret.

Celle-ci se tourna vers John.

— Chéri, j'aimerais vous présenter Mrs. Hudson. Elle a été notre première occupante.

La jolie femme, qui devait avoir le même âge que Margaret, fit la révérence.

Il resta un moment surpris d'être appelé *Chéri*. C'était un concept rudement difficile à se mettre dans la tête. Il était l'époux de Margaret. Aux yeux des autres, il était son *chéri*.

— Était-ce votre mari qui a servi avec le frère cadet de la duchesse ? demanda-t-il à Mrs. Hudson.

La dame hocha la tête.

Puis Margaret présenta les veuves les unes après les autres.

— Depuis combien de temps avez-vous perdu Mr. Weatherford ? s'enquit Mrs. Hudson d'une voix sombre.

Les yeux de Mrs. Weatherford se remplirent de larmes.

— Il est mort en février, mais je ne l'ai appris que le mois dernier.

Mrs. Hudson pressa la main de l'autre veuve.

— Je sais ce que vous ressentez en ce moment. Laissez-moi donc vous présenter votre nouvelle maison.

Les deux femmes – et le petit George qui s'accrochait à sa mère – se mirent à gravir les escaliers. Un autre petit garçon qui était encore plus petit que George se précipita vers Maggie, levant les bras vers elle pour qu'elle le soulève.

Comme à la lueur d'un feu d'artifices, le visage de sa femme s'illumina quand elle aperçut le petit être, et elle le prit dans ses bras et se mit à lui recouvrir le visage de baisers – au grand plaisir de l'enfant.

C'était la première fois qu'il voyait Maggie de la sorte. On aurait pu croire qu'elle était la mère du garçon. Il fut pris d'une certaine tristesse en songeant qu'elle ne connaîtrait jamais la maternité à cause de leur mariage stérile. Maggie était clairement faite pour être mère.

Elle se tourna vers lui, un large sourire aux lèvres.

— Lord Finchley, laissez-moi vous présenter Mikey, et je dois vous dire que mon cœur lui appartient.

— Je vais être jaloux.

Pourquoi diable avait-il dit cela ? Particulièrement après... l'intimité de la nuit précédente. Dans la calèche de Grand-mère. Ce souvenir avait encore le pouvoir de lui fouetter les sangs.

Jusqu'à la nuit dernière, jusqu'à ce qu'il la voie avec Mikey, il n'avait pas réalisé à quel point la femme qu'il avait épousée était affectueuse.

Il regarda le petit bonhomme.

— Quel âge as-tu, Mikey ?

Maggie pouffa.

— L'âge n'est pas un concept que Mikey maîtrise déjà. Il n'a pas encore deux ans.

John fronça les sourcils.

— Il semblait plutôt avoir presque l'âge du petit George.

Il ne pensait pas qu'il puisse un jour mentionner le fils de Weatherford sans préfacer son nom du diminutif. L'apparence du fils avait tant ressemblé à celle de son père qu'en voyant le garçon, les souvenirs de John l'avaient immédiatement ramené à sa première année à Eton. Il se représenta George Weatherford tel qu'il avait été à l'âge de huit ou neuf ans.

Si seulement il avait pu réprimer des pensées aussi mélancoliques. Il n'était pas juste que ce soit lui qui se trouve dans cette maison avec le fils de Weatherford, que Weatherford ne rencontre jamais le garçon, que John ne pose plus jamais les yeux sur Weatherford.

— Ils n'ont qu'un peu plus d'un an d'écart. Ne serait-ce pas formidable s'ils devenaient amis, comme vous et le capitaine Weatherford ?

Avant qu'il ne puisse répondre, la duchesse d'Aldridge pénétra dans la maison. Tous s'échangèrent des salutations, puis la duchesse lui demanda :

— Est-ce votre première visite au numéro 7 de Trent Square, Monseigneur ?

— Oui, effectivement.

— Alors vous êtes un mari très dévoué. Aldridge n'est pas revenu depuis notre premier tour du propriétaire, avant qu'il n'y ait des occupants.

Son visage s'adoucit et elle murmura.

— Je garde de bons souvenirs de cette visite. C'était la première fois que mon cher époux m'a embrassée. Nous n'étions pas encore mariés.

John crut se rappeler qu'un vague scandale avait forcé Aldridge à épouser celle qui était alors Lady Elizabeth Upton, mais il ne parvenait pas à se remémorer ce que c'était. Avaient-ils eu une escapade en ces lieux ce jour-là ?

La duchesse se tourna alors vers Maggie et le petit bonhomme.

— Je vois que Mikey profite de son câlin indispensable de Lady Finchley.

Maggie sourit avec autant d'exubérance qu'elle en avait montré quand elle lui avait dit que c'était la nuit la plus heureuse de sa vie.

— Il a appris mon nouveau nom. Il ne m'appelle plus Wady Margaret. Je suis à présent Wady Finchley.

Le petit garçon, passant ses petits doigts à travers les cheveux de Maggie, semblait aussi content qu'un veau qui mâchait sa paille.

Une fois encore, les pensées de John s'attardèrent sur Le Baiser. Le baiser de Maggie. Il songea également au sévère duc d'Aldridge qui avait dérobé un baiser à sa future épouse. Et John se prit à avoir envie de prendre sa femme dans ses bras pour la porter jusque dans l'une des chambres à coucher...

Chapitre 14

Trois jours plus tard, John et sa femme aidaient Mrs. Weatherford à déménager. La nouvelle calèche de Maggie était arrivée et elle en offrait l'usage à la veuve pour déménager ses affaires jusqu'à Trent Square.

— En êtes-vous certaine ? demanda-t-il. Et si l'enfant – ou les affaires de cette femme – l'éraflent ?

— Peu m'importe. Les gens sont bien plus importants que les biens matériels.

Elle leva les yeux vers lui.

— Si cela ne vous fait rien.

Il haussa les épaules.

— Absolument rien.

À son grand étonnement, Maggie lui avait demandé de s'asseoir à côté d'elle dans la nouvelle calèche alors qu'ils se dirigeaient vers le Strand. Il ne pouvait pas la décevoir.

Pourquoi diable, à chaque fois qu'il se retrouvait avec Maggie, continuait-il à se souvenir de l'intensité de ce baiser ? Il s'était étonné lui-même, la dernière fois qu'ils se trouvaient à Trent Square, d'avoir été saisi par le désir de ravir la douce femme qu'il avait épousée.

Il avait beau être libertin, il n'aurait jamais pu approuver un comportement si débauché.

Du moins, pas avec une dame, et avec des veuves respectables comme témoins de sa dépravation.

— Ne trouvez-vous pas que Mrs. Weatherford

est dotée d'une beauté peu commune ? demanda Maggie.

Il haussa les épaules.

— Je n'ai pas vraiment songé à son apparence. Pour être honnête, j'étais trop choqué par la ressemblance entre le garçon et son père.

Elle posa la main sur la sienne.

— Oh, très cher, cela a dû être difficile pour vous.

— Plutôt, oui. Que Dieu m'en soit témoin, j'aimerais que Weatherford soit toujours vivant.

— Je sais.

Quand leur calèche prit le virage et entra dans Foster's Croft Lane, il se représenta la veuve de son ami. Il se disait qu'elle pouvait certes être considérée comme jolie. Pas étonnant que George se soit marié aussi jeune. John se prit à songer si cette femme se remarierait un jour.

Il se demanda également qui constituerait une bonne figure paternelle pour le garçon.

Il devina immédiatement la réponse. *Ce doit être moi.* Il devait prendre la place de son ami et essayer de traiter l'enfant comme il savait que Weatherford l'aurait fait.

Quand ils atteignirent le logement de Mrs. Weatherford, il fut reconnaissant que la veuve de son ami n'ait plus à vivre dans un endroit aussi lugubre. Trent Square était une bonne maison, ensoleillée, dans un quartier respectable.

Tristement, les Weatherford n'avaient que quelques maigres affaires à déménager à Trent Square. Un voyage suffirait. Ils avaient fourré tous leurs vêtements dans une valise défoncée, et Mrs. Weatherford portait quelques livres dans ses bras.

— Et pour les meubles ? demanda-t-il.

La veuve secoua la tête.

— Ce ne sont pas les nôtres.

S'asseyant sur le siège opposé, il remarqua que le petit George n'était plus installé sur les genoux de sa mère. Le petit garçon attira l'attention de Maggie.

— Madame, pourriez-vous me faire sauter comme vous le faites pour Mikey ?

— Si tu veux, mon amour.

Maggie était dans son élément quand elle était entourée d'enfants. *Née pour être mère.* Quel dommage !

— Ah mais, Georgie, se prit à dire John, je suis plus grand que Lady Finchley, et je pourrais te faire sauter bien plus haut.

À présent qu'il l'avait appelé ainsi, il se dit qu'il préférait *Georgie.* Il lui aurait été impossible – parce que cela était bien trop douloureux – d'appeler un jour le garçon du même nom dont il s'adressait autrefois à son père.

Le visage du garçon s'illumina encore davantage.

— Quand ?

— Dès que nous serons arrivés dans ta nouvelle maison, si tu veux.

— Oh, oui ! Cela me plairait beaucoup.

Georgie était anormalement excité.

— Dans ma nouvelle maison, il y a un parc de l'autre côté de la rue ! Et Maman dit que je peux courir avec les autres garçons. Qu'ils seront comme mes fwères ! Z'ai toujours voulu un fwère.

À présent que le garçon s'était débarrassé de sa timidité, il s'avérait qu'il était bien déterminé à parler.

Le parc de l'autre côté de la rue, réalisa John, était le carré de terrain au centre de la place.

— C'est vrai ! Tu t'y amuseras beaucoup.

Le garçon était-il assez âgé pour apprendre à jouer au cricket ? Le fils de George serait-il aussi doué pour ce sport que l'avait été son père ?

Il faudrait que John s'assure qu'il en ait l'opportunité. D'ailleurs, il songea à quelque chose qu'il ferait fabriquer pour le garçon. Un sourire lui passa sur le visage.

— Avez-vous le moindre regret, Mrs. Weatherford ? De déménager ? demanda Maggie.

— Non, pas le moindre. Mrs. Hudson s'est montrée particulièrement accueillante. Toutes les veuves l'ont été, d'ailleurs.

Elle baissa les yeux et sa voix s'adoucit.

— Vous comprenez, nous partageons un lien que les autres ne peuvent pas comprendre. Et puis je dois avouer avoir été excessivement seule depuis que George a quitté l'Angleterre. Mon fils a représenté un grand réconfort, mais on a besoin d'autres adultes avec lesquels converser.

Puis Mrs. Weatherford sourit à John.

— Comme j'ai de la chance, Monseigneur, que vous veilliez à mon confort.

— C'était le souhait de George.

Étonnamment, exaucer les souhaits de son vieil ami plaisait étrangement à John. Il était toujours surpris de n'entretenir aucune amertume à ce que sa dernière visite à Foster's Croft Lane l'ait empêché d'assister au meeting hippique le plus controversé de l'année. Ses amis en parlaient sans relâche. Perry ne cessait de faire valoir qu'il avait gagné une grosse somme d'argent, et les autres protestaient que leur cheval aurait dû être déclaré gagnant. « Il n'y avait pas plus d'un cil entre eux ! », répétait Knowles comme une litanie.

John regrettait de n'y avoir pas assisté. Il regrettait de ne pas avoir eu la possibilité de miser sur le cheval de Perry. Gagner de l'argent était toujours vivifiant. Mais étrangement, il ne regrettait pas de passer du temps avec la veuve et son jeune fils.

— Maman dit que je dois demander à Sa Seigneuwie si je peux l'appeler Oncle Finchley.

Les mots du petit garçon attendrirent John.

— J'en serais honoré, mais je pense que tu devrais t'adresser à moi comme le faisait ton père. Ton père m'appelait tout le temps Finch. Tu peux m'appeler Oncle Finch.

— Je dois avouer, Votre Seigneurie, dit Mrs. Weatherford, que je vous ai presque appelé Finch le jour où vous vous êtes présenté à ma porte ! C'est ainsi que George parlait toujours de vous.

— Ah, mais je ne vous permets pas à vous de m'appeler Oncle Finch, lui dit-il, une lueur diabolique dans le regard.

Ils éclatèrent tous de rire.

Quand ils atteignirent Trent Square et descendirent de la calèche, sa femme s'adressa à lui.

— Vous avez rempli votre devoir, mon cher mari. À présent, je vous en prie, allez passer du temps avec vos amis. Je sais que Trent Square ne peut présenter aucun intérêt pour vous.

Et voilà qu'elle lisait encore dans son esprit ! Il venait à peine de se demander s'il aurait le temps de retrouver son groupe de canailles à White's avant que leur partie habituelle de whist ne commence.

— Dès que j'aurai fait sauter Georgie, je pense que je m'en irai. Je vous renverrai la calèche quand elle m'aura déposé à St. James.

John se baissa et souleva Georgie jusqu'à ce qu'il se retrouve au-dessus de sa tête, et il fit tourner comme un moulin le petit garçon qui poussait des cris.

Georgie ne voulait pas qu'il s'arrête, mais John parvint enfin à le reposer.

— À présent, il faut que tu suives ta maman. Les autres garçons vont vouloir jouer avec toi.

Maggie se tint au côté de John, le regardant avec des yeux pétillants de joie. Particulièrement conscient de l'odeur des roses qui émanait d'elle, il se pencha en avant et pressa les lèvres contre sa joue. Pourquoi l'avait-il fait ? Se sentait-il coupable de l'avoir laissée ? Coupable de n'avoir aucune intention de la voir ce soir-là ? Ou bien était-ce parce qu'elle avait l'air si innocente, d'une façon mature, maternelle et quasiment sainte ? Il réalisa qu'il n'avait pas été capable de réprimer la vision de ses démonstrations d'affection envers le petit bonhomme appelé Mikey. Même si John était touché par sa nature affectionnée, il se débattait également avec un sentiment de culpabilité. À cause de lui, elle serait privée de l'opportunité d'avoir une maison et une famille heureuse.

* * *

Mikey s'était mis sur la pointe des pieds pour regarder par la fenêtre du salon alors que Lord Finchley faisait tourner Georgie en l'air. Quand Margaret entra au numéro 7 quelques instants plus tard, il se précipita vers la porte, levant les bras au-dessus de sa tête.

— Moi !

Elle prit le petit garçon dans ses bras et le serra fort pendant un moment avant de pousser son petit corps dans les airs et de le faire tourner pendant qu'il poussait des cris ravis. Elle avait l'impression qu'on pouvait oublier tous ses soucis dans l'étreinte et le rire contagieux d'un enfant.

Elle avait beau avoir conscience de ses nombreux privilèges, ce jour-là, elle était mélancolique. Elle n'aurait pu l'éviter. Les vies de ces pauvres veuves étaient bien plus enrichies que la sienne. Elles avaient su ce que c'était que d'être aimées. Elles avaient des enfants. Margaret savait que malgré la puissante affection que ressentait Mikey pour elle, il aimerait toujours sa propre mère davantage. Mrs. Leander avait une chance extraordinaire. Mrs. Weatherford avait de la chance. Toutes les femmes qui se partageaient Trent Square, 7 avaient de la chance.

Même si Margaret était riche matériellement parlant, elle était pauvre sur presque tous les autres plans. Elle ne possédait même pas l'amour de son propre mari.

Elle releva la tête après avoir fait tourner Mikey et vit que sa mère se tenait là, un tablier noué autour de la taille et une étincelle dans les yeux alors qu'elle regardait son cadet.

— Ne va pas embêter Madame, mon amour. Viens voir Maman.

Et alors qu'il sauta joyeusement dans les bras de sa mère, un petit bout du cœur de Margaret se brisa.

— Il ne m'embête pas. Vous savez à quel point je l'apprécie.

— Certes.

Mrs. Leander jeta un œil à la porte, qu'Abraham était en train d'ouvrir.

— C'est la duchesse. Elle et moi allons faire passer des entretiens aujourd'hui pour le poste de cuisinière.

Margaret ignorait que le numéro 7 allait embaucher une cuisinière.

— Il est grand temps. Cuisiner pour près de

trente-six personnes représente bien trop de travail pour vous, dit-elle à Mrs. Leander.

— On m'a aidée, mais j'admets que cela a été épuisant.

Mrs. Leander embrassa le sommet de la tête bouclée de Mikey.

— Et je n'ai pas eu beaucoup de temps pour mes propres enfants.

Quand la duchesse entra dans la maison, retirant sa pelisse bleu pâle et la tendant à Abraham, elles la saluèrent.

— Ma sœur a absolument raison, Mrs. Leander, dit Elizabeth. Vous en avez bien trop fait pendant trop longtemps.

— Vous m'avez donné une fille de cuisine au bout d'un mois.

— Même avec son assistance – et les autres veuves qui vous ont aidée à tour de rôle – c'est trop, dit la duchesse. C'était une négligence de ma part de ne pas vous avoir soulagée de tous ces devoirs en cuisine il y a de cela plusieurs mois. Vous êtes une femme d'officier, et je pense que si votre mari était en vie, il n'approuverait pas le fait que vous preniez en charge de telles tâches.

Elizabeth lui lança un regard interrogateur.

— Dites-moi la vérité, Madame, n'aviez-vous pas votre propre cuisinière quand votre mari était toujours en vie ?

Mrs. Leander hocha timidement la tête.

— C'est vrai. Mais j'ai toujours aimé cuisiner. Ma mère préparait notre nourriture elle-même, et j'ai aimé travailler dans la cuisine d'aussi loin que remontent mes souvenirs.

— Alors vous devrez former la nouvelle cuisinière pour qu'elle prépare à manger exactement de la façon qui vous convient, dit

Elizabeth.

— Oui, vous devez vous assurer que vos recettes soient suivies, ou bien nous risquons d'avoir une mutinerie sur les bras, dit Margaret en riant. S'il y a bien une chose sur laquelle s'accordent toutes les habitantes du numéro 7, c'est l'excellence de votre cuisine.

Mikey descendit des bras de sa mère jusqu'à ce qu'il se retrouve par terre. Il se dirigea vers Margaret, haussant des petits sourcils interrogateurs en la regardant.

— Garçon.

Mrs. Leander plissa des paupières.

— Qu'est-ce que tu veux, mon amour ?

— Je crois qu'il cherche le garçon qui vient d'emménager aujourd'hui, dit Margaret. Georgie. Je crois qu'il est le plus proche de Mikey en âge. Du moins le *garçon* le plus proche !

Mrs. Leander rit tout en secouant la tête.

— Tous mes garçons ne veulent côtoyer que d'autres garçons, mais je crois que toutes mes filles préfèrent côtoyer d'autres garçons que des petites filles !

Margaret ne comprenait cela que trop bien. Son époux préférait bien davantage la compagnie de ses camarades masculins à la sienne – ou celle de n'importe quelle autre femme. Des femmes respectables, cela s'entend.

Elle avait beau être contente de savoir que Mrs. Leander serait soulagée de ses interminables corvées de cuisine, Margaret était également triste, sachant qu'elle aurait à présent plus de temps à consacrer à son plus jeune enfant. Cela diminuerait certainement les opportunités de Margaret de le gâter comme sa mère n'avait jusque-là pas eu l'occasion de le faire.

— Voudriez-vous voir la nouvelle chambre de Mrs. Weatherford ? demanda Mrs. Hudson à Margaret après que la duchesse et Mrs. Leander furent passées au salon.

— Assurément.

Les deux femmes se mirent à gravir les marches.

— Je ne peux pas vous dire à quel point je suis contente pour Mrs. Nye, dit Margaret. Elle était absolument rayonnante lorsque je lui ai dit au revoir hier.

— Je suis contente pour elle. Elle est vraiment tombée amoureuse de l'homme qu'elle épouse.

La voix de Margaret s'adoucit.

— Vous savez que c'est que ce Mr. Hudson aurait voulu pour vous. Quel âge avez-vous ?

— Vingt-deux ans.

Un an de plus qu'Abraham Carter, si les souvenirs de Margaret étaient exacts.

— Le temps passé avec votre mari était un court interlude dans ce que – je m'imagine – sera une longue vie. Vous ne pouvez pas passer le reste de votre existence à vous attarder sur votre amour perdu. Pas alors que vous êtes si jolie... et faites l'objet de la dévotion d'un autre homme. Un homme bien vivant.

Mrs. Hudson s'arrêta de gravir les marches comme si ses pieds étaient restés cloués aux marches, et elle se tourna pour faire face à Margaret.

— Dites-moi, Madame, à qui faites-vous référence ?

— Je crois que vous le savez.

— Carter ? murmura Mrs. Hudson.

Margaret hocha la tête.

— Vous devez être la seule à ne pas avoir

conscience de son adoration pour vous.

Mrs. Hudson contesta ce commentaire.

— Il m'est simplement reconnaissant de lui avoir appris à lire et à écrire.

— Si c'est ce que vous pensez, vous n'êtes pas aussi fine que je le croyais.

Mrs. Hudson reprit sa progression.

Il avait été difficile pour quelqu'un d'aussi réticent que Margaret d'aborder un sujet aussi personnel, mais après avoir assisté la veille au bonheur de Mrs. Nye, Margaret était déterminée à s'assurer que Mrs. Hudson connaisse elle aussi la chance de contracter à nouveau un mariage heureux. La jeune mère avait manifestement besoin qu'on la pousse dans la bonne direction.

Au bout du couloir du dernier étage, ils trouvèrent la chambre de Mrs. Weatherford et de Georgie. La jolie veuve fit volte-face pour regarder Margaret, un sourire lui illuminant le visage.

— Je suis très contente de ma chambre, et George me prie déjà d'aller jouer avec les autres garçons. Je vous dois une fière chandelle, Madame, à vous et à Sa Seigneurie.

— Votre bonheur est notre récompense. J'espère que vous apprécierez votre séjour au numéro 7 de Trent Square. Je crois que votre fils a déjà démontré quel logement il préfère.

— C'est vrai !

Des pas sur le parquet de bois s'approchèrent et, bientôt, Mrs. Leander, portant Mikey dans les bras, apparut sur le seuil de la chambre de Mrs. Weatherford.

— La première candidate n'arrivera que dans dix minutes, alors je voulais monter et accueillir Mrs. Weatherford au numéro 7.

Elle regarda la nouvelle venue.

— Dites-moi si vous avez besoin de quoi que ce soit.

Elle reposa Mikey.

— Mon petit bonhomme a envie de jouer avec votre fils.

La mélancolie de Margaret disparut derrière la satisfaction de savoir que la veuve du cher ami de John était heureuse de vivre au numéro 7 et que Mikey avait un camarade de jeu, et cela grâce à elle.

Quand elle se détourna pour se rendre à la salle de musique, Mikey ne remarqua même pas qu'elle était partie. Elle était heureuse qu'il ait un camarade avec lequel jouer. Tôt ou tard, il aurait trouvé d'autres intérêts dans les choses que les petits garçons aimaient faire. On ne pouvait pas garder un enfant sur ses genoux éternellement.

Cela l'attristait quand même.

Toutes les veuves qui résidaient ici étaient bien plus riches qu'elle. Margaret connaîtrait-elle un jour l'amour de son mari ? Ou bien aurait-elle même un enfant à elle ?

* * *

Quand il atteignit White's, il fut ravi de retrouver ses trois meilleurs amis installés à leur table habituelle, sur laquelle reposaient aussi deux bouteilles de brandy. Il prit le quatrième siège.

Arlington leva la tête le premier.

— Ah, voilà la chose de Lady Finchley.

John s'assit en fronçant les sourcils.

— Et qu'est-ce que c'est censé vouloir dire ?

— Je crois qu'il veut dire que vous êtes un mari soumis, vieux frère, dit Knowles.

— Ce qui me laisse croire que la mariée a réussi à attirer notre cher Finch dans son lit.

Christopher Perry jeta à son vieil ami un regard condescendant.

— Et moi qui vous croyais quand vous disiez n'avoir aucune intention de faire de cette union un véritable mariage.

Depuis leur adolescence, les quatre hommes avaient tout partagé. Ils avaient même fait tourner des prostituées comme s'il s'agissait d'un plat de choux de Bruxelles. Mais pour des raisons que John était incapable de comprendre, il ne voulait pas que ses amis soient au courant des détails intimes – ou de l'absence de détails intimes – de son mariage avec Maggie.

Il savait que le code d'honneur de ses camarades les empêcherait de commettre toute *galanterie* avec la femme de leur ami, mais s'ils croyaient que lui et Maggie n'étaient pas intimes, qu'est-ce qui pourraient les empêcher d'essayer de conquérir la douce Maggie ?

Il ne le permettrait jamais.

Il fusilla Arlington du regard. Pourquoi diable celui-ci se montrait-il si obsédé par les détails du mariage de John ?

— À partir de maintenant, dit John d'une voix autoritaire tandis qu'il regardait successivement ses trois amis, il n'y aura plus de discussions à propos de ma femme, plus de questions concernant... les activités dans la chambre. Est-ce compris ?

— Mais, mon cher ami, dit Arlington, rayonnant. Vos activités... dans la chambre, comme vous le dites, peuvent être menées n'importe où.

Perry ricana à grand bruit.

— Comme debout derrière les rideaux de la scène à Drury Lane.

— C'était vous, pas moi ! protesta John.

Souriant, Knowles hocha la tête.

— Ou sur la cabine du cocher entre St. Albans et Oxford.

John devait admettre qu'ils s'étaient tous essayés à cette *activité* la nuit dont parlait Knowles. Du moins était-ce ce qu'on avait raconté à John le lendemain matin. L'alcool avait coulé à flots.

— Et puis il y a la fontaine à Tolford Abbey...

Perry le regarda avec hilarité.

Contrarié, John leva une main tendue.

— Il suffit !

Cela l'embarrassait de songer que Maggie apprenne un jour quelles activités peu orthodoxes avaient été pratiquées dans la fontaine de sa maison de campagne.

La faute en revenait encore une fois à l'abus d'alcool.

— Alors prouvez-le-nous. Demain soir, dit Perry, prouvez-nous que vous êtes toujours notre vieil ami qui aime s'amuser. Comportez-vous comme vous le faisiez avant d'avoir la corde au cou.

John plissa le front.

— Que proposez-vous ?

— Maintenant que vous en parlez : trouvez-vous une femme légère.

— Et Perry a pile celle qui vous convient ! acquiesça Arlington. La nouvelle petite rousse plantureuse qui danse à l'opéra. Si je n'avais pas passé un accord avec Mrs. Flannagan, je me la réserverais.

— C'est trop tôt après son mariage, protesta Knowles. Le duc d'Aldridge n'approuvera jamais.

John haussa la tête avec enthousiasme.

— Il a raison. Je ne peux pas me permettre de me comporter d'une manière qui amplifiera l'hostilité du duc envers moi.

Perry plissa le visage, perdu dans ses pensées.

— Finch, n'avez-vous pas mentionné qu'à présent que vous aviez des fonds, vous pouviez vous permettre d'acheter les faiseurs de ragots afin d'éviter que vos scandales ne paraissent dans les journaux ?

— Il l'a fait, c'est vrai, affirma Arlington.

Perry se tourna vers John, tout sourire.

— Alors c'est bon ! Accompagnez-nous demain soir, et je vous présenterai à la glorieuse et plantureuse Lucy la Facile.

— Et, ajouta Knowles, son nom est *facile* à retenir.

— Une description adéquate pour une dame très affectueuse, sourit Perry.

John ne pouvait pas permettre à ses amis de croire qu'il était soumis. C'était un affront à la femme agréable qu'il avait épousée.

— Très bien. Demain soir.

Chapitre 15

Voir les cheveux blancs de Barrow quand Margaret ouvrit la porte de son ancienne maison fut aussi accueillant qu'une étreinte chaleureuse. Elle avait côtoyé le cher vieillard tous les jours depuis sa naissance. Jusqu'à ce qu'elle se marie.

— Bonjour, Barrow.

Il plissa ses sourcils blancs.

— N'avez-vous pas déménagé, Madame ?

— Vous savez très bien que si, mais je dois rendre visite à mes sœurs. Sont-elles là ?

Elle était l'une des seules à avoir compris – avec les valets qu'il supervisait – que pour se faire entendre de Barrow, il fallait hausser fort la voix.

— Oui, Lady Clair et Lady Caroline sont là toutes les deux, mais Lady Clair doit bientôt sortir. Mr. Rôti-Semoule doit venir la chercher.

Elle essaya de ne pas éclater de rire en entendant le majordome massacrer le nom du prétendant de Clair. Elle se tourna pour gravir rapidement l'escalier.

— Je vous remercie, Barrow.

Les deux sœurs se trouvaient dans l'ancienne chambre de Margaret, qu'elle partageait alors avec Caro. Clair était assise à la commode de sa sœur et s'observait dans le miroir.

— Ne peux-tu pas me coiffer comme toi ? dit-elle à Caro. Tu as reçu onze propositions de mariage, et je n'en ai pas eue une seule.

Elles se tournèrent quand Margaret entra.

— Mais ma chère Clair, dit Margaret, tu n'as

toujours désiré qu'une seule demande. Et puisqu'on parle de Mr. Rothcomb-Smedley, pourquoi Barrow croit-il à présent que le nom de ce pauvre homme est Rôti-Semoule ?

Les deux sœurs éclatèrent de rire.

— C'est parce qu'Aldridge a voulu essayer de corriger l'erreur de Barrow, qui dit Rôti à la place de Rothcomb, expliqua Caro, et notre pauvre majordome sourd a compris que c'était sur le Smedley qu'il s'était trompé. Barrow a immédiatement changé son nom en Rôti-Semoule, informant Aldridge qu'il était un serviteur loyal qui avait l'intention d'obéir aux ordres de son maître, même s'il ne les approuvait pas.

— Et, ajouta Clair, Aldridge n'a pas eu le cœur d'essayer de le corriger une deuxième fois.

Le regard de Margaret se braqua sur l'image de ses deux sœurs dans le miroir. Malheureusement, Clair n'aurait rien pu faire pour être aussi jolie que Caro. La déviation singulière dans leur apparence était leur peau. Alors que celle de Caroline avait la luminosité du lait frais, celle de Clair était couverte de taches de rousseur. Margaret ne trouvait rien à redire aux taches de rousseur, mais la comparaison avec la peau absolument parfaite de Caro ne jouait pas en la faveur de Clair.

— Que pense Mr. Rothcomb-Smedley du nom que lui donne ce cher Barrow ? demanda Margaret.

— Il se montre très poli quand le pauvre Barrow s'adresse à lui de la sorte, mais quand les autres l'appellent *Rôti-Semoule* pour le taquiner, il est plutôt vexé, dit Clair.

Caro haussa les épaules.

— Tant que cela ne paraît pas dans les

journaux, c'est très amusant.

La simple mention des journaux rappela à Margaret les odieux journalistes et leurs méthodes abjectes.

— Si la presse apprenait ce nom et commençait à l'utiliser – particulièrement dans des caricatures politiques –, cela pourrait être désastreux pour les aspirations parlementaires de Mr. Rothcomb-Smedley.

— J'y ai songé aussi, dit Clair d'une voix troublée.

Caro adopta un air indifférent.

— Je pense qu'il est trop tard, à présent. Ce n'est plus un secret depuis un bon moment. Je crois que si quelqu'un avait dû communiquer ce nom à la presse, cela se serait déjà produit. Et ce n'est pas comme si l'on pouvait effacer la mémoire de ceux qui l'ont déjà entendu.

— Caro marque un point.

Margaret commença à faire le tour de sa sœur qui restait assise.

— Dites-moi, mes chéries, pourquoi parlez-vous de copier la coiffure de Caro pour essayer de provoquer une demande en mariage ?

Clair fit la moue.

— Je suis désespérée. Cela fait presque un an que Mr. Rothcomb-Smedley est devenu mon prétendant. Nous sommes infiniment compatibles. Nous ne nous lassons jamais d'être ensemble. Toute la bonne société s'attend depuis plusieurs mois à l'annonce de nos noces. La seule explication est que je ne suis pas assez jolie.

— C'est ridicule ! dit Margaret. J'ai entendu en plus d'une occasion Mr. Rothcomb-Smedley vanter ta beauté. D'ailleurs, tu es véritablement belle.

— J'ai conscience de n'être pas aussi jolie que vous deux.

— Je ne doute pas, dit Caro avec autorité (cela dit, Caro parlait toujours avec autorité), que Mr. Rothcomb-Smedley t'admire beaucoup. Je ne doute pas qu'un mariage entre vous soit une réussite spectaculaire. Là où j'ai des doutes, par contre, c'est sur le désir de Mr. Rothcomb-Smedley de se passer la corde au cou. Je crois qu'il est probablement pétrifié à l'idée d'être enchaîné par le mariage.

Comme John.

— Beaucoup d'hommes le sont.

— Alors peut-être aurons-nous besoin d'une combine afin qu'il réalise à quel point il souhaite épouser Clair, annonça Caro.

— Cela a l'air retors.

Margaret regarda Caroline en plissant les paupières.

— C'est parce que tu es toujours si terriblement honnête !

— Il n'y a rien de terrible à être honnête, se défendit Margaret.

Même si elle devait bien admettre qu'elle n'était pas vraiment un exemple d'honnêteté... pas avec tous les secrets qu'elle cachait sur son propre mariage.

— Tu es absolument certaine de vouloir épouser Mr. Rothcomb-Smedley ? demanda Margaret.

Clair hocha la tête.

— Je n'ai jamais rien désiré de plus.

— Voilà !

Caro jeta le peigne dont elle s'était servi sur la chevelure de Clair.

— Je sais exactement ce qu'il faut pour lui tirer

une déclaration.

À travers leurs reflets dans le miroir, Margaret vit Clair écarquiller les yeux alors qu'elle regardait Caro avec scepticisme.

— Nous devons le rendre jaloux.

Margaret et Clair regardèrent Caroline, bouche bée.

— Comment s'y prendrait-on ? demanda Margaret.

Caro, en pleine réflexion, pinça les lèvres.

— Je crois que j'ai un plan. Mais Clair, avant que je ne puisse mener mon plan à bien, tu dois me donner ta parole de feindre d'encourager les avances d'un autre homme.

— Je ne peux certainement pas promettre de m'engager dans une combine aussi ridicule ! Rien ne saurait repousser davantage Mr. Rothcomb-Smedley.

— Elle a raison ! en convint Margaret. Mr. Rothcomb-Smedley est un homme très fier. S'il croyait une seule seconde que Clair lui préférait un autre homme, il se retirerait.

— Laissez-moi y repenser.

Caro se mit à faire les cent pas sur le tapis. Au bout de quelques instants, elle se tourna et regarda Clair avec un large sourire.

— Alors je propose que tu continues de faire les activités que tu fais exclusivement avec Mr. Rothcomb-Smedley, des choses comme des promenades dans le parc l'après-midi. Mais durant les événements publics, un autre homme donnera l'impression d'être transi d'amour pour toi. Il faudra qu'il soit beau. Ou riche. Sans quoi Mr. Rothcomb-Smedley ne le considèrera pas comme une menace à l'exclusivité de ton affection pour lui. Il se montrera tellement charmant en public, et tu paraîtras si flattée par ses attentions, que Mr. Rothcomb-Smedley se hâtera de se garantir ton affection exclusive.

Clair en resta bouche bée. Margaret écarquilla les yeux. Toutes deux regardèrent Caroline comme si elle s'était mise à parler une langue étrangère.

— Et où, si tu me permets de te le demander, s'enquit Clair, as-tu l'intention de trouver un *faux* prétendant ?

Caro adressa à ses sœurs un sourire suffisant.

— En vérité, j'ai rencontré cet homme au bal des Finchley.

Margaret mit un moment à se souvenir qu'elle était Lady Finchley et que sa sœur faisait référence à *leur* bal. La nuit du Baiser. Margaret devina qui était cet homme avant que Caro ne le lui dise. *Christopher Perry*. Il était beau. Il était excessivement riche. Mais il avait à peine remarqué Clair. Toutes ses attentions avaient été centrées sur Caro.

— De qui veux-tu parler ? dit Clair en lançant un regard effilé à sa sœur.

— De Mr. Christopher Perry.

— Je n'ai jamais entendu parler de lui.

— C'est parce que, ma chère sœur, dit Margaret à Clair, il n'est pas au Parlement, et tu t'intéresses seulement aux affaires du gouvernement.

— C'est un très bon ami de Lord Finchley. Il m'a rendu visite une ou deux fois. Je suis persuadée que pour me faire une faveur, il fera semblant d'être attiré par toi. Devrais-je le lui demander ?

Margaret savait que l'intérêt que Mr. Perry avait témoigné à Caro la nuit du bal avait

résolument été vif, mais elle ignorait qu'il avait
également rendu visite à sa sœur depuis cette
nuit-là. Comme c'était étrange ! Jusque-là, ni
John ni ses amis n'avaient été attirés par des
dames bien-nées.

— Diras-tu la vérité à Mr. Perry ? demanda
Margaret.

— Je ne sais pas combien je vais lui en révéler.
Je ne suis pas certaine de le connaître assez bien
pour avoir confiance en sa confidentialité.

— Les hommes sont censés être plus doués
que les femmes pour garder des secrets, dit
Margaret.

On frappa à la porte de la chambre de Caroline.

— Un visiteur pour vous, Lady Caroline, dit
Barrow. Mr. Christopher Wren.

Les trois sœurs échangèrent des regards
amusés avant d'éclater de rire. Sans doute, le
temps que le pauvre vieux Barrow ait grimpé deux
volées d'escaliers, il avait confondu le nom de
Christopher Perry avec celui de l'architecte le plus
renommé de Londres, qui était mort depuis de
nombreuses années.

Caro se tourna vers Margaret.

— Veux-tu m'accompagner ?

Il ne fallut guère de persuasion, car Margaret
était toujours ravie d'avoir l'occasion de côtoyer
les amis de toujours de son mari.

Mr. Christopher Perry faisait les cent pas dans
le salon quand les deux sœurs entrèrent. Ses yeux
se posèrent d'abord sur Margaret avant de
s'arrêter sur Caro, et il adressa d'abord une
révérence à Margaret avant de poser son regard
admirateur sur sa sœur.

— Il est remarquable, charmantes demoiselles,
comme vous pouvez vous ressembler.

— Mr. Perry, vous nous faites rougir, dit Caro. Je vous en prie, ne voulez-vous pas vous asseoir ?

Il attendit que les femmes se soient assises, puis il s'installa sur la chaise la plus proche.

— Je suis surprise de vous voir là, dit Margaret. Je pensais que vous étiez en compagnie de mon mari.

Puis elle se plaqua une main sur la bouche.

— Je vous prie de ne pas croire que je sois une épouse curieuse.

Il secoua la tête.

— Finch dit que vous êtes une perle. Si un homme doit se passer la cor...

Il toussota.

— Ce que j'essayer de vous communiquer est que Finch est très heureux d'avoir épousé une femme aussi bien disposée et compréhensive que vous.

Il n'échappa pas à Margaret que Mr. Perry avait négligé de mentionner l'endroit où se trouvait son mari. Son cœur se serra. Était-il avec sa coquette ? Avait-il été avec elle durant tous les après-midis où elle l'avait cru à White's, à des courses hippiques ou à des combats de boxe avec ses amis ?

— Vous avez décrit ma chère sœur à la perfection, en convint Caroline avant de battre des paupières en regardant son visiteur. C'est une coïncidence remarquable que vous soyez venu à l'instant même où mes sœurs et moi discutons de vous.

Il se rengorgea comme un coq de basse-cour.

— J'en suis très honoré, Madame. Permettez-moi de vous demander de quelle façon vous parliez de moi.

— Notre sœur aînée, Clair, a besoin d'un

homme excessivement riche et beau.

— Je dirais que toutes les femmes de la capitale ont le même objectif.

Les sœurs rirent. C'était très vrai.

— Comme vous êtes sage, Mr. Perry, le félicita Caro. En fait, les affections de notre sœur sont déjà prises, mais l'homme qu'elle souhaite épouser ne voit pas à quel point leur union serait avantageuse.

— En quoi suis-je concerné ? Je ne crois pas avoir déjà rencontré votre autre sœur et au risque de paraître impoli, je ne crois pas non plus que j'aimerais la demander en mariage.

— Oh, vous ne l'avez pas rencontrée et vous n'avez pas besoin de la demander en mariage, dit Caro. Je lui disais simplement que vous étiez l'homme parfait pour vous faire connaître, la courtiser et rendre Mr. Rothcomb-Smedley si jaloux qu'il se retrouvera un genou à terre, la suppliant de l'épouser.

Mr. Perry fronça les sourcils.

— Je n'aimerais pas m'aliéner Rothcomb-Smedley. Finch dit que c'est un jeune homme qui dirigera la Grande-Bretagne avant l'âge de trente ans.

— C'est simplement que vous êtes le seul homme du royaume à posséder autant d'attributs – des attributs virils – qui pourraient rendre Mr. Rothcomb-Smedley jaloux.

Caro avait adopté sa voix sensuelle et charmante qui ne manquait jamais d'affecter ses prétendants.

— Je vous assure, j'ai longuement réfléchi avant de sélectionner l'homme parfait, et nul autre que vous, Mr. Perry, ne fera l'affaire.

Elle battit à nouveau des paupières.

Comment deux sœurs qui se ressemblaient autant physiquement pouvaient-elles être si différentes ? Caro n'avait assurément pas procédé à un examen long et soigneux ! Et pourquoi flirtait-elle autant ? Pas étonnant qu'elle ait reçu onze demandes en mariage. Caroline pouvait manipuler les hommes aussi facilement qu'elle remontait une horloge. Et contrairement à Margaret, elle n'avait aucun scrupule à déformer la vérité si cela jouait en sa faveur.

Quel homme aurait pu refuser après de telles flatteries ? Mr. Perry ressemblait à un paon qui fait la roue.

— C'est très gentil de votre part de dire cela, Madame, même si je crains que vous n'ayez excessivement exagéré mes attributs, dit-il.

Caroline baissa les paupières avec une grande solennité.

— Pas du tout, Mr. Perry. Vous possédez tous ces attributs. J'espérais, pour ma part, que vous... viendriez à Almack's la semaine prochaine.

— Si c'est pour vous, Lady Caroline, j'en serai honoré.

Il jeta un œil à Margaret.

— À la condition que Finch vienne aussi.

— Je ne peux pas parler pour mon mari. Vous devrez lui demander vous-même.

Elle savait que son mari ne refuserait rien à Mr. Perry. Mais refuser quelque chose à sa femme était une tout autre histoire.

Le visage de Caroline s'illumina.

— Je compte bien vous voir mercredi soir.

* * *

Il était resté assis à White's pendant près d'une heure quand, brusquement, il prit conscience qu'il avait fait les mêmes choses presque tous les jours depuis presque sept ans. Ce jour-là, la compagnie de ses amis lui semblait presque vide. Particulièrement alors qu'il existait autre chose qu'il aurait préféré faire.

— On mise dans les livres de paris sur la date à laquelle Lord Styne couchera avec Lady Baltimore, annonça Arlington. Nous devrions peut-être spéculer sur vous et Lady Finchley.

— Quand l'héritier de Lord Finchley naîtra-t-il ? ajouta Knowles.

John bondit sur ses pieds, serrant les poings, les yeux froids comme des agates.

— Si vous tenez à la vie, je vous le déconseille, menaça-t-il Arlington.

— N'allez-vous pas vous entraîner avec moi cet après-midi chez Angelo ? demanda Perry.

— Je pense qu'Angelo sera content que je lui épargne ma présence un jour sur trois.

Ses amis ne se lassaient-ils pas d'effectuer toujours les mêmes activités jour après jour ?

— Vous verrai-je demain soir ? demanda Perry. Dans ma loge ?

— Assurément.

Alors qu'il quittait le mince bâtiment sur St. James, John réalisa qu'il n'avait pas révélé à ses amis ce qu'était sa commission. Et il n'en avait pas eu l'intention. Ils n'auraient pas compris.

Il grimpa sur son hongre et se mit à se frayer un passage dans les rues encombrées de Londres, après Mayfair, après Westminster, le long de Charing Cross et dans la vieille ville. Cela faisait très longtemps qu'il n'était plus venu dans cet établissement, mais il pensait pouvoir se souvenir de l'endroit où il se situait. Et si le propriétaire n'était pas décédé, John était certain d'être capable de reconnaître son magasin à sa pancarte distinctive.

Un peu plus de vingt minutes plus tard, alors qu'il s'engageait dans une allée obscure, John repéra la pancarte qui battait dans la brise légère qui soufflait ce jour-là. Elle était de la forme d'une batte de cricket.

Il mit pied à terre et entra dans la boutique.

De l'arrière-boutique émergea rapidement un homme âgé qui n'avait que quelques mèches de fins cheveux blancs derrière les oreilles pour l'empêcher d'être totalement chauve. Reconnaissant immédiatement en John un gentleman de qualité, il s'inclina et le salua.

— Qu'est-ce qui amène un gentleman si raffiné dans la boutique de Frederick O'Toole en cette belle journée ?

— J'aimerais que vous fabriquiez une batte de cricket pour un tout petit garçon.

— Quelle taille fait-il ?

John y réfléchit.

— Il a trois ans, si cela vous parle. Je dirais qu'il est à peu près grand comme ça.

John tendit la paume à environ quatre-vingt-dix centimètres du sol.

— Oui, assurément. Je vois la taille qui conviendra parfaitement au petit bonhomme. Je peux la fabriquer pendant que vous attendez, si vous voulez.

— Cela me plairait beaucoup.

John se prit à être très impatient de rentrer à Trent Square pour jouer avec Georgie.

Chapitre 16

Le jour suivant, alors que sa femme de chambre mettait la touche finale à la coiffure de Margaret, on frappa à sa porte.

— Oui ?

— C'est Finchley, euh, John.

— Vous pouvez entrer.

Il n'entra pas. Il entrouvrit la porte et se tint sur le seuil en la regardant.

— Vous rendrez-vous à Trent Square aujourd'hui ?

— J'y allais auparavant tous les jours, mais à présent, juste deux fois par semaine. Pour donner des leçons de piano.

Elle remarqua que le visage de son époux se décomposa et rectifia promptement sa réponse.

— Cela dit, j'ai toujours grand plaisir à m'y rendre. Souhaitez-vous voir votre pupille aujourd'hui ?

Un sourire monta aux lèvres de John.

— J'aimerais bien. J'ai quelque chose pour Georgie.

Elle était soulagée que ce soit le garçon – et non la mère ravissante de ce dernier – que son époux souhaitait voir.

— Qu'est-ce ?

— Je lui ai fait fabriquer une batte de cricket miniature. Le fabriquant m'a assuré qu'elle était parfaitement à la bonne taille pour un garçon de trois ans.

Son époux exprimait bien plus d'enthousiasme

pour une batte de trois shillings que pour un hongre qui lui avait coûté cent guinées.

Cela lui faisait plaisir qu'il ait songé au petit garçon sans père au lieu de s'adonner à des activités hédonistes. C'est alors qu'elle réalisa qu'il avait dû se rendre chez le fabriquant la veille, lorsqu'elle avait craint qu'il ne se trouve avec une gourgandine.

Elle avait honte que ses pensées se soient aviliés dans une direction aussi lascive. Elle se redressa, ne jetant pas un seul regard au miroir.

— Je suis prête tout de suite, si vous l'êtes.

Il hocha la tête, mais attendit qu'elle ait franchi le seuil de la porte avant de lui offrir son bras. Qu'il n'ait pas pénétré dans sa chambre l'attrista. Elle avait l'impression qu'à chaque fois qu'ils faisaient un pas en avant dans ce mariage, il les ramenait au point de départ.

Il se rattrapa pour cette régression en s'asseyant à côté d'elle dans la calèche. *Comme un vrai couple marié,* se dit-elle avec contentement. Elle espérait qu'il y ait beaucoup de circulation cet après-midi-là entre Cavendish Square et Trent Square, afin de prolonger ce trajet. Elle était assez proche de lui pour sentir son parfum de santal, voir les petites gouttes d'eau sur ses cheveux fraîchement coiffés, observer les oscillations de sa poitrine virile. Son regard descendit à ses longues jambes dépliées dans la voiture, et les battements de son cœur s'emballèrent.

Elle songea à son corps allongé à côté d'elle. Sur son lit. Nu. Elle songea à son propre corps allongé à côté de lui. Nu. Sa gorge se dessécha. Elle ressentait des picotements très bas sur son torse. Son souffle se raccourcissait au fil des secondes. Elle ressentit un jaillissement de chaleur en fusion dans sa matrice. Elle était presque désespérée d'apaiser son désir pour lui.

Mais elle n'aurait jamais été capable de surmonter l'obstacle de sa fierté. Margaret, si réservée et timide, ne serait jamais capable d'avouer à John ni son amour, ni le désir qu'elle avait de lui.

Pourquoi ne puis-je pas ressembler davantage à cette éhontée de Caro ?

Elle essaya de braquer son esprit sur n'importe quoi, tant que c'était hors de cette calèche confortable.

— Saviez-vous que Christopher Perry a rendu visite à ma sœur Caroline ?

Il se tourna brusquement vers elle, haussant les sourcils.

— Vous devez vous tromper. N'auriez-vous pas mal entendu ? Percy, peut-être ? Nous connaissons un Christopher Percy.

— Pourquoi dites-vous que je me trompe ? Pourquoi pensez-vous que votre ami ne soit pas attiré par ma sœur ?

— C'est plutôt délicat. Je n'aime pas parler de ce genre de choses devant une jeune fille.

— Je vous en prie, ne me considérez pas comme une jeune fille ! Je suis une femme mariée.

— C'est vrai. Mais le mariage n'est pas la même chose que le mariage *et* la consommation.

Elle aurait voulu le prier de consommer leur union. Elle aurait voulu le crier depuis le beffroi de Westminster Abbey.

— Cela étant, dit-elle fermement, j'aimerais être considérée comme une femme mariée.

Margaret ne s'affirmait jamais, n'avait jamais parlé d'un ton aussi autoritaire. Il la regarda étrangement.

— Bien sûr, Madame. Je respecterai vos souhaits.

— Alors je vous prie de me dire pourquoi vous pensez que Christopher Perry n'aurait pas à l'idée de rendre visite à ma sœur.

— Parce qu'il n'aime pas les dames respectables. En huit ans, il n'a pas rendu une seule visite matinale à une jeune fille bien éduquée. Voilà pourquoi.

Il croisa les bras sur la poitrine.

— Alors je pense que vous serez surpris d'apprendre que j'étais présente hier après-midi quand il a rendu visite à ma sœur, à Aldridge House, pour la troisième fois.

Il écarquilla les yeux.

— Je suis très étonné, vraiment !

Il prit un moment pour réfléchir solennellement à la question.

— Je crois que je sais ce qu'il mijote.

— Pourquoi aurait-il besoin de mijoter quelque chose pour venir rendre visite à ma sœur ?

— Parce qu'il fait quelque chose de diamétralement opposé à tout ce qu'il a pu faire jusque-là !

— C'est pareil pour notre mariage !

— C'est vrai, songea-t-il. Je crois que mon cher ami a l'intention de m'imiter.

— Que voulez-vous dire ?

— Il n'y a pas eu une seule fois dans notre vie où mon ami ne m'ait pas envié tout ce que je possédais. Peu importe qu'il possède dix fois ma fortune.

Elle mit un moment à comprendre. Christopher Perry était-il aussi hostile au mariage que son meilleur ami l'avait été ? Souhaitait-il seulement ajouter Caroline à la liste de ses conquêtes ?

— Seriez-vous en train de me dire que parce que vous m'avez épousée, il souhaite posséder la femme qui est quasiment ma jumelle ?

— Exactement.

Elle fut ébahie par sa propre utilisation du verbe *posséder*. Un mois auparavant, Margaret n'aurait pas utilisé le mot *posséder* pour désigner la relation d'un homme à une femme. Elle ne venait pas seulement de l'utiliser à présent, elle l'avait fait dans son acception la plus charnelle. Physiquement, Margaret pouvait encore être considérée comme une innocente, mais ses pensées étaient celles de quelqu'un qui avait pleinement conscience de sa féminité.

— Cherchez-vous à dire que votre ami pourrait ne pas avoir des intentions honorables envers ma sœur ?

— Je suis trop ébahi par ses actes pour savoir que penser, même s'il ne déshonorerait *pas* une noble dame. J'en suis certain.

— Oh, il se comporte comme un gentleman.

— Je suis simplement très choqué qu'il souhaite passer du temps avec votre sœur. Elle n'est pas son genre, si vous voyez ce que je veux dire.

— John ?

— Oui ?

— Pensez-vous que puisque vous êtes à présent marié, Mr. Perry souhaite se marier ?

— Voilà dix minutes, j'aurais parié tout ce que j'avais que non. Mais voilà dix minutes, je n'aurais jamais pensé qu'il puisse avoir un jour l'idée de rendre visite à votre sœur. À présent, cela ne me surprendrait pas qu'il souhaite me copier. Jusqu'à s'allier à la famille du duc d'Aldridge. C'est parfaitement le genre de flagornerie aristocratique qui l'intéresserait !

— Très cher ?

Il fronça les sourcils.

— Oui ?

— Mr. Perry sait-il la vérité à propos de... notre absence d'intimité, ou bien non ?

— Il est au courant.

C'était dommage. Dommage qu'ils ne soit pas intimes. Dommage que ses amis sachent qu'elle n'était rien de plus qu'une vieille fille camouflée en femme mariée.

— Pourriez-vous lui demander de ne pas laisser ma sœur apprendre la vérité sur vous et moi ?

— Je n'arrive pas à croire qu'étant aussi proches, vous ne lui ayez pas dit la vérité.

— Ma sœur est habituée à ce que je lui obéisse. Si elle se dit que ce mariage s'est produit parce que vous étiez mon amour secret, elle ne se mettra pas en travers de ma route.

Un instant plus tard, elle poursuivit :

— Mr. Perry a dit à ma sœur qu'il viendrait à Almack's la semaine prochaine. Si vous l'y accompagnez.

Il grommela dans sa barbe.

— Il essayait simplement d'obtenir ses faveurs. Il sait très bien que je ne vais pas mettre les pieds à Almack's.

Elle le dévisagea attentivement.

Un air diabolique lui illumina le visage.

— Ou alors... ? Je crois bien que je vais lui forcer la main ! Pardieu, je *vais* aller à Almack's mercredi soir ! Cela vaudra le coup, juste pour y voir Perry.

Apprendre que son mari l'accompagnerait à Almack's la rendit presque aussi heureuse que lorsqu'il s'était assis à côté d'elle dans la voiture.

— Cela me plairait, John.

Son regard tomba sur le morceau de bois huilé dont on avait fait une batte de cricket pour la pupille de son époux. Quelle belle attention cela avait été.

— Croyez-vous que Georgie soit assez âgé pour jouer au cricket ?

Il haussa les épaules.

— J'ai commencé alors que j'étais à peine plus âgé que lui.

— Étant donné l'endroit où il a vécu toute sa vie, je me demande s'il a déjà vu une partie de cricket.

— Sa mère a certainement emmené son fils au parc pour voir les hommes en blanc. Quel garçon n'aimerait pas regarder un match de cricket ?

— Je suppose que tous les petits garçons sont attirés par ce genre d'activités.

— Pas seulement les garçons. J'ai une cousine qui était particulièrement douée pour le cricket quand elle jouait avec nous. N'avez-vous jamais joué avec vos frères à Glenmont Hall ?

— Mes frères prenaient leur sport bien trop au sérieux pour nous permettre de nous joindre à eux. D'ailleurs, j'aurais été terrible. J'ignore absolument comment on joue.

— Alors je pourrais vous enseigner quand j'apprendrai à Georgie.

Elle secoua la tête.

— Malgré mon envie de partager les activités de mon mari, je dois refuser. Mon absence de talent n'a d'égal que mon manque d'intérêt.

— Une vraie fille.

* * *

Il aurait vraiment préféré ne pas s'être assis

comme cela à côté de lui. Il aurait été impossible de le faire sans se remémorer la passion de ce baiser qu'ils avaient partagé. Il avait juré de ne pas permettre que cela se reproduise. Et pourtant, il était là, douloureusement conscient de sa désirabilité.

Il s'était intentionnellement mis dans cette situation afin de lui plaire. Elle aimait quand il se comportait comme un époux, et il avait décidé que les maris *devaient* s'asseoir à côté de leurs femmes dans les calèches. Elle ne lui avait pas précisément demandé de s'asseoir à côté d'elle, mais il apprenait à la lire comme on lit un poème familier. Elle avait été incapable de dissimuler son plaisir la dernière fois qu'il avait fait le trajet sur la même banquette qu'elle.

De la même façon qu'il en venait à la connaître, elle le connaissait instinctivement. Mieux que Perry. Mieux que Grand-mère. Mieux que quiconque. Dès le début, elle avait fait preuve d'une compréhension étonnante de sa personne. Son aversion pour le mariage, son désir d'être avec ses camarades de débauche, même son projet d'enchérir sur le hongre à Tattersall's – toutes ces choses, elle les avait sues sans qu'on les lui dise. Comment diable parvenait-elle à lire aussi bien dans ses pensées ?

Elle savait également qu'elle ne parviendrait pas à ses fins en le pressant ou en le cajolant. Rien n'aurait pu détruire davantage leur mariage précaire. La douce et gentille Maggie était la femme parfaite.

Il était dommage qu'il ne veuille pas d'épouse.

— Vous vous rendez compte, n'est-ce pas, dit-elle, que tous les garçons du numéro 7 feront la comédie pour jouer au cricket avec vous et

Georgie ?

Il n'y avait pas songé. Rien n'aurait pu le rendre plus triste que de décevoir tous les autres garçons, des garçons qui n'avaient pas de père pour jouer avec eux. Il se frappa le front.

— Je n'y avais pas pensé. Voyez-vous un inconvénient à ce que je demande au cocher de faire demi-tour ?

— Pourquoi ?

— Quelque part dans notre maison, tout mon ancien équipement de cricket est remisé, et j'ai l'intention de le trouver. Pardieu ! Je veux que tous les garçons jouent au centre de Trent Square !

— Très bonne idée !

Il donna un coup sur le toit de la calèche et dit alors au cocher de retourner à Finchley House. Une fois arrivé, il ne mit guère de temps à retrouver les objets dans le grenier, le premier endroit où il les chercha. Puis Maggie et lui grimpèrent à nouveau dans la calèche.

— Savez-vous, mon cher ? lui dit-elle. Je ne veux certes pas vous donner des ordres, mais ne pensez-vous pas que ce serait une bonne idée de leur montrer d'abord une partie de cricket ? Donnez-leur un exemple à suivre.

— Vous voulez dire à un endroit tel que Hyde Park ?

— Oui. J'y songe depuis que vous avez mentionné que Mrs. Weatherford avait peut-être déjà emmené son fils au parc pour voir les hommes en blanc.

— Je crois que c'est un plan excellent, mais Trent Square n'est pas proche de Hyde Park.

Elle fronça les sourcils.

— Et quelques-uns des garçons sont trop petits

pour faire le trajet à pied.

— Je prévois une sortie future pour les garçons un jour où je serai certain qu'un match de cricket se tiendra au parc. Combien de garçons y a-t-il ?

— Je n'ai jamais compté. Nous avions un total de vingt-huit enfants avant le mariage de Mrs. Nye, mais ses quatre enfants sont partis, remplacés par un seul garçon, donc une perte de trois personnes.

— Alors vous avez vingt-cinq enfants des deux sexes.

Elle commença à compter sur ses doigts en les nommant.

— Bien sûr, mon Mikey est trop petit, mais il vaudrait mieux qu'il n'aperçoive pas les autres jouer, ou bien il ferait un caprice pour participer à l'action.

Mon Mikey. Cela le perturbait. Elle était bien trop obnubilée par un petit qui avait déjà sa propre mère. Cela aurait été différent si le garçon avait été orphelin et que Margaret aurait pu le faire sien.

— Pourquoi l'appelez-vous *mon* Mikey ?

— C'est honteux de ma part, je le sais. Il n'était qu'un bébé quand j'ai commencé à me rendre au numéro 7, et sa mère était tellement prise par la cuisine et par le fait d'essayer de s'occuper de ses cinq enfants, tout en s'inquiétant qu'il tombe dans l'escalier, que j'ai été ravie de prendre la responsabilité de Mikey quand j'étais là. J'ai toujours adoré les bébés. Et Mikey est devenu très spécial pour moi.

Elle avait besoin d'un enfant à elle. *Mais ce ne sera pas le mien.*

Il avait l'impression de se soustraire à ses responsabilités, mais il n'avait aucune intention de s'installer dans le mariage comme l'avaient fait Haverstock et Aldridge. Ces deux-là – lui avait-on raconté – savaient autrefois comment passer du bon temps.

Il ne savait pas quoi lui dire. Il ne voulait pas qu'elle ait de la peine. Mikey ne lui appartiendrait jamais tant que sa mère serait vivante.

— Voulez-vous que je vous trouve un petit garçon à adopter ? demanda-t-il d'une voix grave.

Un air mélancolique passa sur le visage de Maggie et elle secoua la tête.

— Ne vous inquiétez pas pour moi. Je sais que Mikey a déjà une mère. Une mère très compétente à laquelle il est extrêmement attaché.

Il ne pouvait pas supporter l'idée que Maggie puisse souffrir un seul instant.

— Mikey vous aime vraiment beaucoup. Il suffit de vous voir ensemble pour le comprendre.

— Nous sommes spéciaux l'un pour l'autre.

Il aurait voulu lui assurer qu'elle aurait un jour ses propres enfants, mais il était incapable de mentir.

Alors qu'un silence morose emplissait la calèche, il songea au fait qu'elle s'adresse à lui en lui donnant du *mon chéri*. Il aurait dû être mortifié que ses amis puissent l'entendre, mais venant de Maggie, il trouvait cela mignon.

Quand ils atteignirent le numéro 7 de Trent Square, il retrouva en privé Mrs. Weatherford et Georgie afin d'offrir au garçon son cadeau particulier. Le garçon n'avait aucune idée de son usage.

— Oh, Monseigneur, dit sa mère, je sais que mon fils apprendra à aimer ce sport comme le faisait son père autrefois. Il m'est impossible de vous communiquer adéquatement toute l'étendue de ma gratitude.

— Vous n'avez pas à me remercier de quoi que ce soit. Je fais ce que je suis convaincu que George voudrait que je fasse. D'ailleurs, cela me fait très plaisir.

— Et n'oublions pas, ajouta Maggie, que mon époux aime jouer au cricket.

Maggie aida alors John à rassembler les garçons qui souhaitaient jouer, et à la grande surprise de ce dernier, leurs mères se précipitèrent pour le remercier.

— Oh, mon défunt mari aimait tellement le cricket. Il doit sourire à nos garçons depuis le ciel. C'est tellement gentil de la part de Votre Seigneurie.

— C'est vrai, dit Mrs. Weatherford dans un ronronnement rauque, une lueur d'approbation dans les yeux. Me permettez-vous de venir regarder ?

Il haussa les épaules.

— Si vous voulez.

Il compta dix garçons, y compris Georgie, qui était le plus petit.

— Je suis vraiment soulagée que Mikey fasse sa sieste, car il aurait voulu se mêler à la partie, et je pense qu'il est bien trop petit, dit Margaret.

Mrs. Weatherford secoua sa jolie tête.

— Je me demande si mon George est assez grand, mais nous verrons bien. Je suis certaine qu'il va s'amuser.

Avant qu'ils ne partent, Lady Caroline arriva avec la duchesse et Lady Clair, et Maggie choisit de rester avec elles.

* * *

La duchesse et Mrs. Leander poursuivaient leurs entretiens avec les candidats au poste de cuisinière.

— Voulez-vous bien jeter un œil à mon petit agneau et aller le chercher quand il se réveillera ? demanda Mrs. Leander à Margaret.

— Vous savez que je le ferai avec plaisir.

Alors que les deux femmes gagnaient la cuisine d'un pas vif, Mrs. Leander faisait remarquer à Elizabeth à quel point Margaret était attachée à Mikey.

Clair se tourna vers Abraham, et même s'il avait été valet dans sa demeure bien plus longtemps qu'intendant au numéro 7, Clair se rappela de s'adresser à lui par son nom de famille.

— Carter, il a été déterminé que l'une de vos nouvelles tâches sera de tenir les registres de la maison, et je vais vous montrer comment faire. Mrs. Hudson me dit que vous êtes doué pour les additions.

— C'est gentil de sa part, répondit le beau jeune homme.

— Faites-moi plaisir et venez dans la salle à manger. Nous pourrons nous asseoir à la table, dit Clair. À moins que vous n'ayez des devoirs urgents ?

— Rien que je ne puisse reporter, Madame.

Alors qu'ils descendaient le couloir vers la salle à manger, Clair lui dit :

— Je vous prie de ne pas être découragé si vous n'apprenez pas tout en une journée. Cela prendra du temps. Quelques semaines, peut-être.

Quand les deux sœurs sosies se retrouvèrent seules dans le hall d'entrée, Caroline se tourna vers Margaret.

— Finchley a-t-il accepté de venir à Almack's mercredi ?

Si Margaret n'avait pas été aussi certaine que

Caro souhaitait épouser un duc, elle aurait cru que sa sœur recherchait une relation amoureuse avec Mr. Perry. Puis elle réalisa que le plan de Caro de rendre Mr. Rothcomb-Smedley jaloux par l'entreprise de Mr. Perry justifiait son intérêt concernant la présence des deux gentlemen à Almack's.

Margaret détestait les subterfuges de toutes sortes. Et pourtant, sa vie entière n'était qu'un énorme mensonge.

— Mon mari a dit qu'il s'y rendrait mercredi.

Un sourire illumina le visage de Caro.

— C'est fantastique !

Margaret coula un regard à sa sœur.

— Es-tu contente d'être capable d'enclencher ton plan retors concernant Mr. Rothcomb-Smedley, ou bien es-tu contente parce que tu t'es éprise de Mr. Perry ?

— Les deux, pour être honnête.

Margaret fut tellement surprise par l'aveu de Caro qu'elle resta coite pendant un moment.

— Et ton projet d'attendre un duc ? Ou au moins un marquis ?

— J'ai pensé qu'un duc ou un marquis constituerait un progrès par rapport aux onze hommes qui m'ont demandé ma main ces trois dernières années. Mais je n'avais pas rencontré Mr. Perry. Je n'avais pas vu ton comte séduisant non plus. Ces deux-là – si l'on oublie leur mauvaise réputation – font pâlir tous les autres. N'es-tu pas de cet avis ?

— Je ne peux pas parler des attributs de Mr. Perry. Je ne peux parler que de mon John et de la façon dont il m'affecte. Tous les autres pâlissent par comparaison.

Margaret n'aurait jamais cru que Caro puisse

être attirée par un homme sans titre ou terres ancestrales. Bien entendu, feu le père de Mr. Perry avait *acheté* une résidence historique remarquable, mais ce n'était pas du tout la même chose.

— Tu sais que Mr. Perry ne vient pas d'une famille aristocratique ?

Les yeux de Caro eurent une lueur taquine.

— Oui, mais je crois qu'il est l'un des hommes les plus riches du royaume, n'est-ce pas ?

— À ce qu'on m'a dit.

— Et il est particulièrement beau.

Margaret était étonnée. Caro n'avait encore jamais admis être attirée par un homme. Jamais.

— Il semble, ma chère sœur, que je te dois des excuses, dit Caro, pour avoir jugé ton époux hâtivement sans même le connaître. À présent que je suis attirée par son ami – et je parierais qu'il est tout aussi débauché que le tien –, je comprends facilement ton attirance.

— Je suis vraiment contente que tu le comprennes.

Changeant de sujet, Caro dit :

— Parle-moi de cette ravissante Mrs. Weatherford.

Margaret l'informa sur la relation entre la veuve et John.

— La façon dont elle ne peut pas écarter son regard de ton mari ne te dérange-t-il pas ?

Margaret s'était dit que c'était peut-être sa jalousie qui lui faisait voir quelque chose de coquet dans l'attitude de la veuve alors qu'il n'en était rien. Mais si Caro le décelait aussi, la veuve devait bel et bien être attirée par John.

— Cela me dérange. Elle est bien trop jolie.

— Et il se comporte comme un père pour le

garçon. Je la crois capable de se jeter au cou de Finchley.

Même les pensées jalouses de Margaret n'avaient pas pris la direction de celles de Caro. Elle se désespéra. Et si les accusations de Caro contenaient une certaine part de vérité ? Margaret savait qu'il n'y avait rien du tout à présent entre son mari et Mrs. Weatherford. Mais que leur réservait l'avenir ? Quelle femme n'aurait pas été attirée par un homme aussi beau ? Quelle femme d'une classe sociale moyenne n'aurait pas voulu s'unir avec un pair du royaume, particulièrement lorsque celui-ci était doté d'une beauté ténébreuse ? Il serait très naturel de la part de Mrs. Weatherford d'espérer une liaison avec le comte, son protecteur.

Même si les peurs de Margaret s'accentuèrent, elle était déterminée à lutter contre une pensée aussi destructrice.

— Fais attention à ce que tu dis. Tu accuses cette pauvre veuve de la conduite la plus infâme sans la moindre raison. Je te prie de ne pas te montrer aussi critique envers elle.

— Tu es trop bonne.

Margaret secoua la tête.

— Il faut que tu sortes d'ici tout de suite, dit Caro. Ne laisse pas cette femme planter ses tentacules dans ton époux.

Margaret avait terriblement envie d'être là-bas, à regarder John jouer avec les garçons, à observer pour voir si la veuve Weatherford dévorait Lord Finchley des yeux. Si son épouse était présente, aucun des deux ne céderait jamais à une attraction mutuelle.

— Je ne peux pas. Il faut que je sois là quand Mikey se réveillera, dit-elle solennellement.

— Alors je surveillerai ton Mikey pour toi.

Margaret secoua la tête.

— Il ne vient qu'à moi et à sa mère. Il aurait peur s'il trouvait quelqu'un d'autre à son chevet en s'éveillant.

Elle gravit les escaliers, baignant dans la mélancolie.

* * *

Au théâtre cette nuit-là, au lieu de reluquer les jolis morceaux de mousseline sur la scène, John se prit à observer les loges en vis-à-vis, regardant attentivement toutes les loges de ce satané théâtre. Et si Aldridge était là ? Ou bien Haverstock ? Ils seraient certainement en train de l'observer, attendant qu'il fasse un faux pas. Comme il était difficile de contenter tant le frère effrayant de Maggie que son plus vieil ami... Aldridge lui interdisait de prendre une maîtresse ; Perry l'y encourageait.

Que pouvait-il faire ?

Depuis qu'ils étaient jeunes, John avait toujours laissé Perry lui dicter sa conduite. C'était peut-être parce que John n'avait jamais côtoyé d'autres enfants avant d'entrer à Eton. Peut-être parce qu'en tant que fils unique parmi plusieurs sœurs aimantes, Perry avait l'habitude de leur donner des ordres. Quelle qu'en soit la raison, le pli avait été pris. Il avait beau être un pair, John était assujetti aux caprices de Perry.

Quand on abaisserait enfin le rideau, Perry l'emmènerait dans les coulisses pour lui faire rencontrer Lucy la Facile. Perry avait loué une maison du voisinage dans laquelle il avait déjà installé la jolie danseuse pour le plaisir mutuel de son ami et lui.

Mais si quelqu'un voyait John s'acoquiner avec

cette délicieuse petite mignardise ? Et si Aldridge avait des espions ? Cette pensée provoqua une nouvelle recherche à travers le théâtre obscur, et il essaya de discerner si quelqu'un portait une attention particulière à la loge où il était assis avec Perry, Arlington et Knowles. Malheureusement, lorsqu'une loge était seulement occupée par des hommes, il était entendu qu'ils étaient là pour poursuivre leurs frasques avec les catins qui évoluaient sur les planches. Quand les occupants des loges étaient accompagnés par des femmes respectables, il était entendu qu'ils étaient là pour voir le spectacle.

Partout où il regardait, tous les yeux étaient braqués sur la scène et sa ribambelle de beautés. Personne ne semblait l'observer.

Il n'avait jamais été préoccupé de la sorte avant son satané mariage. Il n'avait pas passé une seule seconde en présence d'une catin depuis qu'il s'était marié. Étrangement, il n'en avait pas souhaité la présence une seule seconde depuis son mariage.

Pourquoi diable avait-il consenti à venir ici ce soir ? Il avait songé à plusieurs excuses pour expliquer à Perry pourquoi il ne pouvait pas le faire, mais il détestait décevoir son ami. Perry était tellement excité par cette nouvelle danseuse. Et en aucune cas John n'aurait voulu que Perry l'accuse de s'installer dans la domesticité.

Cela, John voulait le combattre à tout prix. *Je ne veux pas que les compères croient que je suis un vieil homme rangé.*

Il avait brièvement entretenu l'idée de dire à son ami qu'un homme dont les besoins vitaux étaient satisfaits à la maison n'avait pas besoin d'aller voir ailleurs, mais il se ravisa aussi sur ce point. Cela ne lui aurait rien fait que ses amis pensent que Maggie et lui s'étaient unis comme le faisaient d'autres partenaires de mariage. Il objectait au fait de parler à quiconque de sa vie personnelle avec elle. Elle ne méritait pas que ses activités sexuelles – ou leur inexistence – soient évoquées dans les salons.

Il devint nerveux tandis que la représentation touchait à sa fin et que la troupe tout entière se rassemblait sur la scène, clamant une chanson à l'unisson. Cela ne faisait qu'un mois qu'il était marié, mais il avait déjà oublié comment flirter avec une femme facile.

Après la pièce, les hommes demeurèrent assis tandis que le théâtre se vidait. Quelques messieurs de leur connaissance s'arrêtèrent un instant pour les saluer... et pour émettre quelques commentaires lascifs sur les danseuses. John parvenait à peine à regarder leurs visiteurs dans les yeux, car ses yeux ne cessaient de scruter l'assemblée à la recherche d'Aldridge ou de quelqu'un à qui celui-ci aurait demandé d'espionner son débauché de beau-frère.

Quand ils parvinrent enfin dans les coulisses, il était toujours nerveux, craignant encore qu'on ne l'ait aperçu.

Perry, lui et une poignée d'autres hommes (qui, heureusement, ne semblaient pas l'espionner) attendaient à l'extérieur des cabines des danseuses. Lucy la Facile fut la dernière à sortir. De près et sous la lumière de l'applique murale, il vit qu'une sorte de substance blanche lui couvrait le visage – pour couvrir ses taches de rousseur, se dit-il. Ses joues étaient très fardées. Elle regarda d'abord Perry et fit la révérence, puis se tourna pour lui adresser une révérence, battant des cils avant de regarder à nouveau Perry.

— C'est votre lord ?

Les yeux sombres de Perry eurent un éclat d'hilarité quand il hocha la tête.

— Lord Finchley, laissez-moi vous présenter Mrs. Lucy Dankworth.

John savait que le titre conjugal n'était rien de plus qu'un accessoire de fiction pour conférer de la respectabilité à ce genre de femmes. Il hocha la tête et tenta de se forcer à sourire. Après être resté avec Maggie au cours des semaines précédentes, il était impossible de ne pas comparer la femme qui se tenait devant lui à celle qu'il avait épousée. Avec Maggie, il ne trouvait rien qui aurait pu lui déplaire. Elle incarnait quantité de qualités respectables que sa mère aussi avait manifestées. La vertu. La beauté. La pudeur.

Mais face à Lucy la Facile, il était étrangement critique. Cela ne l'avait jamais dérangé auparavant que les catins aient recours à l'artifice ou à l'impudeur. À présent, au regard de la femme correcte qu'il avait épousée, il se sentait souillé rien qu'à rester planté là.

Il fut tellement ébahi par cette révélation qu'il ne parvint pas à se concentrer sur les paroles qui étaient échangées. Perry finit par lui donner un coup de coude.

— Êtes-vous   prêt   à   aller   chez   Mrs. Dankworth ?

— Assurément.

À la surprise de John, Lucy la Facile posa une main gantée possessive sur sa manche. Il ne put s'empêcher de sentir ses parties charnues l'effleurer quand elle se positionna à côté de lui. *Seigneur Dieu, faites que personne ne me voie avec cette femme.* Particulièrement pas Aldridge. Ou l'un de ses espions.

Chapitre 17

Le jour suivant, quand elle retourna à Finchley House, un homme mal habillé l'attendait.

— Êtes-vous certain qu'il soit là pour me voir moi, et non Sa Seigneurie ? demanda-t-elle à Sanford.

— Il a précisé expressément qu'il voulait parler à la comtesse.

Elle invita l'inconnu dans la bibliothèque et lui indiqua de s'asseoir sur une chaise.

— Je resterai debout, Madame. Cet entretien sera bref. J'ai une proposition à vous faire.

Elle haussa les sourcils.

— Mon nom est Peter Moore.

Il prononça son nom comme s'il s'attendait à ce qu'il lui évoque quelque chose.

— Vous écrivez pour le *Morning Chronicle* !

Plus que tout autre publication, le *Morning Chronicle* avait fait son beurre en imprimant les récits des actes des plus choquants de John.

Il afficha un sourire.

— En effet. Je viens de trouver votre mari. Il m'a engagé pour empêcher certaines de ces activités d'être imprimées. Il me paiera grassement.

Cela peinait Margaret que, même à présent qu'il était marié, John ait toujours l'intention de s'adonner à des activités qui avaient besoin d'être préservées de la presse.

— Je ne vois pas ce que cela a à voir avec moi.

— Si vous payez moins d'un tiers de ce que

votre mari me paye, je vous donnerai accès aux informations qu'il étouffe.

La mélancolie s'abattit sur elle comme une avalanche. Des émotions brutales menacèrent de la submerger. Son cœur se serra. Son pouls martela. Quand cet homme odieux avait pris la parole, elle s'était sentie humiliée. Plus fort encore que son humiliation, elle éprouvait de la déception envers son époux. Le temps que, Mr. Moore, cet homme dégoûtant, ait achevé sa proposition, la rage la déchirait.

— Quittez ma maison.

Elle fusillait du regard le reporter mal fagoté avec bien plus de malveillance qu'elle avait jamais dirigée contre un être vivant.

— Mais, Madame...

— Partez, ou bien je demanderais à mes valets de vous expulser de force.

Il tituba vers la porte, marmonnant à voix basse.

— Aucune épouse n'a jamais refusé mes services.

Une fois qu'il fut parti et qu'elle eut entendu la porte d'entrée se refermer en claquant, elle s'affala sur le divan de la pièce. Elle se sentait souillée. Comment quiconque aurait pu penser qu'elle tolèrerait d'épier son mari d'une façon aussi perfide ? Une telle activité était indigne. Même si son mariage avait été basé sur l'amour et l'affection, une méthode aussi méprisable aurait pu détruire les liens les plus forts.

Un poids encore plus lourd à porter pour son cœur meurtri était l'assurance que John se comportait d'une façon honteuse que son frère n'aurait jamais approuvée. Était-ce des pertes au jeu ? Une consommation excessive d'alcool ? Ou bien, songea-t-elle, le cœur battant, une femme aux mœurs légères ?

N'était-ce pas elle qui avait suggéré à John d'utiliser une portion de son argent nouvellement acquis pour acheter le silence des journalistes ? N'avait-elle pas insisté pour que leur mariage ne modifie en rien son mode de vie ? N'avait-elle pas dit qu'il avait le droit de prendre une maîtresse ?

Cela dit, les mots lui étaient venus facilement. Elle aurait probablement dit n'importe quoi afin qu'il honore leur mariage. Elle pouvait tolérer qu'il perde sa fortune. Elle pouvait tolérer d'être mariée à un alcoolique. Cela dit, elle ne savait pas si elle allait tolérer que son époux entretienne une maîtresse.

Voir comment les veuves de Trent Square se transformaient en la plus affectueuse des familles et à quel point elles aimaient leurs enfants, qui les aimaient en retour, fit remarquer à Margaret à quel point son mariage l'avait rendue solitaire. Souvent, pour ne pas dire toujours, elle parcourait cette maison grande et confortable avec nul autre que des serviteurs. Caro lui manquait.

Peut-être qu'une visite à son ancienne demeure, pour être entourée de ceux qui l'aimaient, dissiperait quelque peu sa mélancolie.

* * *

La seule chose qui allait rendre Almack's supportable était le fait que Perry s'y trouverait aussi. Ils pourraient souffrir ensemble. Quand John coula un regard à Maggie, qui était assise à côté de lui dans la calèche obscure, il réalisa qu'il existait une autre chose qui allait rendre acceptable cette nuit si ennuyeuse : il avait l'honneur d'escorter sa ravissante épouse. Quel homme n'aurait pas aimé entrer dans une pièce avec une beauté à son bras ?

— Il est regrettable que Grand-mère ne se trouve pas à Almack ce soir, dit-il. Je crois qu'elle aurait été contente de voir à quel point les émeraudes des Finchley sont jolies sur la nouvelle comtesse.

— Elles sont jolies, en effet.

Tout comme vous.

— Vais-je être obligé de danser avec chacune de vos sœurs ?

— Bien entendu.

Il y avait une certaine légèreté dans sa voix.

— Je préfèrerais ne valser qu'avec vous.

— Vous serez toujours ma partenaire préférée pour la valse.

Il était déjà ému par son parfum omniprésent de roses et, à présent, l'idée de passer le bras autour d'elle manqua le submerger.

— Je suis certain que vous serez la seule qui ne critiquera pas mon incompétence, particulièrement lorsque je vous écraserai les pieds.

Elle pouffa.

— Mais vous devez reconnaître que vos déficiences – non que je vous accuse d'être un mauvais danseur – sont largement compensées par votre belle allure et votre taille agréable. Vous serez toujours un partenaire de danse particulièrement recherché.

Sa femme venait-elle de le flatter ? Cette idée suffit à faire s'emballer son pouls. Il se sentit soudain grandi.

— Vous êtes bien trop gentille.

— J'aimerais me croire gentille, mais mon compliment était sincère.

Il lui prit la main et la pressa. Puis, pour des

raisons qui lui échappèrent, il continua de tenir sa main gracile. Il était bien que Knowles et Arlington ne viennent pas ce soir-là. Ils n'auraient eu de cesse de le taquiner sur le fait qu'il était un mari soumis.

Quand ils parvinrent à Almack's, il fut déçu que Perry ne soit pas encore arrivé. Alors qu'une série de danses traditionnelles allait commencer, il demanda à la corrosive Lady Caroline de danser avec lui, une tentative pour s'insinuer dans les bonnes grâces de la sœur favorite de Maggie.

Alors qu'ils évoluaient sur la piste de danse, elle leva la tête et lui sourit. Une grande première.

— Êtes-vous certain que Mr. Perry viendra ce soir ? demanda-t-elle.

Ainsi, elle souriait parce qu'elle pensait à Perry...

— Il m'a donné sa parole et, au cours des deux décennies que dure notre amitié, il n'est jamais revenu dessus.

— Alors il est aussi honorable que beau et riche.

Seigneur Dieu, Lady Caroline était-elle éprise du plus vieil ami de John ? Tout le monde ne disait-il pas qu'elle se réservait pour un duc ? Elle avait certainement conscience que Perry ne venait pas d'une famille noble. John l'avait peut-être mal jugée. Peut-être partageait-elle un peu du manque d'affectation de sa douce sœur.

Tout au long de la danse, John ne put détourner ses pensées d'une romance potentielle entre ces deux-là. La perspective que Perry se laisse passer la corde au cou lui plaisait bien. Quelle était la maxime ? On souffre mieux à deux. Ils pourraient souffrir dans le mariage ensemble.

Toutefois, même dans ses rêves les plus fous,

John ne parvenait pas à s'imaginer Perry dans une situation domestique, ne pouvait pas s'imaginer un moment où la monogamie attirerait son ami. Perry sans une maîtresse serait comme l'Angleterre sans hiver.

Au beau milieu de la danse, il vit Perry entrer dans la salle, se diriger vers Maggie et s'incliner. Même s'il était incapable de juger l'apparence d'un autre homme, John en savait suffisamment sur la mode pour comprendre que son ami avait fière allure. Il était tout de noir vêtu, à l'exception du blanc immaculé de sa chemise et de sa cravate bien empesée qu'il avait nouée à la perfection. Comme il se devait. Perry payait une somme exorbitante pour avoir le valet le plus doué de tout Londres.

Après la danse, Lady Caroline vola – il n'y avait pas d'autre mot – vers le nouveau venu. Le visage qu'elle présenta à Perry était diamétralement opposé au comportement rigide qu'elle avait eu face au mari de sa sœur, qu'elle ne favorisait manifestement pas.

— Vous êtes venu !

— Vos désirs sont des ordres, Madame.

Perry fit une révérence exagérée, puis embrassa la main tendue de la même façon qu'Arlington avait quasiment bavé sur celle de Maggie le jour de leur rencontre.

Lady Caroline – une femme très audacieuse, c'était certain – passa son bras d'un geste possessif dans celui de Perry, lui sourit puis baissa la voix.

— Vous voyez, ma sœur Clair danse avec Mr. Rothcomb-Smedley. Elle porte une robe ivoire.

Perry hocha la tête.

— Je compte sur vous pour la charmer.

Que diable se passait-il ? Le regard interrogateur de John se dirigea vers Maggie.

— Caro a concocté un plan pour rendre Mr. Rothcomb-Smedley si jaloux qu'il fera ce qu'il convient avec Clair, murmura Maggie.

— Vous pensez que Perry va le faire ?

Elle haussa les épaules.

— Comme nous tous, il semble être aux ordres de Caro.

À la grande surprise de John, Perry acquiesça.

— J'obéirai aux désirs de Madame, à condition qu'elle me permette de valser avec elle ce soir.

Lady Caroline baissa les cils d'un air provocateur.

— Cela me plairait plus que tout.

— Mr. Perry n'a-t-il pas d'abord à faire la connaissance de Clair, avant d'obtenir le droit de danser avec elle ? demanda Maggie.

— J'ai l'intention d'y remédier immédiatement.

Caro guida Perry vers l'endroit où se tenait Rothcomb-Smedley.

John était ébahi. Ébahi par la capitulation de Perry à cette sœur arrogante, et encore plus par l'immense différence entre les deux sœurs.

Quand la danse suivante commença, Perry se courba en une autre révérence exagérée et demanda à Lady Clair de danser avec lui. Alors que Lady Caroline revenait vers John et Maggie, Rothcomb-Smedley sembla assommé, se tenant seul au bord de la piste de danse.

Une lueur diabolique dans le regard, Lady Caroline s'adressa à John.

— Vous auriez été fier de votre ami.

— Pourquoi ?

— Parce qu'il a été particulièrement exorbitant dans ses compliments envers la beauté de Clair.

— Je me suis dit que Mr. Rothcomb-Smedley avait l'air vexé, dit Maggie de sa petite voix faible.

Ils se tournèrent tous à la fois vers le parlementaire distingué. Mr. Rothcomb-Smedley paraissait perdu, en effet. Quand il regarda enfin dans leur direction, il se mit à traverser la piste en titubant pour venir les rejoindre.

Ils échangèrent tous des salutations. Maggie avait parfaitement bien résumé l'état mental de Rothcomb-Smedley. Il était vexé.

Il jeta un regard noir à John.

— Je ne me souviens pas vous avoir déjà vu à Almack's, vous et votre ami.

John décida de participer au plan des sœurs au mieux de ses compétences.

— Nous avons été négligents toutes ces années, de n'avoir pas réalisé que c'était l'endroit parfait pour trouver de ravissantes demoiselles.

Il regarda sa femme puis lui prit la main.

— Le genre de demoiselles avec qui on a envie de se ranger.

Au grand étonnement de John, Maggie prit le relais et en ajouta une couche pour que Rothcomb-Smedley comprenne.

— Mon époux dit que Mr. Perry s'est toujours efforcé de l'imiter, et à présent que mon lord Finchley est marié, il est probable que Mr. Perry ait envie de se ranger.

— Et, ajouta diaboliquement Caroline, il a trouvé de nombreuses choses à admirer chez Clair.

— Allons donc, tonna Rothcomb-Smedley, il ne peut pas débouler ici et essayer de s'approprier une femme que tout le monde sait être pratiquement promise.

Caroline fusilla le prétendant de Clair d'un

regard inflexible.

— Mon cher monsieur, une femme est disponible tant qu'elle n'est pas *réellement* promise. Je ne suis pas au courant que qui que ce soit ait demandé ma sœur en mariage.

Rothcomb-Smedley referma sèchement la bouche. Son visage rougit de colère.

John décida que la soirée était finalement tout sauf ennuyeuse. Rothcomb-Smedley était un homme bien. Son dévouement au devoir était remarquable, mais le pauvre homme était ennuyeux. Il était réjouissant de le voir se tortiller de la sorte.

Tentant visiblement d'adoucir sa mauvaise humeur, cette chère Maggie s'engagea sur un sujet sur lequel Rothcomb-Smedley aimait déblatérer.

— Vous devez nous dire, Mr. Rothcomb-Smedley, comment se porte cette proposition d'impôt que mon frère et vous essayez tant de faire valider.

L'attitude tout entière de l'homme s'éclaircit.

— Comme vous le savez, elle n'a été refusée que de dix votes l'année dernière, et je suis heureux de pouvoir dire que six de ces hommes ont été persuadés de nous rejoindre et de soutenir une hausse des impôts.

— C'est vraiment une bonne nouvelle, dit Maggie.

— Aldridge doit être très content, commenta Caroline.

John hocha la tête.

— Heureusement que nous avons des hommes dévoués comme vous et Aldridge pour s'occuper de nos intérêts.

Avant même son mariage avec la sœur du duc,

John avait été persuadé de soutenir l'augmentation des impôts après avoir entendu Aldridge expliquer à White's pourquoi cet argent était nécessaire pour vaincre les Français.

Regardant Caroline, John ajouta :

— Mr. Rothcomb-Smedley dépense toute son énergie pour ses devoirs. Il ne sait pas passer du bon temps comme Perry et moi.

— À présent que vous êtes marié, dit Rothcomb-Smedley à John, pourquoi ne prenez-vous pas votre siège à la Chambre des Lords ?

Pourquoi voudrais-je faire une chose pareille ?

— Je suis flatté que vous pensiez que je puisse participer, mais je vous assure que ce n'est pas pour moi.

Maggie se rapprocha de lui et posa la main sur son bras.

— Je soutiens mon Lord Finchley dans toutes ses décisions, mais je pense que sa non-participation au Parlement est une perte pour nous tous.

Que venait-elle de faire ? Sans lui demander expressément de le faire, son épouse – avec une douceur qui lui était propre – venait de lui dire qu'elle pensait qu'il aurait dû servir à la Chambre des Lords. Devant Dieu ! Elle était plus intelligente que n'importe qui dans la pièce !

Bien entendu, il n'avait aucune intention de servir. Pas même pour faire plaisir à Maggie.

D'autres leaders puissants de la Chambre des communes souhaitaient se faire voir en compagnie de Rothcomb-Smedley et s'entretenir avec lui, et leur groupe grossit considérablement.

Une fois la danse terminée, Perry escorta à nouveau Lady Clair vers le groupe et demeura à son côté. Même une fois que Rothcomb-Smedley fut venu se placer de l'autre côté de la demoiselle, Perry continua de proférer des tonnes de compliments sur la beauté de Lady Clair.

— Comment se fait-il que j'aie vingt-sept ans et n'aie jamais eu la chance de croiser votre route auparavant, Lady Clair ?

Avant qu'elle ne puisse répondre, Rothcomb-Smedley le fit d'une voix glaciale en le fusillant du regard :

— Vous et votre cercle d'amis n'avez jamais encore exprimé le moindre intérêt pour la *bonne* société. Je ne me souviens pas vous avoir déjà vus à Almack's.

Les yeux noirs et brillants de Perry rencontrèrent ceux de John.

— Allons, nous avons déjà dû venir ?

John haussa les épaules. Il avait beau apprécier mettre Rothcomb-Smedley mal à l'aise, celui-ci le mettait mal à l'aise aussi. Deux mois auparavant, John aurait été fier de sa réputation méritée de vaurien débauché, mais désormais, en présence de ce parlementaire compétent, le style de vie hédoniste de John l'embarrassait.

Il était également embarrassé de voir un homme plus jeune qui en avait accompli autant, tandis que lui et ses amis n'avaient jamais rien fait de plus que boire à outrance, parier follement et copuler de façon prolifique.

Même Maggie et ses sœurs avaient accompli quelque chose à Trent Square qu'elles pouvaient exhiber avec fierté. Mais John, Perry, Arlington et Knowles auraient pu mourir demain sans avoir laisser la moindre trace de leur existence.

Et s'il se sentait déjà mal, cela n'allait qu'empirer.

Le duc d'Aldridge, sa ravissante duchesse

blonde à son bras, pénétra dans la pièce avec toute l'arrogance d'un potentat turc, sans cesser de fusiller John du regard. Quand il s'approcha du petit groupe de ses connaissances, son regard s'arrêta alors sur Rothcomb-Smedley et un sourire remplaça son air noir.

— Ah, Rothcomb-Smedley, vous êtes précisément celui que j'espérais voir.

L'autre homme haussa les sourcils.

— Vraiment, Votre Grâce ?

— J'ai le plaisir de vous informer que le Lord Chancelier a finalement capitulé à notre cause.

Le visage de Rothcomb-Smedley s'illumina.

— Il est prêt à soutenir l'augmentation fiscale ?

— Il le fera.

— Je ne saurais vous dire à quel point je vous suis redevable, Votre Grâce.

— Pas autant que moi pour tout ce que vous avez fait pour la Grande-Bretagne dans la Chambre des communes.

Rothcomb-Smedley se tourna vers Clair, qui avait un sourire aussi large que le sien.

— J'ai envie de danser une gigue irlandaise avec vous, Madame !

— Je sais exactement ce que vous ressentez, dit-elle, car je ne parviens pas à contenir ma joie. Mon frère et vous avez travaillé si dur pour cela. À présent que Lord Knolles a exprimé son soutien, les autres suivront. Vous méritez des félicitations.

Clair se tourna vers son frère.

— Vous aussi, Aldridge. Vous avez été le moteur de ce succès.

Le marquis de Haverstock rejoignit ensuite leur groupe. Se retrouver entouré par ces trois puissants leaders du gouvernement donna à John l'impression d'être encore plus inutile.

Puis le regard du duc croisa le sien.

— Un mot en privé, Finchley.

John sentit son cœur battre la chamade.

Chapitre 18

Les deux hommes restèrent silencieux tandis qu'ils quittaient la salle de bal et descendaient les escaliers. John demeura un pas derrière le duc qui le menait à une pièce vide au bout du long couloir du rez-de-chaussée. John avait l'impression d'être un condamné qui s'approchait du Banc du Roi, car il savait qu'il avait dû faire quelque chose pour s'attirer la colère du duc.

Puisqu'il n'avait pas parié de façon inconsidérée depuis son mariage, il avait une idée relativement précise de ce qu'il avait fait pour inciter la colère du duc.

Et à présent, il comprenait ce que cela faisait d'être accusé à tort.

Aldridge referma la porte derrière eux. Il ne l'avait pas vraiment claquée, mais il ne l'avait pas refermée poliment non plus. Et alors que le duc restait debout à dévisager John, l'applique murale illuminant son visage assombri, John put détecter la fureur dans son regard embrasé.

— Quand vous avez épousé ma sœur, commença Aldridge. Je vous ai prévenu que je ne tolèrerais pas de coquettes, particulièrement pas aussi tôt après le mariage. Vous faites de Margaret un objet de ridicule et je ne le permettrai pas.

Il avança vers John, sa colère enflammée aussi brûlante que des braises.

— Je peux vous écraser.

John déglutit. Même lorsqu'on l'avait

réprimandé durant ses années d'école, il n'avait jamais répondu, ne s'était jamais défendu contre les accusations, en grande partie parce qu'elles avaient toujours été justifiées. Mais l'occasion était différente. Il ne voulait pas tant se protéger de la colère du duc que d'abriter Maggie de ces suppositions.

— Je ne doute pas que vous soyez en mesure de m'écraser, mais je me permets de vous rappeler qu'agir ainsi fera du mal à votre sœur. Pour ma part, Votre Grâce, je ne tolèrerai rien qui puisse faire du mal à mon épouse.

Le duc leva un sourcil interrogateur.

— Vous auriez dû y songer avant de quitter Drury Lane avec une catin.

— Je sais que les apparences sont contre moi. J'admets qu'on m'a vu quitter le théâtre au bras d'une femme aux mœurs légères, mais une fois que nous sommes arrivés à notre destination, je n'ai pas réussi à me convaincre de briser mes vœux de mariage. Je vous donne ma parole.

Le duc émit un bruit méprisant.

— À présent que je suis marié, poursuivit John, j'essaie d'être plus mûr, de ne pas céder aux encouragements de mes... amis dissipés.

Il ne parvenait pas à croire qu'il venait d'appeler ses chers amis dissipés, mais c'était la vérité.

— Je suis soulagé d'apprendre que vous réalisez à quel point vos actions ont été immatures. J'avais désiré quelqu'un de plus vieux, de plus mature pour Margaret. D'ailleurs, je suis certain que cela ne vous surprendra pas d'apprendre que je n'ai jamais eu l'intention qu'elle vous épouse. Et pourtant, à ma déception, elle est tombée amoureuse de vous. Elle est de loin la plus sensible – et aimante – de toutes mes sœurs.

John en resta ébahi. *Elle est tombée amoureuse de vous.* Il n'avait jamais vraiment pensé que Maggie pouvait l'aimer. Mais alors il se rendit compte qu'elle était simplement une très bonne actrice. Elle voulait son titre ainsi que le respect et la liberté qu'il lui conférerait en tant que femme mariée. Elle ne le voulait pas lui. Particulièrement alors qu'il y avait d'autres hommes – des hommes nobles comme Rothcomb-Smedley – qui étaient disponibles.

— Et c'est la femme la plus vertueuse que j'aie jamais rencontrée. Sa bonté m'a détourné pour toujours des autres femmes.

— J'espère devant Dieu que vous me dites la vérité.

Les lèvres d'Aldridge formèrent une ligne sombre.

— J'espère ne pas me flatter en vous disant que vous pouvez le demander à n'importe qui de ma connaissance et qu'ils confirmeront que je ne mens jamais.

Le duc écarquilla les yeux.

— C'est la même chose pour Margaret.

— Oui, je sais. Contrairement à moi, toutefois, elle ne possède que de bonnes qualités.

Leurs regards s'accrochèrent. Le seul son qu'on entendait était la mélodie lointaine de l'orchestre qui jouait loin au-dessus d'eux.

— J'espère devant Dieu que vous me dites la vérité, Finchley.

Aldridge s'éloigna à grands pas.

En montant les marches en silence pour retourner dans la salle de bal, John ne s'était jamais senti aussi récalcitrant.

Entre temps, leur groupe s'était encore étoffé. Morgan et sa femme, Lydia, avaient rejoint les autres. Même si John détestait ce genre de réunions, il commençait à goûter à l'idée d'être un membre d'une grande famille comme celle des Haverstock et des Aldridge. En tant que fils unique, il avait toujours voulu avoir des frères et sœurs. Peut-être était-ce la raison pour laquelle il était si soumis à Perry. Il avait toujours désespérément eu envie de camarades de jeu, particulièrement s'ils étaient populaires comme Perry.

Il était dommage qu'Aldridge et lui ne s'entendent pas mieux. Il avait toujours apprécié Morgie mais, lorsque John prit place près de Perry, qui était installé entre Lady Clair et Lady Caroline, et qu'il sourit à Morgie en le saluant du menton, celui-ci détourna rapidement le regard.

C'était un rejet des plus tranchants.

Qu'avait fait John pour perdre sa position auprès du jovial Morgie ?

Il allait vite l'apprendre.

Morgie observait Maggie qui se tenait près de Lord Selby.

— Oui, c'est vrai, dit Morgie à son épouse, à présent que je suis un membre de votre famille, je considère toutes vos sœurs comme les miennes, y compris Lady Margaret, car elle est à présent la sœur de votre Elizabeth.

— Souvenez-vous, très cher, dit Lydia, qu'elle n'est plus Lady Margaret désormais, mais Lady Finchley.

Il marmonna dans sa barbe.

Même si John n'entendit pas les mots, il devina au mouvement des lèvres de Morgie qu'il avait dit : « Elle est trop bien pour des gens de son espèce ».

Une rage embrasée déchira John. Son premier instinct aurait été de flanquer son poing dans le visage de Morgie, même s'il savait qu'il n'aurait jamais eu l'impolitesse de faire quelque chose de ce genre dans un endroit aussi public. Puis il se calma.

Car il savait que par affection pour Maggie, Morgie avait simplement exprimé ce que tout le monde pensait, et que John savait être la vérité : Maggie *était* trop bien lui.

* * *

Dès qu'il fut apparent aux oreilles de Margaret que l'orchestre entamait une valse, ses yeux rencontrèrent ceux de John. Il se dirigea vers elle sans mot dire.

— Je vous prie de m'octroyer l'honneur de danser avec la plus jolie femme du bal.

Elle lui sourit et plaça la main dans la sienne. À chaque fois que leurs mains s'unissaient, cela lui rappelait toujours ce premier jour à St-George quand ils s'étaient tenus devant l'autel après avoir énoncé leurs vœux. Elle avait été stupéfaite, d'une façon particulièrement plaisante, du plaisir que lui avait procuré un tel contact physique.

Comme le fait de danser avec lui. Elle était fière de sentir sa main posée sur sa taille et de songer que leurs corps se faisaient face d'une façon aussi intime. Et, tout naturellement, elle songea à ce que cela ferait de le sentir allongé près d'elle. Dans son lit. Elle avait parfaitement conscience du fait que John ne songerait jamais à elle en tant que femme désirable. Il ne jamais la considérer comme autre chose que la femme réservée qu'il avait épousée.

Pas seulement John. Tous les gens présents

dans la salle ce soir se disaient certainement la même chose. Personne ne croirait que la toujours très convenable Lady Margaret Ponsby avait le fantasme de permettre au tristement célèbre Lord Finchley de lui ôter ses vêtements et de s'enfoncer en elle.

Mais c'était pourtant la direction que prenaient ses pensées à chaque fois qu'elle se retrouvait avec l'homme notoire qu'elle avait épousé.

Il était dommage qu'elle soit trop fière et trop timide pour lui faire savoir un jour ce qu'elle désirait vraiment. *Pourquoi ne puis-je pas ressembler davantage à Caro ?* Si Caro avait envie d'un homme, celui-ci le savait. Caro pourchassait ce qu'elle désirait, et elle l'obtenait toujours.

Mais sous la joie qu'elle ressentait à valser avec son époux, une terreur profonde se répercutait à travers toutes les cellules de son corps. Pourquoi Aldridge avait-il souhaité avoir un mot en privé avec John ? L'expression sur le visage de son frère avait été pleine de rage.

Manifestement, son frère savait quelque chose sur son époux, quelque chose que ni John ni Aldridge n'avait envie qu'elle apprenne. Ou bien son mari perdait des sommes importantes au jeu, ou... ou alors il avait une aventure avec une fille de rien.

Cela devait être la raison pour laquelle cet odieux journaliste s'était imposé chez elle pour négocier. Quelle femme souhaiterait s'entendre dire que les affections de son mari étaient engagées ailleurs ?

Margaret se rappela avoir surpris une conversation entre Lady Haverstock et la duchesse sur les détails intimes de la vie conjugale. Lady Haverstock avait dit à Elizabeth qu'un homme dont les besoins physiques étaient contentés à la maison n'avait jamais besoin d'aller voir ailleurs.

Si seulement Margaret était en mesure de satisfaire son mari de cette façon-là... Si seulement elle pouvait parler franchement à Caro des origines de son mariage. Caro pourrait certainement trouver un moyen pour Margaret de séduire l'homme qu'elle avait épousé.

Mais Margaret ne pouvait pas dire à Caro ou à qui que ce soit d'autre qu'elle avait épousé un inconnu qui n'avait aucune intention d'honorer ses vœux conjugaux avec elle.

S'abstenir de lui demander pourquoi son frère souhaitait s'entretenir avec lui avait été l'une des choses les plus difficiles que Margaret aient jamais faites. Les maris n'aimaient pas les femmes curieuses, et elle n'osait pas patiner sur la glace fine de leur mariage.

Alors qu'elle songeait à Caro, celle-ci passa devant elle avec Mr. Perry. Margaret put entendre sa sœur flirter outrageusement avec l'ami fortuné de John.

— Je ne vous permettrai pas de venir me rendre visite avant que je ne me sois assurée que Mr. Rothcomb-Smedley ait demandé la main de Clair. Et je suis sûre qu'il le fera. Il était extrêmement jaloux de vous, à juste titre. Vous êtes le plus bel homme présent ce soir. Votre sens de la mode est impeccable et votre manière de danser est plus qu'adéquate.

Margaret n'entendit pas la réponse de Mr. Perry, car ils s'éloignèrent. Force était de reconnaître que Mr. Perry, même si elle le trouvait bien moins beau que John, était bien meilleur danseur. Elle n'aurait pas été surprise d'apprendre que les pieds de Caro n'avaient pas été écrasés une seule fois.

Contrairement à Margaret. Ce pauvre cher John était un bien piètre danseur. Heureusement, sa taille et sa beauté rattrapaient largement cette déficience.

— Très cher ? demanda-t-elle.

— Oui ?

— Pensez-vous que Mr. Perry puisse tomber amoureux de Caro ?

— Comment diable pourrais-je savoir ce que veut Perry ? J'aurais perdu tous mes biens en pariant qu'il ne mettrait jamais les pieds à Almack's.

Il haussa les épaules.

— J'en déduis que Mr. Perry n'a jamais été attiré par une femme décente auparavant.

Son époux ne répondit pas.

— Vous les hommes êtes toujours solidaires ! Vous n'allez rien me dire des instincts les plus vils de votre ami, n'est-ce pas ?

— Certainement. Vous êtes une lady.

Je préfèrerais ne pas l'être, se dit Margaret.

Elle était contente de voir Clair danser avec Mr. Rothcomb-Smedley. L'homme avait tenu Clair pour acquise depuis bien trop longtemps. Il était temps qu'il comprenne quel trésor il avait en la personne de Clair. En les observant, Margaret fut capable de détecter un certain assouplissement dans l'attitude de Mr. Rothcomb-Smedley. Plus que cela, il ne pouvait détacher d'elle son regard adorateur. Il avait le sourire facile et Margaret était convaincue qu'il voyait Clair sous un jour complètement différent.

Certaines des combines de Caro n'étaient pas si mauvaises après tout.

— J'ai pensé que nous pourrions aller à Trent Square demain, dit John.

— Pour que vous puissiez jouer avec les garçons ?

— Bien sûr.

— Puisque je ne dois pas enseigner le piano demain, j'aimerais vous regarder.

Et garder un œil sur la belle Mrs. Weatherford.

Son mari soupira.

— J'aimerais danser toutes les danses avec vous. Vous êtes la meilleure partenaire que j'aie jamais eue.

C'étaient des commentaires de ce genre qui lui faisaient oublier la mélancolie qui était survenue quand son puissant frère s'était éclipsé avec John.

— Merci. Vous êtes mon partenaire favori.

De toutes les façons.

— Je dirais qu'à force d'être ensemble, j'ai songé à ce que vous m'avez dit le jour où vous m'avez convaincu… de faire semblant d'être un couple d'époux heureux.

— Quoi donc ?

— Vous aviez dit que nous serions toujours loyaux l'un envers l'autre. Et même si nous ne nous connaissons que depuis moins de deux mois, j'ai l'impression que nous sommes amis depuis toujours. Tout comme Perry.

C'était elle qui avait présenté l'analogie de l'amitié le jour où elle l'avait convaincu d'accepter leur mariage, mais l'entendre de ses lèvres lui sembla fade. Même si elle était contente qu'il ressente pour elle un sentiment aussi tendre, l'amitié n'était qu'une composante de la relation qu'elle souhaitait établir avec John.

— Mon cher Seigneur, aucune femme n'a envie d'entendre que son mari la considère comme un compagnon !

Troublé, il tituba, lui écrasant le petit orteil gauche.

— Vous ai-je fait mal ? lui demanda-t-il, inquiet.

— Non.

Elle espéra qu'il ne l'avait pas vue grimacer.

— Pardonnez-moi.   Et   pardonnez-moi également si je vous ai donné l'impression de penser à vous au masculin.

Ses pieds s'immobilisèrent et il baissa les yeux vers elle, son regard de braise passant sur son visage pour s'arrêter durant une seconde sur le corsage plongeant de sa robe délicate.

— J'ai parfaitement conscience de vos attributs féminins.

Elle sentit son pouls s'accélérer. *J'ai des attributs ?*

— J'espère que c'est une bonne chose.

Haussant les épaules, il continua de danser, si on pouvait appeler les mouvements de ses pieds danser.

— J'ai essayé de songer à vous en tant que camarade, mais c'est trop difficile.

— Je vous assure, je suis contente de le savoir, et j'espère que vous serez content de savoir que je ne pourrais jamais songer à vous de la même façon que je considère Caro ou l'une des filles.

— En effet !

— Vous avez remporté toute ma loyauté. Vous m'êtes cher et je vous soutiendrai toujours, vous défendrai à jamais.

— Par Dieu ! Je ressens la même chose pour vous. D'ailleurs, vous n'êtes absolument pas contrariante, comme je m'attendais à ce que vous le soyez.

— Venez-vous de me complimenter ?

Elle éclata de rire.

— C'était une simple louange. Une louange sincère, que vous avez largement méritée. Je n'arrive pas à vous trouver un seul point négatif.

Elle eut l'impression d'avoir placé une autre brique.

— Je ne vais pas vous donner la preuve du contraire !

Elle était triste que l'orchestre choisisse ce moment précis pour mettre fin à la valse. Elle aurait été parfaitement heureuse d'évoluer dans ses bras sur la piste de danse toute la nuit durant. Bien à contrecœur, ils commencèrent à retourner vers l'endroit où sa famille était rassemblée. Elle aurait aimé qu'Aldridge soit plus gentil avec John.

Même si la perspective de ce que John avait fait pour mériter la colère d'Aldridge la rendait malade, elle était confortée par l'assurance d'être à son meilleur avantage ce soir-là. Sa robe était parfaite. Elle avait derrière elle une élégante traîne de mousseline verte et une bonne partie de son dos était dénudée. Caro avait juré qu'aucune femme à Almack's n'aurait pu rivaliser avec elle.

« Je sais d'autorité que les hommes aiment voir le dos dénudé des femmes, et le tien est ravissant », avait dit Caro.

Aussi Margaret passa-t-elle subtilement devant lui quand ils se dirigèrent vers le bord de la piste de danse. Mais soudain, son avancée fut freinée. Elle tituba en avant. Mais sa robe ne bougea pas. On entendit un craquement.

Sans même se retourner, elle se rendit compte que John venait de marcher sur la traîne de la robe.

Elle sentit un coup de vent sur son derrière. Seigneur Dieu, ses sous-vêtements étaient-ils visibles ?

— Oh, Maggie chérie, dit John d'un ton plein de remords, vous ne devinerez jamais ce qui vient d'arriver.

Elle était trop honteuse pour remarquer qu'il venait de s'adresser à elle en tant que *Maggie chérie.* Elle mourrait de honte si toute l'assistance d'Almack's était alors en train d'observer ses dessous. Elle prit une inspiration profonde pour s'empêcher de le réprimander.

— J'ai oublié de retrousser mes jupes. Je crains que vous n'ayez marché dessus.

Il combla le petit écart entre eux. Il était tellement proche qu'elle pouvait sentir son parfum de santal et perçut son souffle quand il lui parla d'une voix rauque à l'oreille.

— Restez près de moi. Mon corps vous évitera d'être... exposée à la vue de tous.

Elle n'avait jamais été aussi humiliée. À peine une seconde auparavant, elle s'était crue belle. À présent, elle était probablement la risée de tous. Elle commença à faire quelques pas vers les escaliers qui leur permettraient de sortir du bâtiment. Elle avait vraiment hâte de s'éclipser.

— Pardonnez-moi, dit-il d'un ton solennel quand ils atteignirent enfin le sommet de l'escalier. Je vous avais dit que j'étais incompétent sur la piste de danse.

Morgie, deux tasses de thé à la main, venait dans leur direction. Une fois de plus, il ignora John, mais adressa un sourire chaleureux à Margaret.

— Ah, Lady Margaret ! C'est-à-dire, je veux dire, Lady Finchley. Lyddie dit que je dois vous demander de danser avec moi. Je crois qu'elle préfèrerait que je danse avec un dragon plutôt que d'avoir à danser avec moi elle-même.

Il pâlit.

— Non que je puisse vous considérer comme un dragon. Vous êtes comme ma propre petite sœur et vous êtes particulièrement ravissante ce soir.

Il braqua sur John le même regard sombre qu'avait eu Aldridge.

— Voudriez-vous me faire la gentillesse de danser avec moi une fois que j'aurai remis ces tasses ?

— C'est gentil de votre part de me le proposer, Mr. Morgan, mais mon époux et moi-même nous voyons contraints de partir sur-le-champ.

Sans sa nature timide, elle se serait expliquée davantage, mais elle n'aurait jamais été capable de parler d'un sujet aussi tabou que les sous-vêtements. Même si Morgie était pratiquement un membre de sa famille.

— C'est dommage, dit-il d'un ton déçu. Vous êtes l'une de mes danseuses favorites.

Il se dirigea vers la salle de bal puis s'arrêta et fit volte-face.

— Vous direz à Lyddie que je vous ai invitée ?

Mortifiée à l'idée qu'il puisse voir ses dessous, elle tourna rapidement les talons.

— Oui, bien sûr.

Au rez-de-chaussée, elle plaqua le dos contre la paroi du hall d'entrée tandis que son époux allait chercher son manteau de velours. Une fois qu'il l'eut installé sur ses épaules, elle crut s'écrouler de soulagement.

Dans la calèche, sur le chemin du retour, il s'excusa abondamment.

Tout d'un coup, elle commença à pouffer.

— Je vous prie de me dire ce qui est si drôle ?

— Vous. Ce dont vous êtes capable pour éviter d'aller à Almack's avec moi !

Un éclair d'humour passa dans les yeux de John.

— Bon, alors cela veut-il dire qu'à l'avenir, vous allez m'épargner ce genre de rassemblements ?

— Absolument pas. Vous êtes toujours mon partenaire de danse préféré.

— Si vous appelez ce que je fais de la danse.

Sans s'en rendre compte, il lui prit la main, et l'intérieur de la calèche devint silencieux. Seul le claquement rythmé des sabots sur le pavé se faisait entendre.

— Savez-vous, John, que même si j'étais embarrassée que d'autres personnes voient mes... eh bien, mes dessous, je n'étais pas embarrassée à l'idée que *vous* les voyez.

— Vous peut-être, mais moi, si !

Au temps pour sa tentative de renverser les obstacles à leur intimité ! Si seulement ils avaient servi du champagne à Almack's ! Avec ce liquide effervescent pour relâcher ses inhibitions, elle lui aurait demandé avec enthousiasme de l'embrasser à nouveau. Durant le reste de leur trajet de retour, elle lutta pour trouver le courage de le lui demander, mais elle était bien trop timide.

* * *

Il détestait grandement ce qu'il avait fait à sa jolie robe. Quand ils parvinrent chez eux, il s'excusa à nouveau.

— Je vous le répète, Maggie, je suis terriblement désolé d'avoir détruit votre robe.

— Elle n'est pas détruite. Ma femme de chambre sera capable de la réparer.

Il haussa un sourcil plein d'espoir.

— Vraiment ? Vous ne dites pas cela simplement pour que je ne me sente pas aussi mal ?

Elle secoua la tête.

— Je vous assure qu'Annie manie l'aiguille comme une magicienne.

Le cocher ouvrit la porte de la calèche.

— Laissez-moi vous porter à l'intérieur, dit John à Maggie. Je n'aimerais pas que vos jolis jupons traînent sur le trottoir.

— Vous êtes si galant. La dernière fois, vous m'avez portée pour m'empêcher de m'affaler la tête la première après avoir bu trop de champagne.

— Je préfèrerais que vous ne mentionniez pas cette nuit.

Il descendit de la calèche puis se tourna et la prit dans ses bras.

— C'était une nuit particulièrement heureuse pour moi. Pourquoi ne voulez-vous pas que j'en parle ?

Comment pouvait-il lui dire que c'était une torture de se souvenir de l'avoir portée dans ses bras et de ne pas vouloir le refaire ? Se retrouver aussi proche d'elle était une véritable torture.

— Je crains que mon comportement de ce soir-là ait été tout sauf galant.

— Au contraire ! Vous aviez obéi aux désirs d'une femme.

C'était vrai. Elle lui avait demandé de l'embrasser. Pourquoi diable ne pouvait-il s'empêcher d'y songer ? Son excitation était douloureuse.

Il passa la porte d'entrée et la porta au haut des escaliers, jusque dans sa chambre. Pendant une fraction de seconde, il resta figé sur le seuil, son regard bondissant vers le grand lit à rideaux. Il n'avait pas sa place ici. Pas avec des filles honorables comme Maggie.

Il prit une profonde inspiration et traversa la chambre, la déposant sur le couvre-lit de soie.

— Bonne nuit, Madame. Aimeriez-vous que je sonne votre servante ?

— Je peux me débrouiller.

Il regagna alors son vestiaire en passant par celui-de Maggie et claqua la porte derrière lui avant de se dévêtir.

Pendant un très long moment, il resta allongé dans son lit, submergé par l'envie de faire l'amour à Maggie. Ne pas se précipiter dans sa chambre à coucher était la chose la plus difficile qu'il ait jamais faite.

Chapitre 19

Le lendemain, il se rendit à Trent Square et joua au cricket avec les garçons, prêtant une attention particulière au fils de Weatherford. Le petit bonhomme ressemblait tant à son père... Malgré sa tristesse concernant la mort de son ami, il avait conscience que George Weatherford vivrait à travers cet enfant. La ressemblance ne s'arrêtait pas au physique. Quand Georgie prenait la batte, son attitude était identique à celle de son père. Et il y avait quelque chose dans son rire qui rappelait à John son ami disparu.

Quand John avait entendu que Weatherford s'était marié juste après avoir quitté Oxford, il l'avait pris en pitié. Il s'était dit qu'il était dommage de se caser alors qu'il y avait tant de jolies femmes à connaître, de bon temps qui l'attendait. Perry, Arlington et Knowles avaient tous été d'accord. Pourquoi un homme aurait-il voulu se passer la corde au cou si jeune ?

Il ne se posait plus cette question. Weatherford avait beau ne pas avoir été riche, il avait possédé des choses – des choses inestimables – qui faisaient défaut à John et ses amis proches. Il jeta un œil à la ravissante veuve de Weatherford puis à ce petit morceau de George Weatherford dont les petits bras maigrichons saisissaient la batte de cricket exactement comme son père le faisait. John ravala l'immense boule dans sa gorge. *Dieu, pourquoi suis-je si sentimental ?*

Existait-il quelque chose de plus précieux sur

terre que d'avoir son propre fils ? Quel homme sur son lit de mort n'aurait-il pas voulu savoir qu'une partie de lui survivrait ?

Même si Maggie l'avait complimenté pour les attentions qu'il avait portées au jeune Georgie, John savait qu'il ne venait pas simplement à Trent Square pour aider le garçon. Il venait parce qu'il avait envie d'être là. Il voulait passer du temps avec ces garçons, voulait partager ce qu'il avait mis une vie entière à apprendre, voulait se sentir réchauffé par le soleil au lieu de rester assis à White's à faire des paris, ou bien à s'entraîner à l'escrime au studio de Jackson.

Tous les jours désormais au cours des deux semaines précédentes, il était venu à Trent Square afin d'enseigner aux garçons certaines des choses qui leur faisaient défaut parce qu'ils n'avaient pas de père. Un jour, il leur avait donné des leçons d'équitation sur sa propre monture. L'activité avait été terriblement populaire. Il avait suivi pas à pas chacun des garçons tandis qu'ils avaient chevauché son hongre tour à tour.

La plupart du temps, ils jouaient au cricket dans l'enclos du parc au centre de Trent Square. Chaque jour, Mrs. Weatherford avait insisté pour venir. Elle prenait une petite chaise pliante pour s'asseoir et regarder son fils rire et jouer. John avait l'impression qu'elle souriait bien plus souvent à présent.

Parfois, en des journées comme celle-ci où Maggie n'était pas obligée de donner des leçons de piano, elle venait aussi pour les regarder. Il se disait qu'elle n'aimait pas le cricket, car alors qu'elle observait la partie, elle souriait rarement. Quand elle se disait qu'il ne la regardait pas, un air mélancolique passait sur elle. Il continuait de lui assurer que sa présence n'était pas requise, mais elle faisait semblant de vouloir être là.

Ce jour-là, Georgie frappa plus loin qu'il ne l'avait jamais fait, et il se mit à filer comme le vent. Le regard ravi de John rencontra celui de Mrs. Weatherford.

— Votre fils fait de gros progrès.

Elle lui adressa un sourire voluptueux.

— C'est entièrement grâce à vous, Monseigneur. Comment puis-je un jour vous le rendre ?

— Tout le plaisir est pour moi.

Ses paroles étaient sincères.

Le portail s'ouvrit, et Lady Caroline pénétra dans le parc d'un pas lent. Comme d'habitude en sa présence, elle le fusilla du regard. *Que diable ai-je encore fait ?* Elle se dirigea droit vers sa sœur et s'assit entre elle et Mrs. Weatherford. Il lui sembla qu'elle se montrait également froide envers la veuve, mais il ne faisait peut-être que se l'imaginer. Elle se tourna lentement vers Maggie.

— Es-tu venue dans ta calèche aujourd'hui ?

— Oui.

Lady Caroline braqua un autre regard noir sur John.

— Et Lord Finchley ?

— Nous n'avons pas fait le trajet ensemble aujourd'hui. Il a pris son cheval.

— Alors veux-tu bien me ramener à la maison ?

— Tu es prête tout de suite ?

— Oui.

— J'en déduis que tu n'es pas intéressée par une partie de cricket jouée par des novices ?

— Tu as raison.

Au grand étonnement de John, alors que sa

femme s'apprêtait à partir, elle s'approcha de lui et lui effleura la joue d'un baiser.

— Au revoir, mon amour, dit-il aussi naturellement que l'on parlait du temps.

Allons, pourquoi l'avait-il appelée *mon amour* ? Les gens penseraient... exactement ce que Maggie et lui voulaient qu'ils croient : qu'ils étaient véritablement un couple marié.

* * *

Elle avait vécu avec Caro pendant suffisamment d'années pour savoir que quelque chose perturbait sa sœur. Après qu'elles furent montées dans la calèche, elle lui demanda :

— Quel est le problème ?

Caro plissa les paupières.

— Je sais tout sur ton mariage.

Margaret eut l'impression d'avoir reçu un boulet de canon. Il lui fallut un moment pour essayer de formuler une réponse. Elle s'éclaircit la gorge.

— Que veux-tu dire précisément par *tout* ?

— Je suis au courant pour les coïncidences, pour *Miss* Margaret Ponsby de Windsor.

— Je vais être très en colère contre Mr. Perry. C'est lui qui te l'a raconté, n'est-ce pas ?

— Il m'a simplement dit ce que j'avais le droit de savoir ! Il est l'ami le plus proche de Lord Finchley, et il est au courant. Je suis la même chose pour toi et je n'en savais rien ! Mon Dieu, Margaret, comment as-tu pu ?

Margaret baissa les cils. Elle ne pouvait pas regarder Caro dans les yeux.

— Parce que je ne me souviens pas d'une époque où je ne l'adulais pas de loin.

— Tu ne m'en as jamais rien dit !

— Je savais que tu pensais qu'il était dissipé.

Caro jeta la tête en arrière d'un air hautain.

— Je ne l'avais jamais rencontré une seule fois.

— Mais tu connaissais sa réputation de vaurien.

— C'est vrai.

Les deux femmes restèrent silencieuses un instant. Caro dit enfin :

— Essayes-tu de me dire qu'il n'y a jamais eu un autre homme qui t'ait attirée ?

— Jamais. Seulement lui.

Le silence retomba. Caro finit par pousser un soupir.

— Et tu te crois toujours amoureuse de lui ?

Margaret hocha la tête.

— Et tu... n'as pas été intime avec lui ?

Margaret secoua la tête.

— Et tu *veux* être intime avec lui ?

— Oh, oui, plus que tout !

Caroline pouffa.

— Je dirais qu'une femme fatale se cache sous la façade tranquille de ma timide sœur.

— Je ne pourrais jamais me comporter comme une femme fatale.

— Il va falloir que tu le fasses si tu espères remporter l'affection de Finchley.

Margaret dévisagea sa sœur d'un air sceptique.

— Que me racontes-tu ?

— Il faut que nous trouvions un plan, une combine pour capturer le cœur de ton mari.

Caro prit la main de sa sœur et la pressa dans la sienne.

— Tout ce que j'ai toujours voulu est que tu sois heureuse.

— Oh, Caro, je suis si terriblement malheureuse pour l'instant.

Elle éclata en sanglots.

Caro la serra contre elle et la laissa pleurer jusqu'à ce qu'elle soit en mesure d'exprimer pourquoi elle était si totalement malheureuse.

— J'ai peur que John ne soit tombé amoureux de la belle Mrs. Weatherford. Il veut être avec elle – et son fils – tous les jours. Et as-tu vu la façon dont elle le regarde avec tant d'adoration ?

— Pardonne-moi de t'avoir donné ces idées-là. Tu accordes peut-être trop de poids à la gratitude de la veuve. Elle est, tout naturellement, reconnaissante envers Finchley pour tout ce qu'il a fait pour elle et son enfant.

Caro pinça les lèvres.

— Bien entendu, tu dois admettre que l'homme que tu as épousé est incroyablement beau.

— Comment pourrais-je ne pas le reconnaître ? Je l'admirais déjà bien avant de sortir de l'école.

— Alors c'est à toi de lui faire prendre conscience de tes charmes féminins.

— Comment me proposes-tu de m'y prendre ?

— Pas timidement. Si je voulais que l'homme auquel je suis légalement mariée couche avec moi, je ne dénierais pas cette attraction. Garde toujours à l'esprit qu'un homme coucherait avec un piquet de clôture s'il pensait y trouver son plaisir. Il faut que tu lui fasses comprendre que tu es une femme mûre pour ses attentions amoureuses. Sois particulièrement honnête.

— Je ne peux quand même pas dire : *Je suis follement amoureuse de vous.*

Caroline secoua la tête.

— Non, ne dis pas cela. Dis plutôt quelque chose comme : *Lorsque je suis allongée dans mon lit solitaire la nuit, je vibre pour vous.*

Les joues de Margaret s'enflammèrent.

— Je ne pourrais jamais dire cela !

Caro regarda sa sœur dans les yeux.

— Dis-moi la vérité : n'es-tu jamais restée allongée dans ton lit à vibrer pour lui ?

Margaret déglutit et hocha solennellement la tête.

— Je te promets qu'il n'existe aucun homme qui ne serait heureux d'agir après qu'une jolie femme lui fasse une telle déclaration. Les hommes sont faits pour ce genre de choses !

Margaret se mit alors à pouffer.

— Et tu le sais parce que... ?

Caro haussa les épaules.

— Pas d'expérience. Pas encore. Mais je ne peux nier sentir vibrer certains endroits secrets lorsque je me trouve en compagnie d'un certain gentleman.

— Christopher Perry ?

Une lueur coquine dans les yeux, Caro hocha la tête.

— Et je vais l'avoir. J'ai l'intention qu'il me demande en mariage.

— Tu ne seras certainement pas assez osée avec lui pour lui dire que tu vibres pour lui.

Un sourire malin courba à peine les lèvres de Caroline.

— Hier, quand j'ai manœuvré pour me retrouver seule avec lui pendant un moment, je lui ai dit, d'une voix rauque et essoufflée : *Quand vous me regardez de la sorte, j'ai l'impression que vous me retirez lentement tous mes vêtements.*

— Tu n'as pas fait cela !

— Oh que si !

— Et qu'a-t-il répondu ?

Les yeux de Caroline luisirent d'hilarité.

— Ce n'est pas tant ce qu'il a dit que la réaction qu'a eue une certaine partie de sa personne.

— Il a haussé un sourcil ?

Caro éclata de rire.

— Bien plus bas.

— Je ne comprends pas.

— Tu es vraiment trop innocente. Ne sais-tu pas que les... parties intimes des hommes pointent comme un canon lorsqu'ils sont excités ?

Margaret écarquilla les yeux.

— Je n'ai jamais entendu parler d'une telle chose ! Tu es sûre que tu n'inventes pas ?

Sa sœur secoua la tête.

— Il faut que tu deviennes adepte dans l'art d'observer le bas du torse des hommes. Tu seras capable de dire quand un homme a envie de toi.

Margaret en resta bouche bée.

— Comment sais-tu ce genre de choses ? Tu n'as certainement pas...

— Non, mais nos vauriens de frères, avant de partir à l'armée, m'ont raconté toutes sortes de choses.

— Et tu ne m'en as jamais parlé ?

Caro jeta un regard hautain à sa sœur.

— Alors il semble que nous ayons gardé toutes les deux des secrets l'une pour l'autre.

— Je ne comprends pas pourquoi Harold et Compton ont discuté de ce genre de choses avec toi et pas avec moi.

— Petite dinde. Parce qu'ils savent à quel point tu es timide. Mais si tu veux remporter l'amour éternel de Finchley, tu dois oublier ta timidité. Fais semblant d'être moi. Puis dis-lui, d'une voix basse et rauque, de préférence, que lorsqu'il est près de toi, tu as les pensées les plus provocatrices. Et quand il te demandera ce que c'est, dis quelque chose comme : *Je pense à votre main sous ma jupe.* Ou bien dis-lui que tu rêves d'être allongée entièrement nue à côté de lui.

La rougeur monta à nouveau aux joues de Margaret.

— Tu sais que je ne pourrais jamais dire ces choses-là.

— Tu dois t'entraîner à être aussi confiante que moi. Fais semblant d'être moi. Tu n'as besoin que d'une seule occasion. Une fois qu'il aura couché avec toi, je suis certaine qu'il prendra conscience de la chance qu'il a de t'avoir pour femme, et il sera l'esclave de son amour pour toi.

— Je n'imagine pas John se laisser asservir par l'amour d'aucune femme.

— Tu le juges trop rudement. Il a profondément changé depuis votre mariage. Mr. Perry se lamente constamment que Finch passe de moins en moins de temps avec ses camarades. Il n'est pas allé faire de l'escrime chez Angelo ou s'entraîner chez Jackson depuis plus de deux semaines.

Margaret fronça les sourcils.

— Parce qu'il souhaite passer toutes ses journées en compagnie de Mrs. Weatherford et de son fils.

— Je crois qu'il exerce simplement ses devoirs de gardien envers l'enfant, et je crois aussi qu'il est en train de se rendre compte qu'il existe dans la vie des choses plus importantes que la recherche constante de débauche.

— Il n'est jamais avec moi le soir. Il préfère rester avec Mr. Perry et leurs autres amis.

— Alors donne-lui une raison de passer ses nuits avec toi.

Elle dirigea un regard dérouté vers Margaret.

— Tu sais que les amants peuvent trouver ce genre d'occasions que ce soit le jour ou la nuit, n'est-ce pas ?

— Je ne suis pas une imbécile finie.

Alors qu'elles poursuivaient leur route, Margaret réfléchit à ce que Caro avait dit. Avec elle, il semblait tellement simple de capturer l'affection de John.

— En appliquant quelques-uns des conseils que je te donne, j'obtiendrai une proposition de mariage de Mr. Perry.

— Alors tu vas lui dire que tu vibres pour lui ?

— Assurément ! Les hommes aiment bien plus

que nous ce genre d'intimité. Les femmes sont gouvernées par leur cœur ; les hommes, par leur...

Margaret leva une main pour l'arrêter.

* * *

Quand ils se rendirent à Trent Square le lendemain, il ne dérogea pas à son habitude de s'asseoir à côté de sa femme. Il en était venu à associer une légère odeur de rose à sa personne. Cela lui rappela la façon dont sa ravissante mère portait toujours un parfum de lavande. À ce jour, la lavande évoquait des souvenirs heureux de la douce pression sur sa joue des lèvres de son adorable mère, et de sa présence à son chevet quand il brûlait de fièvre. L'odeur de la lavande le rendait toujours heureux.

À présent, le parfum des roses, des roses de Maggie, avait un effet similaire sur lui. Il découvrit qu'il aimait être avec elle. Il l'admirait grandement. Il se sentait également protecteur envers elle, et il voulait préserver cette femme raffinée de la perception des travers de ce monde – et de la perception de ses propres manquements. C'était la raison pour laquelle il avait offert de rémunérer Moore pour étouffer les nouvelles de ses mauvaises actions. Mais le plus drôle était que, depuis qu'il avait épousé Maggie, il avait observé une différence marquée dans son comportement. Il avait insisté à maintes reprises devant ses amis que Maggie ne l'avait absolument pas domestiqué. Mais il devait admettre que son frère l'avait fait.

Il lui jeta un regard. Elle était très élégante dans la robe bleue qu'elle portait. Ce jour-là, ses yeux étaient assortis à la couleur de la robe. Le temps étant agréable, elle ne portait ni pelisse, ni manteau. Il fut incapable de ne pas contempler la promesse de sa poitrine légèrement arrondie. Au début, il se sentit coupable à l'idée même de plonger le regard sur cette partie d'elle. Il craignait toujours qu'Aldridge ait des espions partout. Mais il réalisa alors qu'Aldridge croyait qu'ils partageaient un lit. John eut un rire intérieur amer. Aldridge croyait même que Maggie était amoureuse de lui !

Il y avait toutefois un inconvénient à voyager dans la calèche de Maggie. À chaque fois qu'ils se retrouvaient seuls tous les deux dans une voiture, il se souvenait de la passion de leur baiser partagé.

Et à chaque fois qu'il était dans la calèche avec elle, il combattait un désir puissant de répéter Le Baiser. Même s'il s'était juré qu'il ne l'embrasserait plus jamais de la sorte.

— Croyez-vous que Georgie soit assez grand pour avoir un poney ? demanda-t-il, principalement pour tenter de purger son esprit du désir engourdissant qu'il ressentait pour elle.

— Certainement pas ! Il n'a que trois ans.

— Je suis quasiment certain que j'avais un poney à cet âge-là, et ce n'est pas comme si je permettrais à Georgie de chevaucher sans que je sois à ses côtés.

— Et si nous demandions à votre grand-mère ? Elle saura à quel âge vous avez eu votre première monture, et d'ailleurs, cela fait plus d'une semaine que nous ne l'avons pas vue.

— Excellente suggestion.

Il donna un coup au plafond de la calèche et ordonna au cocher de se rendre à Berkeley Square.

La joie que sa grand-mère ressentit à l'idée de

les voir fut principalement dirigée sur Maggie.

— Vous êtes ravissante en bleu, ma chère. N'est-ce pas ?

Puis Grand-mère daigna croiser le regard de John.

— C'est vrai, répondit-il.

Maggie alla s'asseoir sur le sofa à côté de Grand-mère, et il s'installa à côté de Maggie et lui prit la main. Il vit à l'expression de son aïeule qu'elle était contente de les voir se montrer de l'affection l'un pour l'autre.

— Maggie a suggéré que vous étiez la personne idéale pour répondre à une question que nous nous posons.

La vieille femme haussa un sourcil.

— Laquelle ?

— Vous rappelez-vous l'âge que j'avais lorsque j'ai eu mon poney ?

— Assurément. Le même âge que lorsque votre papa a eu sa première monture, malgré toutes mes protestations que mon fils était trop jeune.

Elle haussa les épaules.

— En ce qui concerne leurs animaux, les hommes n'en font qu'à leur tête.

— J'avais trois ans, n'est-ce pas ?

Elle hocha solennellement la tête.

— Bien trop jeune, selon moi, mais votre papa ou un valet courait toujours à vos côtés.

Il regarda sa femme, un air satisfait sur le visage.

— Pourquoi cet intérêt soudain pour les jeunes garçons ? demanda Grand-mère, avant qu'un sourire fulgurant ne lui éclaire le visage. Ne me dites pas qu'il va y avoir un nouveau membre dans la famille !

Il n'avait jamais entendu sa Grand-mère

paraître si joyeuse.

Il jeta un œil à Maggie. Une rougeur lui monta aux joues alors qu'ils secouaient tous les deux la tête.

Le visage de Grand-mère se décomposa.

Il parla alors à son aïeule de sa pupille.

— J'ai été vraiment désolée d'apprendre la mort de George Weatherford dans les journaux, dit-elle. Je l'avais rencontré une fois, lorsqu'il était venu séjourner avec nous à Tolford Abbey, et j'avais trouvé que c'était un jeune homme très bien.

— Vous seriez fière de voir le sérieux avec lequel John prend son rôle de gardien pour le garçon, dit Maggie. Il se rend tous les jours à Trent Square pour jouer au cricket avec les garçons.

— C'est la maison pour les veuves d'officiers qu'a établie la duchesse d'Aldridge ?

Maggie hocha la tête.

— John y passe plus de temps qu'aucune d'entre nous.

Grand-mère adressa à son petit-fils un sourire rayonnant.

— Je ne saurais vous dire à quel point je suis ravie de l'apprendre. Vous faites preuve d'une maturité considérable.

Il jeta un regard reconnaissant à Maggie.

— C'est ce que mes amis ne cessent de me dire.

— Ce sont les meilleures nouvelles que j'ai eues depuis votre mariage.

Sa grand-mère braqua un regard adouci vers Maggie.

La vieille dame avait été incapable de dissimuler une approbation sans réserve pour

Maggie en tant que comtesse de son petit-fils. Il réalisa alors qu'il aurait pu parcourir tout le royaume sans trouver une meilleure épouse que Maggie. C'est-à-dire, s'il avait voulu se marier. Ce qu'il n'avait assurément pas souhaité. Mais s'il l'avait fait, il n'aurait pu mieux trouver qu'elle.

Il s'interrogea sur les hommes qu'elle avait repoussés, ceux qui *avaient* voulu l'épouser. S'étaient-ils jetés à ses pieds ? Ils avaient bien dû le faire. Le savoir lui conféra un sentiment puissant de possession. Il se redressa.

— Il faut que nous nous rendions à Trent Square.

Il offrit une main à Maggie.

— J'espère que la prochaine fois que vous me rendrez une visite en commun sera pour m'annoncer que la comtesse est enceinte.

La pauvre Maggie devint écarlate.

* * *

Alors qu'ils poursuivaient leur route en calèche jusqu'à Trent Square, elle continuait de se remémorer ce que Caroline avait dit. Étaient-ce les remarques provocatrices de sa sœur ou bien la proximité de John qui faisaient fourmiller Margaret dans ses endroits secrets ? Tout du long, elle ne cessa de songer à rassembler suffisamment de courage pour parler aussi audacieusement que l'avait suggéré Caro.

Même si Caro avait probablement raison pour l'enthousiasme avec lequel de telles paroles seraient acceptées par un homme, Margaret savait également qu'elle était incapable de proférer une chose qui soit si ouvertement érotique.

Une fois, et une fois seulement, Margaret avait été capable de réprimer sa propre personnalité timide pour se forcer à se comporter comme elle croyait que Caro l'aurait fait. Elle devait bien admettre que ce plan avait été une réussite fantastique. Elle ne doutait pas que son succès soit simplement dû au fait qu'elle ait imité Caro. Si la timide Margaret avait tenté de persuader John de lui permettre d'emménager avec lui, elle serait toujours en train de partager la chambre à coucher de Caro à Berkeley Square.

Margaret détermina que, lorsque la nuit viendrait, elle puiserait dans les réserves de courage qu'elle avait accumulées durant cette journée. Alors, elle oublierait sa personnalité réservée et lui parlerait ainsi que l'avait suggéré Caro.

Le lendemain à la même heure, elle espérait être mariée dans tous les sens du terme.

Quand ils parvinrent au numéro 7, Margaret fut surprise de ne pas voir la jolie calèche de la duchesse devant la porte. Elle et Mrs. Leander devaient sélectionner la nouvelle cuisinière ce matin-là. Quand Margaret et John entrèrent dans la maison, Clair se précipita pour les saluer. La sœur posée et cérébrale de Margaret ne s'était encore jamais comportée de façon aussi exubérante. Elle descendit les escaliers en coup de vent, ses cheveux battant dans toutes les directions tandis qu'elle pouffait comme une enfant de dix ans.

— Vous n'allez pas croire toutes les choses merveilleuses que cette journée a apportées !

Margaret dévisagea sa sœur.

— Impossible que la duchesse ait accouché quatre mois en avance, car cela ne serait *pas* merveilleux. Qui a-t-il de si parfaitement fantastique ?

— Elizabeth est avec Lady Haverstock.

— Son alitement est arrivé !

— Encore mieux ! Le bébé est là. Lord Haverstock a son héritier.

Margaret se souvint de la dernière fois, quand Lady Haverstock avait donné naissance à un enfant mort-né.

— Et l'enfant est en bonne santé ?

Clair hocha la tête.

— Haverstock en personne s'est précipité à Aldridge House ce matin pour dire à notre frère qu'il est père du fils le plus parfait. Un fils énorme. Lord Haverstock est d'avis que Lady Haverstock a porté l'enfant pendant dix mois.

— Ce sont de fantastiques nouvelles, n'est-ce pas, John ?

Margaret leva les yeux vers son époux. Elle ne doutait pas qu'il trouve ennuyeux de discuter de bébés, mais il tenta de feindre un intérêt pour le sujet.

— Je suis très content pour Lord Haverstock. Quel homme ne souhaite pas avoir un fils ?

La mention d'un *homme* et d'un *fils* dans une même phrase sortant de la bouche de son mari fit battre le cœur de Margaret. Était-il simplement poli ? Ou bien désirait-il vraiment un fils ? Côtoyer la jolie veuve et son petit garçon avait-il donné envie à John de fonder une famille ? Avec eux ? John souhaitait-il avoir un fils à lui avec Mrs. Weatherford ? Margaret savait que la plupart des hommes de leur classe sociale avaient des maîtresses, dont beaucoup leur donnaient des enfants illégitimes. Il n'y avait qu'à voir le frère du Régent, le duc de Clarence. Lui et Mrs. Jordan, l'actrice, avaient dix enfants, que le duc reconnaissait ouvertement.

Un mouvement au sommet des escaliers

accrocha l'œil de Margaret et, quand elle leva la tête, elle vit Caro qui les descendait gracieusement.

— Clair vous a-t-elle annoncé son extraordinaire nouvelle ? demanda Caroline quand elle atteignit la dernière marche.

Tous les yeux se braquèrent sur Clair.

— Avant d'aller à la Chambre des communes ce matin, dit Clair, Mr. Rothcomb-Smedley est venu me trouver. Il avait été incapable de trouver le sommeil.

Elle leva les yeux vers Caroline.

— Visiblement, je suis particulièrement redevable de votre plan avec Mr. Perry. Mon cher Richard a dit qu'il ne connaîtrait pas un moment de paix avant que je ne consente à devenir sa femme.

Margaret vola vers elle et faillit étouffer sa sœur dans de joyeuses embrassades.

— Cela est *vraiment* fantastique ! Vous étiez faits l'un pour l'autre.

John attendit que toutes ces étreintes cessent avant de lui présenter ses félicitations.

— Je suppose que cela signifie que Perry ne sera plus obligé de faire semblant de vous courtiser.

Clair hocha la tête.

— Je dois lui exprimer ma reconnaissance. Je dois mon bonheur à Mr. Perry.

Margaret haussa les épaules.

— Je suppose que Mr. Perry n'aura plus de raison de venir à Almack's ou dans ce genre d'endroits.

Caro la fusilla du regard.

Pour des raisons qui échappèrent à Margaret, elle se sentait poussée à titiller sa sœur favorite, certainement parce que Caro était tellement didactique.

— Tu devrais savoir que mon époux et ses amis ne goûtent guère les assemblées et les bals. Pas alors qu'il existe la camaraderie d'autres mâles et des activités qui leur donnent bien plus de plaisir.

Caro frappa du pied.

— Je refuse de croire cela. Pas alors que Mr. Perry est un danseur si doué.

John jeta aux deux sœurs un regard interrogateur.

— Perry danse divinement ?

Il se mit à rire.

— Un talent caché, je pense. Attendez que j'en parle à Arlington et Knowles.

— Nous verrons bien, dit Margaret à Caro. Mr. Perry est toujours parfaitement en mesure de te rendre visite. Après tout, ne m'as-tu pas dit que les hommes aiment le genre de sujets que tu as abordé avec lui la dernière fois ?

Il était choquant que Caro ait réellement dit à Mr. Perry qu'elle avait l'impression qu'il lui retirait tous ses vêtements. N'avait-elle aucune pudeur ? Cette simple pensée suffit à faire s'enflammer les joues de Margaret.

Cela dit, elle admirait le courage qu'avait sa sœur de poursuivre ses désirs. *Si seulement je pouvais ressembler davantage à Caro.*

Ce soir, je le ferai.

— Oh, ma chère, dit Clair, j'espère que si Mr. Perry commence à rendre visite à Caro, Mr. Rothcomb-Smedley ne devinera pas leur manigance qui l'a poussé à faire sa demande.

Caroline eut un air hautain en les dévisageant tour à tour.

— Si Mr. Perry se montre intéressé par le fait

de s'attacher mes affections, je lui demanderai de dire qu'il a transféré ses affections d'une sœur à l'autre.

John rit à nouveau.

— Perry n'a jamais été du genre à se laisser manipuler, mais loin de moi l'idée de savoir ce qui lui passe par la tête. En ce qui concerne Perry, vous m'avez déjà donné tort une fois, Lady Caroline.

— Mais, mon cher époux, ma sœur est plus que compatible avec votre ami. Caro obtient toujours ce qu'elle veut.

Les regards des deux sœurs se soutinrent.

Caroline jeta la tête en arrière et rit.

— Allons ! Je ne suis pas présomptueuse au point de tenter de manipuler un homme aussi obstiné que Mr. Perry.

Elle tentait manifestement d'apaiser John.

Et elle ne partageait manifestement pas le goût de sa sœur pour la vérité.

Entre temps, quelques-unes des autres veuves – particulièrement celles qui avaient des fils – s'étaient rassemblées autour d'eux, tous les jeunes garçons enthousiastes à l'idée de jouer au cricket avec Sa Seigneurie. Mrs. Weatherford se tourna vers Clair et fit la révérence.

— Permettez-moi de vous féliciter, Madame, sur votre futur mariage. Je vous souhaite d'être aussi heureuse dans le mariage que je l'ai été.

À la façon dont la veuve s'exprimait, on aurait dit qu'elle était toujours amoureuse de son époux. Son attirance pour John n'avait-elle donc été qu'une hypothèse jalouse de la part de Margaret ?

Alors que les garçons se rassemblaient autour de John, Margaret croisa son regard.

— Je m'en vais donner une leçon de piano, et

je suis vexée que vous m'ayez dérobé Robbie.

John haussa les épaules.

— Qu'y puis-je si les garçons préfèrent le cricket à tout le reste ? C'était la même chose pour moi quand j'étais un garçon.

— C'est toujours le cas !

Elle se haussa sur la pointe des pieds et lui effleura la joue d'un baiser avant d'aller gravir les escaliers.

Clair regarda Abraham, mais s'exprima comme si elle faisait une déclaration d'une grande importance.

— J'aurais dit que j'allais travailler avec Carter sur les comptes de la maison, mais je crois que l'élève a dépassé le maître.

— Ce n'est pas vrai, Madame, dit Carter en secouant la tête. Mais l'élève a certainement un excellent professeur.

— Je suis bien placée pour savoir que vous êtes un très bon étudiant, Carter, dit Mrs. Hudson. Il y a quelque chose dont j'aimerais discuter avec vous. Voudriez-vous me faire la bonté de m'accompagner pour une promenade autour de la place ?

— Certainement, Madame.

* * *

Alors que sa femme et la sœur de cette dernière allaient rendre visite au nouveau-né des Haverstock, John rentra à la maison. Sanford, un air troublé sur le visage, le retrouva dans le hall d'entrée.

— J'espère avoir agi correctement, Votre Seigneurie. Une visiteuse a insisté pour attendre votre retour.

Une visiteuse ? Il priait Dieu pour que ce ne soit pas Mary Lyle. À l'air perturbé de son majordome, John devinait que cette femme n'était pas le genre qu'il était habitué à voir dans une demeure raffinée sur Mayfair.

— Comment s'appelle cette femme ?
— Miss Margaret Ponsby.

Chapitre 20

Il n'avait pas songé au nom de la vieille fille de Windsor depuis des semaines. Comment l'avait-elle retrouvé ? Il avait fait attention à utiliser seulement son nom de famille de Beauclerc sur le contrat. Comment avait-elle appris que l'homme qu'elle avait eu l'intention d'épouser était le comte de Finchley ?

Pourquoi était-elle venue ce jour-là ? Il réalisa soudain que cette femme n'avait jamais reçu les cent guinées qu'il lui avait promises.

Il se dirigea à grands pas vers la bibliothèque et ouvrit la porte. Elle ne s'était pas assise, mais parcourait les titres sur ses étagères.

— Miss Ponsby ?

Elle se retourna. Cette femme aurait pu être sa mère. Dotée d'une chevelure noire légèrement veinée de gris, elle était laide. Quel contraste il existait entre les deux Margaret !

Il se remémora en un éclair l'angoisse qu'il avait ressentie après avoir épousé Maggie. À présent, il réalisait qu'une puissance divine devait avoir su ce jour-là ce qui lui convenait le mieux, avait dû avoir guidé les pas de cette créature sans défauts pour qu'elle devienne sa femme. Qu'avait fait John pour mériter une telle bénédiction ?

— Lord Finchley, je crois que vous êtes coupable d'avoir brisé un contrat passé avec moi.

— Je vous en prie, asseyez-vous.

Il se laissa tomber sur une chaise près de son bureau et l'observa.

— Je vous prie de m'excuser. Je suis obligé de vous verser cent livres. Vous en aurez deux cents. Je suis navré que vous ayez dû faire le chemin depuis Windsor.

Manifestement, cette femme savait que les Beauclerc étaient les comtes de Finchley.

Elle le fusilla du regard.

— Je veux une pension annuelle.

— Je ne suis pas un homme riche. La raison pour laquelle je souhaitais me marier était pour mettre la main sur l'argent de ma grand-mère. Cela n'a pas vraiment marché.

— Mais à présent, vous avez épousé une héritière. La fille d'un duc. Je crois que vous allez payer. Sinon je parlerai à votre grand-mère et au duc d'Aldridge de votre manigance matrimoniale.

Elle bluffait. À part lui, personne d'autre que Maggie, Perry et son notaire n'étaient au courant de son stratagème. Tous étaient absolument dignes de confiance. Tout ce qu'elle croyait savoir n'était que pure conjoncture. Même si elle avait visé juste.

— Rien ne vous empêche de le faire. Mais vous n'obtiendrez pas un centime de ma part.

Il vit ses épaules s'affaisser. Elle avait l'air terriblement défaite. Il s'en voulait d'avoir oublié de lui envoyer les cent livres. Elle avait l'air d'en avoir besoin.

— C'était impardonnable de ma part de ne pas vous avoir envoyé l'argent.

Il ouvrit le tiroir de son bureau où il gardait une bourse pleine de pièces d'or. Il y en avait au moins une centaine.

— Je vous prie, Miss Ponsby, d'accepter ceci, en redevance partielle de ma dette envers vous. Il y en a cent. Je demanderai à mon notaire de vous en envoyer cent autres à Windsor dans la semaine.

Cette fois, il n'oublierait pas la pauvre femme. Il se redressa et alla à elle.

Elle se leva et accepta la bourse, puis commença à quitter la pièce. Quand elle parvint à la porte, elle se retourna.

— Vous êtes tombé amoureux de Lady Margaret, n'est-ce pas ?

Il écarquilla les yeux. Puis il hocha la tête.

John Beauclerc, comte de Finchley, ne mentait jamais.

* * *

Margaret et Caroline s'étaient rendues à Haverstock House pour voir le nouveau-né. La marquise, vêtue de dentelle blanche, était assise sur son lit, calée sur des oreillers, entourée de ceux qui l'aimaient. Le marquis était installé sur le côté du lit, tenant la main de sa femme. Était-ce le soleil qui passait à travers la croisée et les illuminait comme des déités dans des tableaux de la Renaissance, ou bien irradiaient-ils réellement tous les deux ? se demanda Margaret.

Le bébé dormait dans un berceau situé près du lit, tandis que Lady Lydia lui consacrait toute son attention.

— Vous venez de rater la duchesse, dit Lady Haverstock. Elle a été là toute la journée, mais Aldridge a insisté pour qu'elle rentre se reposer.

— Mon ami, expliqua Lord Haverstock, s'inquiète pour le bébé que porte ma sœur.

— Il est aussi terrible que l'était Morgie, dit Lady Lydia en secouant la tête.

— Où *est* Morgie ? demanda Lord Haverstock.

Lydia sourit.

— Il a décidé qu'il voulait emmener son fils

faire un tour dans le parc. Il ne veut pas l'admettre, mais il est extrêmement fier du petit Simon.

Lord Haverstock leva les yeux au ciel.

— Il ne veut peut-être pas l'admettre, mais c'est un papa très fier. Tout le monde à White's sait que le premier mot du petit bonhomme a été *Papa*.

Ce fut au tour de Lydia de lever les yeux au ciel.

— Je crois que tout le monde est fatigué d'entendre que Simon manifeste un athlétisme extraordinaire juste parce qu'il a marché si tôt.

Margaret vint se placer sur le berceau et regarda le bébé endormi. Comme ses parents, il avait les cheveux sombres, mais ses petites mèches étaient beaucoup plus fines, comme du duvet. Il était vraiment petit, même s'il était de bonne taille pour un nouveau-né. Il n'avait pas le teint rougeaud de ceux qui venaient à peine de sortir du ventre. Avec son teint lisse et uni, il semblait avoir un mois déjà. Il était terriblement mignon.

— Vous avez un beau bébé, tous les deux.

— Merci, dit la marquise à voix basse avant de jeter un œil à sa sœur. Je n'en peux plus. Je crois que cela fait une demi-heure que je n'ai pas tenu notre petit ange. Je vous prie de me le donner.

Lydia était rayonnante.

— Toute excuse est bonne pour le prendre dans mes bras.

Elle tendit les mains et enroula une fine couverture autour du nourrisson endormi, puis elle le souleva en gazouillant, lui déposant de légers baisers sur le sommet du crâne tandis qu'elle le donnait à sa mère.

— J'ai l'impression que c'était la semaine dernière seulement que Simon était aussi petit.

Margaret se dit que les gazouillis et les baisers que Lady Haverstock fit au bébé endormi étaient indissociables de ceux de Lady Lydia. Quelle ravissante mère elle faisait, dans sa dentelle blanche, ses mèches sombres recourbées autour de son beau visage. L'image qu'elle renvoyait alors qu'elle regardait son enfant avec adoration, son mari aimant penché sur eux, était digne d'un tableau de Raphael.

Margaret aurait tellement aimé pouvoir tenir l'enfant ! Mais Lady Haverstock avait attendu tellement longtemps que ce jour vienne que Margaret n'avait pas le cœur de le lui retirer. La prochaine fois peut-être.

— J'espère qu'il a la beauté de sa mère, murmura Lord Haverstock.

Lady Haverstock secoua la tête en riant.

— J'espère qu'il ressemblera à son papa.

— Vos souhaits importent peu, les gourmanda Lydia.

Alors qu'elle se tenait là, dans la chambre de la marquise, Margaret fut prise d'une intense sensation de vide. Elle aurait voulu que John l'aime comme Haverstock aimait son Anna, comme Morgie aimait Lydia. Elle voulait un fils, un fils né de leur amour. Comme les Haverstock et les Morgan. Là, au milieu de leur bonheur et de leur gaieté, elle ne s'était jamais sentie plus esseulée.

En retournant à Finchley House, elle se dit que la présence de John pourrait dissiper son voile de mélancolie. Elle était déterminée à se forcer à se comporter comme si elle était Caro. Elle invoquerait tout son courage et lui parlerait du désir qui le faisait vibrer à chaque fois qu'elle était avec lui. Elle connaissait assez les hommes et leurs désirs pour savoir que ce serait difficile pour un homme de ne pas mordre à un tel hameçon.

Quand elle arriva chez elle, la maison était silencieuse. Elle gravit les escaliers qui menaient à sa chambre, n'entendant rien qui aurait pu indiquer que John soit là.

Par habitude, elle se dirigea d'abord vers sa chambre. Annie avait laissé une bougie allumée près du lit et un feu brûlait dans le foyer. Son regard fila vers son vestiaire, qui jouxtait celui de son mari. *Je dois me comporter comme Caro.* Elle inspira profondément pour se donner du courage.

Enhardie, elle traversa son vestiaire puis celui de son mari et parvint à sa chambre, où le valet de John ramassait ses bottes laissées par terre.

— Oh, Madame, vous venez de rater Sa Seigneurie.

— Est-il... est-il parti pour la nuit ?

— Oui. Il m'a dit de ne pas l'attendre.

Elle se sentit encore plus esseulée, s'il était possible. Son espoir secret de consommer ce mariage ce soir-là venait d'être réduit à néant.

* * *

White's était presque désert ce soir-là.

— Où diable sont-ils tous ? demanda John à Arlington.

Knowles répondit.

— La Chambre des communes vote sur le projet d'imposition, ce soir.

Même s'il n'avait jusque-là ressenti que peu d'intérêt pour la sphère politique, John réalisa que la sœur de sa femme allait bientôt devenir l'épouse du puissant Mr. Rothcomb-Smedley, et John n'avait pas envie de passer pour l'idiot de la famille.

— Que diriez-vous d'aller nous asseoir dans la galerie ce soir ?

Perry fronça les sourcils.

— Ne me connaissez-vous pas depuis vingt ans ?

— Si, répondit John.

— Et au cours de ces deux décennies, ai-je jamais manifesté le moindre intérêt pour les affaires du gouvernement ?

— Vous n'avez manifesté un intérêt que pour la boisson, le jeu et les prosti...

Knowles coupa la parole à Arlington.

— Vous n'avez assurément jamais manifesté un intérêt pour vos études.

Perry jeta un long regard à la boîte de Faro sur la table d'à côté, puis fusilla Knowles du regard.

— Je vous en prie, éclairez-moi sur le besoin que j'aurais de parler latin. Ou grec. Cela fait presque sept ans que j'ai quitté l'université et je ne me souviens pas d'une seule occasion où j'ai eu besoin de telles connaissances.

Knowles haussa les épaules.

— C'est l'une des compétences nécessaires pour un gentleman.

Perry rit.

— Je préfère être une canaille.

Il se tourna pour croiser le regard de John.

— Dans la même veine, j'ai une bonne surprise pour vous, vieux camarade.

— Quoi donc ?

— Nous partons tous à Brighton demain pour voir le steeple-chase entre Brighton et Hove. J'y ai loué une maison pour nous et nous aurons tous le réconfort féminin qu'un homme peut espérer trouver. Savez-vous, Finch, que Mary Lyle dit qu'elle veut vous revoir ? Je me suis arrangé pour qu'elle vienne.

— Et, ajouta Arlington, je doute qu'Aldridge ait des espions sur la côte. Vous pourrez vous ébattre à cœur joie.

S'il avait envie de s'ébattre.

Alors que John se tenait face à ses amis de toujours, il commença à se sentir exclu. Il n'avait pas envie d'aller à Brighton. Il n'avait jamais envie de revoir Mary Lyle ou d'autres femmes de son acabit. Il aurait préféré observer l'action dans la Chambre des communes ce soir-là plutôt que de rester à White's avec ses amis dissolus, à boire du brandy et à jouer au Faro.

Depuis qu'il avait huit ou neuf ans, il s'était laissé dicter sa conduite par le populaire Christopher Perry. Cela allait cesser.

Il inspira profondément.

— Si personne n'a l'intention d'aller observer les procédures parlementaires en ma compagnie, j'irai seul.

Perry haussa un sourcil.

— Nous partons pour Brighton demain à la première heure.

John regarda Perry.

— Je n'y vais pas.

— Ce n'est pas comme si Aldridge allait avoir des espions à l'intérieur de la résidence de Perry, dit Arlington. Nous nous assurerons que les femmes restent à l'intérieur, si c'est ce qui vous inquiète.

John regarda successivement ses trois amis.

— Ma décision n'a rien à voir avec le duc d'Aldridge.

Perry se mit à ricaner.

— Je vois. Vous avez enfin couché avec Lady

Finchley.

— Et pourquoi un homme ne pourrait-il pas coucher avec sa propre femme ? le défia John.

Cela ressemblait à un mensonge. Il ne mentait jamais – jamais – à Perry. Ce soir, pourtant, il voulait que Perry pense que Maggie et lui étaient mariés de cette façon la plus vitale.

— Ne vous êtes-vous jamais dit qu'un homme pouvait se lasser de la débauche ?

Il songea à Georgie Weatherford, à la perspective de devenir père. Il songea à Rothcomb-Smedley et à ses devoirs au Parlement. Il songea à Haverstock et Aldridge, si sérieux, dont personne ne pouvait dire qu'ils n'étaient pas des hommes honorables.

Il se sentait moins comme un homme et davantage comme un garçon.

— J'ai envie de faire la fierté de ma grand-mère et de ma femme. J'ai même pensé briguer mon siège à la Chambre des Lords.

— Posez votre main sur son front, Knowles, lui ordonna Perry. La fièvre doit faire délirer Finch.

— Je ne me suis jamais senti mieux. Je choisis de me comporter comme un homme.

Il tourna les talons et partit.

Il était presque honteux d'admettre qu'il avait vingt-six ans et n'avait jamais une seule fois porté assez d'intérêt aux procédures de la Chambre des communes pour assister à une session à la chapelle St. Stephens dans le palais de Westminster. Il s'y prit à deux reprises avant de parvenir à trouver St. Stephens et gravir les escaliers qui menaient à la galerie, où il se serra dans l'un des derniers sièges restants. En contrebas, les membres – certains bruyamment – discutaient des mérites du projet d'imposition.

Il se prit à admirer Rothcomb-Smedley. Il n'avait certainement pas plus de vingt-cinq ans et occupait déjà l'un des postes les plus importants au gouvernement. Simplement à cause de son dévouement et de sa noblesse de caractère.

En passant, John se demanda si à la même époque l'année suivante, Rothcomb-Smedley et Lady Clair auraient un fils. Comme leurs vies seraient comblées.

Particulièrement comparées à celle de John.

Durant un temps mort pendant la procédure, son regard erra puis croisa celui du duc d'Aldridge. Son beau-frère n'était pas à plus de vingt pas de lui. Leurs regards se soutinrent. Le duc hocha la tête puis s'adressa à l'homme assis à côté de lui, qui s'assit une rangée plus bas. Aldridge fit signe à John de venir s'asseoir à côté de lui.

Il s'excusa et un instant plus tard, il s'installait sur le banc près d'Aldridge.

— Je ne savais pas que vous vous intéressiez à des sujets comme les lois sur l'imposition, dit le duc.

— Mes intérêts sont en train de changer. D'ailleurs, je songe sérieusement à briguer un siège à vos côtés à la Chambre des Lords.

Un sourire monta lentement aux lèvres du duc.

— Je vous aiderai de mon mieux.

— Tout comme je vous aiderai.

Aldridge l'observa pendant un long moment.

— Alors vous soutenez l'augmentation des impôts ?

— Comment ne pourrais-je pas le faire alors que c'est tellement nécessaire ?

Le sourire qu'Aldridge lui adressa donna l'impression à John de savoir ce que cela faisait que d'être couronné.

Une fois les votes décomptés et l'acceptation de la mesure proclamée, tous les hommes aux alentours se mirent à serrer la main du duc, leurs visages illuminés de satisfaction.

— Vous devez être très fier, dit un homme à Aldridge, puisque vous êtes l'inspiration de cette loi.

— Wellington se prosternera sans aucun doute à vos pieds, dit un autre.

— Cela a été une journée mémorable, c'est certain, dit le duc.

John songea à la demande en mariage de Rothcomb-Smedley et au nouveau-né des Haverstock. Et désormais, le projet d'imposition était validé. C'était véritablement une journée mémorable.

Il aurait aimé pouvoir se précipiter à la maison pour faire part de ces bonnes nouvelles à Maggie. Elle aurait été fière du succès de son frère. Mais le temps qu'ils quittent St. Stephen, trois heures du matin avaient sonné. Maggie serait endormie dans son lit.

Chapitre 21

Quand elle se réveilla le lendemain matin, sa femme de chambre lui tendit une lettre de son mari. Même s'ils étaient mariés depuis plus de deux mois, elle n'avait jamais vu son écriture. Un sourire lui monta aux lèvres quand son regard passa sur la page. Son écriture exprimait les mêmes traits légers, insouciants et jeunes qui caractérisaient John. Elle ressemblait en tous points à celle d'un jeune homme de seize ans.

Très chère Maggie,

Je suis obligé de ne pas me rendre à Trent Square aujourd'hui, car d'autres affaires d'importance requièrent mon attention. Je pense être parti toute la journée, mais je vous prie de me retrouver à dîner chez ma grand-mère. J'ai envoyé une lettre similaire à celle-ci, l'informant de mon intention de passer la soirée avec les deux femmes les plus importantes de ma vie. Si tout se passe bien, je serai libre de vous faire une annonce qui – je l'espère – vous fera plaisir à toutes les deux.

Avec affection,

John

Qu'elle soit la seule personne qui l'appelle John et qu'il soit le seul à l'appeler Maggie avait toujours le pouvoir de la réjouir. Il était pathétique qu'elle tire son plaisir de choses si banales.

Le plaisir qu'elle tira du mot de son mari,

cependant, n'était pas une petite chose. Il avait dit qu'elle était l'une des femmes les plus importantes de sa vie ! Il voulait passer la soirée entière avec elle. D'autres briques avaient été posées dans les fondations de leur mariage.

Cette lettre était bien mystérieuse. Quel genre d'annonce pouvait-il faire qui aurait pu faire plaisir aux deux femmes ? S'était-il engagé résolument à ne plus parier de fortes sommes d'argent ? Avait-il – après la mort tragique de son père – décidé de ne plus toucher à l'alcool ? Même si elle aurait aimé qu'il promette de rester à l'écart des filles de mauvaise vie, elle connaissait assez bien son mari pour comprendre qu'il n'aborderait jamais un tel sujet en présence de sa grand-mère.

La façon dont elle avait fini par si bien le comprendre était résolument mystérieuse. Elle n'avait jusque-là jamais été une personne particulièrement intuitive, mais avec lui, elle l'était. C'était comme s'il y avait une connexion magique entre eux. Elle ne se souvenait pas d'une seule occasion où son instinct le concernant l'avait induite en erreur.

Dès le début, elle avait compris sa grande aversion pour le mariage. Elle savait qu'il avait adopté la liberté afin de chercher le plaisir avec un appétit vorace. Elle avait su qu'il aurait préféré être avec ses amis plutôt que de se mêler à la bonne société.

Elle avait également compris que même s'il méritait sa réputation de vaurien, sa bonté intrinsèque détonait avec les actes qui l'avaient défini durant la décennie passée. Sa grand-mère voyait sous son comportement insouciant l'homme remarquable qu'il était réellement.

Du côté de Margaret, elle avait toujours

ressenti un lien exclusif avec lui. Son attirance avait été présente d'aussi loin que remontaient ses souvenirs. Personne, aucun obstacle et aucune chose n'avaient été capables d'en atténuer la férocité.

Elle aurait aimé que sa grand-mère puisse le voir avec Georgie et les autres garçons. Quelque chose fondait à l'intérieur d'elle. Elle aurait tellement voulu qu'il ait son propre fils. Quel père merveilleux il aurait fait. Sa grand-mère le savait.

À présent, Margaret le savait aussi. Elle avait beau désirer avoir son propre fils, elle voulait que John devienne père avec encore plus de passion.

Je dois imiter Caro.

Elle avait dans les mains le pouvoir de voir ce rêve devenir réalité. Si seulement elle parvenait à le séduire. Tous les subterfuges vaudraient le coup si elle parvenait à le convaincre de la mettre enceinte, car il adorerait avoir un fils. Elle adorerait avoir un fils. Et Grand-mère adorerait avoir un petit-fils.

Après s'être habillée, elle se hâta de descendre et de retrouver Mrs. Primm.

— Savez-vous si nous avons du champagne, ici, à Finchley House ?

— Je crois que nous en avons une caisse rangée dans la cave à vin.

— Je vous prie de l'envoyer chez la douairière sur Berkeley Square avec un mot expliquant que Lady Finchley la lui envoie pour la fête de ce soir.

Margaret avait beau être déterminée, elle savait qu'elle aurait besoin de toute l'aide disponible.

* * *

C'était la première fois depuis plusieurs semaines qu'elle se rendait à Trent Square et n'y trouvait pas son mari. Tous les garçons étaient terriblement déçus.

Mrs. Weatherford l'était également, à en juger par l'expression de déception sur son joli visage.

— Je crois, dit la veuve, que j'en ai appris suffisamment sur le cricket pour pouvoir les y emmener aujourd'hui.

— C'est une belle journée, dit Margaret.

— Venez-vous avec nous ou bien est-ce le jour du piano ?

— C'est le jour du piano, dit Margaret en feignant la déception.

Mikey se précipita vers elle, levant ses petits bras. Il avait beau énormément aimer Margaret, elle savait qu'il voulait surtout faire le manège. Elle le serra contre elle un instant, lui plaquant des baisers sur la joue, puis elle le fit tourner tandis qu'il poussait des cris.

Sa mère resta à les regarder, un sourire sur le visage.

Margaret le reposa et regarda sa mère.

— Comment est la nouvelle cuisinière ?

— Rien à redire.

Margaret aida Mrs. Weatherford à rassembler l'équipement de cricket que John avait laissé puis à rassembler tous les garçons dans le parc.

Quand elle retourna dans la maison, Mrs. Hudson descendait les escaliers, une expression rêveuse sur le visage.

Pour une raison qu'elle ne put expliquer, le regard de Margaret se dirigea vers la main gauche de la veuve. Tous les jours depuis que les deux femmes s'étaient rencontrées un an auparavant, Mrs. Hudson avait porté l'anneau de mariage en or de son défunt mari.

Mais pas ce jour-là.

Margaret lui sourit.

— Puis-je vous parler en privé, Madame ?

— Voulez-vous aller faire un tour sur le trottoir ? demanda Margaret. C'est une belle journée.

— Oui, j'aimerais bien.

Elle jeta un œil à Carter.

— Pouvez-vous vous occuper de Louisa ?

Il lui répondit d'un air tout aussi rêveur.

— Vous n'avez pas besoin de me le demander.

— J'ai de la chance d'avoir Carter dans la vie de Louisa. Aucun père naturel n'aurait pu être plus aimant.

Les femmes quittèrent le numéro 7 et se mirent à marcher le long des maisons du square.

— Je voulais que vous soyez la première à savoir, dit Mrs. Hudson.

— Que j'avais raison lorsque je disais qu'Abraham Carter était amoureux de vous ?

Mrs. Hudson hocha timidement la tête.

— Après que vous m'avez parlé ce jour-là, j'ai réalisé que les sentiments que j'entretenais pour lui étaient très tendres.

— Mais vous étiez trop timides tous les deux pour révéler ces sentiments.

L'autre femme hocha solennellement la tête.

— Il a un caractère si noble que je savais qu'il n'aurait jamais fait le premier pas.

— Alors qu'avez-vous fait ?

— J'ai prié Dieu de me donner le courage de lui déclarer mes sentiments. J'ai répété ce que j'allais dire pendant des journées entières. Et finalement, je me suis dit que je tenais la clé de mon bonheur entre mes mains. Ne pas agir risquerait de nous punir tous les trois, de nous déposséder de toutes les choses que je partageais autrefois avec ce cher Harry.

— Alors vous avez fini par réaliser que vous étiez destinée à vous remarier ?

Mrs. Hudson hocha la tête.

— Je ne vois pas de meilleur homme à qui m'unir qu'Abraham.

— C'est vrai.

Margaret ralentit.

— Alors j'en déduis que le Seigneur vous a donné le courage ? Dites-moi, comment y êtes-vous parvenue ?

Margaret pouvait peut-être apprendre quelque chose de cette femme.

— Je me suis d'abord arrangée pour rester seule avec lui.

Elle déglutit.

— Étant donné que vous êtes une femme mariée, je peux vous dire que, puisque j'ai déjà été mariée, j'ai quelques connaissances sur l'intimité physique. Je sais comment jauger la réaction d'un homme.

C'était exactement le genre d'informations que Margaret avait besoin d'entendre.

— Avec un véritable gentleman, la femme a souvent besoin de faire le premier pas.

Margaret songea au Baiser. John avait beau l'avoir apprécié – de cela, elle ne doutait pas – , il ne l'avait pas initié. Et il ne l'aurait pas fait. Il la respectait trop. C'était bien dommage.

— Alors qu'avez-vous fait ?

— D'abord, je lui ai demandé de se promener avec moi comme nous le faisons actuellement. Je lui ai dit que j'avais besoin que nous discutions de quelque chose concernant les comptes de la maison. Puis j'ai réussi à passer mon bras dans le sien. C'était la première fois que nous entrions en contact depuis notre rencontre voilà près d'un an.

C'était tout de même figé et formel.

La veuve rougit.

— Puis, cela m'embarrasse de vous le dire, mais je me suis assurée que les côtés de mes seins frottent contre lui.

Margaret se demanda si Mrs. Hudson avait alors regardé la partie inférieure du torse d'Abraham pour voir si elle faisait ce canon dont Caro lui avait parlé.

— Je... je crois qu'il n'est pas resté indifférent à cette intimité.

Alors elle avait bien regardé son endroit personnel ! Vraiment, Margaret n'aurait pas dû songer aux parties intimes de son ancien valet.

— Une fois que j'ai eu fini de discuter des livraisons qui devaient être payées ce jour-là, nous sommes revenus au numéro 7. Arrivés devant la porte d'entrée, je me suis arrêtée. Je me suis mise sur la pointe des pieds et ai déposé un baiser sur sa joue.

— Avez-vous dit quoi que ce soit ?

— Je l'ai remercié d'être l'homme le plus important dans ma vie.

— Et il vous a simplement laissée rentrer dans la maison ?

Un sourire monta au visage de Mrs. Hudson.

— Non, en réalité. Il m'a dit que j'étais la femme la plus remarquable qu'il avait jamais rencontrée et que si je ne portais pas toujours le deuil de mon mari, il aurait aimé prendre soin de moi pour toujours.

— Alors vous allez vous marier ?

La veuve hocha joyeusement la tête.

— Nous voulions attendre pour le dire aux autres que j'aie eu l'occasion de vous parler.

Mrs. Hudson serra la main de Margaret.

— Nous vous devons notre bonheur.

Margaret prit les deux mains de l'autre femme.

— Un véritable amour comme le vôtre aurait trouvé un moyen, mais je suis heureuse d'avoir pu aider à accélérer les choses. Vous ne pouvez pas savoir à quel point cela me fait plaisir. Je sais que vous serez très heureux ensemble.

* * *

Plus tard dans la journée, Margaret demanda à son cocher de s'arrêter à St George, sur Hanover Square. Elle ne cessait de penser aux paroles de Mrs. Hudson sur le fait que la clé de son bonheur reposait entre ses mains. C'était pareil pour Margaret. Comme Mrs. Hudson, elle devait prier pour avoir le courage de faire voir à John à quel point ce mariage entre eux pouvait être positif.

Il faisait à présent bien plus chaud dans l'église qu'en ce jour passé où elle avait épousé John. Ce jour-là, il faisait froid.

Comme en ce jour, elle avait l'église pour elle, et comme en ce jour fortuit, elle se dirigea vers les cierges sur le côté du bâtiment et en alluma un avant de s'agenouiller pour prier.

Cher Seigneur, Vous m'avez autrefois donné le courage d'imiter ma sœur, et il en a résulté l'accomplissement de mon espoir le plus précieux. À présent, je vous prie à nouveau de me permettre de parler à mon mari comme devrait le faire une véritable épouse. Je vous prie de m'octroyer la consommation bénie de ce mariage que j'ai désiré toute ma vie et qui, je le sais, sera bénéfique pour lui aussi. Je demande tout ceci en Votre nom.

* * *

Ne laissant rien au hasard, Margaret choisit sa robe pour la fête mystérieuse de la soirée. Elle revêtit ce qu'elle avait appelé sa robe de mariage.

C'était celle qu'elle s'était fait confectionner pour le bal de la douairière. C'était celle qu'elle avait portée la seule fois où John et elle avaient échangé un baiser passionné.

Le seul.

Elle se souvenait encore de l'approbation avec laquelle il l'avait regardée cette nuit-là, se rappelait encore l'émoi provoqué par ses compliments sincères. Cela avait été la nuit la plus romantique de sa vie.

Cette nuit-là serait encore plus romantique.

Quand elle fut habillée, sa femme de chambre agrafa les diamants autour de son cou et fit un pas en arrière pour contempler sa maîtresse.

— Oh, Madame, vous êtes belle !

Margaret sut qu'elle était au summum de sa beauté.

Elle se redressa et jeta un long regard dans le miroir.

Elle ne négligerait aucune arme dans cette guerre d'amour.

Même le champagne.

Chapitre 22

— Comme vous êtes belle, ma chère, s'exclama la douairière lorsque Margaret pénétra dans le salon. Je vous en prie, venez vous asseoir à mes côtés.

Elle tapota le sofa de soie sur lequel elle était assise.

— J'avais envie de porter ma plus belle robe pour cette occasion.

— C'est celle que vous portiez la nuit du bal, n'est-ce pas ?

Margaret hocha la tête.

— John Edward n'a pu s'empêcher de vous regarder toute la soirée. Même lorsqu'il dansait avec vos sœurs, c'était toujours la vision de votre beauté qui avait attiré son attention toute la soirée.

— J'aurais bien aimé le savoir.

Elle ne s'était jamais sentie plus jolie que cette nuit-là. Elle avait su que John l'avait trouvée jolie, avait su qu'il l'avait trouvée désirable. Ce soir, elle souhaitait retrouver toute cette magie.

Et faire monter les choses d'un cran.

— J'en déduis que John Edward sera bientôt là ?

— Je n'en sais pas plus que vous.

La vieille femme écarquilla les yeux.

— Alors vous ne savez pas non plus quelle est sa surprise ?

Margaret secoua la tête.

— Je suis complètement dans le noir.

— Et pourtant, vous vous attendez à une bonne nouvelle ?

— Effectivement. Je ne sais pas ce que c'est, mais je sais qu'il a connu de nombreux changements au cours des deux derniers mois. Je crois qu'il va vous rendre fière de lui.

— Je ne suppose pas que *vous* ayez une annonce à me faire ?

Margaret secoua tristement la tête.

— Rien ne saurait me rendre plus heureuse.

Enfin, il y avait bien quelque chose...

— Prendrez-vous du champagne ?

— Oui, merci.

— Comme c'est prévenant de votre part de m'en avoir envoyé pour notre fête. Quelle qu'elle soit.

Alors que Margaret finissait son premier verre de champagne, elle entendit les pas lourds d'un homme dans le couloir. Ceux de John. Elle avait appris à distinguer son pas de celui des autres hommes. Son pouls s'emballa quand elle tourna les yeux vers la porte.

Même s'il ne s'était pas changé pour le dîner, il restait divinement beau dans ses pantalons gris et sa veste bleu foncé. Une très légère barbe sombre sur les pans de son visage indiquait une masculinité qui fit battre son cœur d'autant plus vite.

Il se tenait dans l'encadrement de la porte, son regard balayant la pièce avant de s'arrêter sur elle. Son expression passa du détachement à l'intensité. Ses yeux sombres la parcoururent, brûlants. Puis il leva la tête. Leurs regards se croisèrent et il sourit.

— Vous êtes belle.

— Merci, murmura-t-elle.

— Vous êtes juste à temps pour le dîner, dit la douairière. Je vous en prie, aidez une vieille dame à se redresser.

Il se précipita vers sa grand-mère pour lui porter assistance.

— Ce serait un honneur que d'escorter deux jolies dames jusqu'à la salle à manger.

Alors qu'ils se dirigeaient vers cette pièce, la douairière dit :

— N'allez-vous pas me demander ce que nous allons manger ?

— J'espérais que ma Grand-mère serve à son petit-fils son repas préféré.

Margaret resta interloquée un instant. Enfin quelque chose qu'elle ne savait pas intrinsèquement à propos de son mari.

La vieille femme soupira.

— Visiblement, je ne semble pas capable de vous surprendre. Vous lisez en moi comme dans un livre ouvert.

La douairière avait arrangé les chaises afin qu'ils puissent tous les trois dîner de façon intime sans avoir besoin de crier en travers de la table. Margaret était à la gauche de John, sa grand-mère à sa droite.

— Savez-vous que votre femme a fait envoyer une caisse de champagne pour nous ce soir ?

Les yeux brillants de John rencontrèrent ceux de Margaret.

— Je vous remercie d'y avoir pensé.

Un valet commença à leur verser à chacun un verre de champagne tandis qu'un autre apportait une soupière de soupe de tortue légère.

Une fois que leurs bols furent remplis, la douairière se tourna vers son petit-fils.

— Eh bien, John, je ne peux plus attendre.

Quelles sont ces nouvelles réjouissantes dont vous vouliez nous faire part ?

* * *

Il prit une grande inspiration.

— J'espère que cela vous fera plaisir à toutes les deux.

Son regard alla vers sa grand-mère.

— Vous me demandez depuis longtemps de faire preuve de maturité.

— Je ne veux pas que vous trouviez la mort trop vite comme votre père téméraire.

Il hocha la tête puis se tourna vers Maggie. Son doux visage était illuminé par la lueur tamisée des bougies fixées au lustre suspendu au-dessus d'eux.

— Et vous avez dit quelque chose voilà quelque temps qui a donné naissance à une idée qui a pris racine.

Elle haussa des sourcils interrogateurs.

Il lui tapota la main.

— Vous êtes une femme trop parfaite pour essayer de me dicter ma conduite. Vous avez simplement dit...

— Que je pensais que vous feriez un très bon représentant au Parlement ?

Il sourit. Cette femme avait appris à si bien le connaître qu'elle finissait ses phrases.

— Oui.

— Cela signifie-t-il que... ?

Sa grand-mère le dévisagea, ses yeux clairs brillant de bonheur.

Il hocha la tête, penaud.

— J'ai passé la journée à m'éduquer sur la manière dont je pourrais devenir un membre important de la Chambre des Lords.

Il regarda à nouveau Maggie.

— J'ai passé la matinée avec votre frère. Il s'est montré immensément serviable. Puis j'ai discuté avec Lord Haverstock.

— Deux des meilleurs hommes du royaume, dit la douairière.

— Depuis que je vous ai épousée, dit-il à Maggie, j'ai réalisé qu'il y a dans la vie des choses plus importantes que la recherche constante du plaisir. Si je pouvais avoir la moitié de la diligence de votre frère et de Lord Haverstock, je me considèrerais satisfait.

— Je sais que vous le serez, mon garçon. J'ai toujours dit que vous possédiez de l'honneur.

Maggie sirota son champagne.

— Votre grand-mère raison.

Un valet entra dans la chambre, portant un plateau couvert d'une cloche.

— Quel est votre mets préféré, très cher ? demanda Maggie.

Il s'était finalement habitué à être le *très cher* de Maggie, à tel point que si elle devait s'arrêter de s'adresser à lui de la sorte, il serait déçu.

— Et moi qui croyais que vous saviez tout de moi.

— Vous devez admettre ne jamais avoir montré beaucoup d'enthousiasme à dîner avec votre femme.

— Vous êtes un ange de tolérer ainsi mon comportement.

Elle reposa sa coupe de champagne.

— J'aime être mariée avec vous.

Maggie ne mentait pas. Voulait-elle réellement dire qu'elle aimait être mariée ? Son cœur martela. Dieu, il aurait voulu qu'elle devienne sa femme de toutes les façons.

Elle inspira profondément.

— Laissez-moi deviner. Du homard.

Il eut un petit rire puis regarda sa grand-mère.

— La femme que j'ai épousée me connait mieux que vous. Parfois, je crois qu'elle lit dans mes pensées.

— C'est ainsi que cela se passe dans les mariages solides, mon garçon. Vous apprendrez aussi à lire son esprit.

C'était un talent qu'il semblait effectivement être en train d'acquérir.

Il ôta la cloche et fit passer l'assiette de homard.

— Un homme qui va devenir un membre important du Parlement doit avoir une fortune à sa disposition, dit Grand-mère.

Que diable essayait-elle de dire ? Ne voulait-elle donc *pas* qu'il serve à la Chambre des Lords ? Il l'observa en fronçant les sourcils.

— Je prendrai contact avec mon notaire demain pour faire un généreux versement à mon petit-fils favori.

L'air qu'il avait retenu dans ses poumons s'échappa à grand bruit.

— Je vous serai très reconnaissant, et je vous jure de ne pas gaspiller un centime.

La petite bouche rose de Grand-mère se courba en un sourire et ses yeux bleus eurent une lueur de satisfaction.

— Oh, mon garçon, c'est une première.

— Quoi ?

— Vous avez juré. Compte tenu de votre prédilection pour l'honnêteté, c'est aussi valide qu'un contrat signé.

Tout au cours du dîner, il ne cessa de remplir la coupe de champagne de sa femme, sans cesser de se remémorer la dernière fois où elle en avait consommé une grande quantité. Elle lui avait demandé de l'embrasser. Il voulait l'embrasser à nouveau.

Nul baiser ne l'avait affecté aussi profondément que Le Baiser. Une fois le dîner terminé, il songeait simplement à se retrouver seul dans la calèche avec Maggie. À l'embrasser. À l'aimer.

* * *

Maggie n'était pas aussi grise que la dernière fois qu'elle avait ingéré de grandes quantités de champagne, mais il se sentit forcé de la soutenir tandis qu'ils se dirigeaient vers la voiture. À l'intérieur, elle se rapprocha de lui autant que possible.

Enfin. Ils étaient seuls dans la calèche. Alors qu'il restait à réfléchir à la façon de faire le premier pas, son épouse l'étonna. Elle posa la main très haut sur les muscles à l'intérieur de sa cuisse et se mit à tracer des cercles sensuels.

Il eut le souffle court et connut une excitation immédiate.

Elle ouvrit les paupières et s'exprima à voix basse.

— Vous aimez ma robe ?

— Elle est belle. Vous êtes belle.

— Une telle robe permet d'explorer. J'aimerais sentir vos lèvres frôler mon cou, ma poitrine... et même plus bas, dit-elle d'une voix aussi séduisante qu'un murmure.

Il grogna et la prit dans ses bras pour le baiser le plus passionné de sa vie. Elle ouvrit la bouche volontiers et avidement, et il se perdit dans les sensations tourbillonnantes d'un plaisir quasiment intolérable.

Ses lèvres descendirent le long de son cou élégant, de ses épaules lisses, et encore plus bas.

Il rabattit le corsage de sa robe, libérant un sein. Margaret retint son souffle quand sa bouche se referma sur un mamelon durci.

Il crut devenir fou de désir.

Quand la calèche s'arrêta devant leur maison quelques instants plus tard, il réajusta les vêtements de Maggie, mais elle jeta les bras autour de lui.

— Lady Finchley invite Lord Finchley dans son lit.

Il n'arrivait pas à croire que c'était sa Maggie. Son épouse timide. Il jura de ne jamais se retrouver à cours de champagne. Il n'avait jamais rien désiré davantage, mais...

— Je ne voudrais pas tirer avantage d'une femme qui a bu trop de champagne.

Elle posa sa main sur sa rigidité et s'exprima d'une voix rauque.

— J'en ai bu pour m'assurer que ces activités arrivent.

Il lui saisit la main.

— Vous êtes réellement l'épouse parfaite.

* * *

Dès l'instant où la porte de la chambre de Maggie se referma derrière eux, elle se jeta dans ses bras. Campé sur ses pieds, il l'étreignit, se disant que c'était l'endroit où il souhaitait le plus se trouver, la femme qu'il souhaitait le plus aimer.

— Nous ne devons pas abîmer une robe aussi jolie. Laissez-moi vous aider à la retirer.

Il aurait préféré la déshabiller lentement, se délectant de chaque partie d'elle par paliers indolents, mais il craignait d'exploser de désir. Il détacha sa robe jusqu'à ce qu'elle se retrouve à leurs pieds, puis il se mit à délacer ses dessous. Quand ses seins furent libres, il eut un halètement, la souleva dans ses bras et se dirigea à grands pas vers le lit.

— Aimeriez-vous que je souffle la bougie ? demanda-t-il doucement, son regard embrasé passant sur les courbes lisses de son corps satiné.

C'était la femme la plus jolie et la plus désirable qu'il avait jamais vue.

— Dès que j'aurais vu votre canon.

Un canon ? De quoi diable parlait-elle ?

— Mon canon ?

Le regard enflammé, elle hocha lentement la tête.

— Caro dit – sans en avoir fait l'expérience, j'entends bien – que lorsqu'un homme désire une femme, sa chose se dresse comme un canon.

Malgré la tendresse du moment, il éclata d'un rire jovial.

Il s'approcha davantage, enserrant son joli visage dans les paumes de ses mains avec révérence tandis qu'il lui parlait doucement.

— J'aime quand ma femme boit du champagne. J'aime quand ma femme se débarrasse de sa timidité et parle honnêtement. Et j'aime quand ma femme est pudique. Je crois qu'à présent, j'aime tout de vous.

Cela dit, l'idée qu'une vierge observe son désir turgescent le troublait. Il devait y aller lentement avec une innocente comme elle. Même si elle était la femme la plus désirable de sa connaissance.

— Je vous suggère d'éteindre la bougie. Je vais me dévêtir. Et alors ma dame aura la permission de *toucher* mon canon.

Les paupières alourdies par le désir, elle hocha la tête.

Très vite, il étendit son corps nu à côté de celui de Margaret tandis qu'il la prenait dans ses bras et l'embrassait avidement. Il savoura la sensation du corps de sa précieuse femme pressé contre lui.

Il l'allongea doucement sur le dos et lui écarta les cuisses avant de grimper sur elle. Prenant sa main dans la sienne, il la guida pour venir saisir son membre, et elle serra instinctivement les doigts autour.

Sa femme innocente comprit comment trouver cet endroit spécial, où tous les deux s'envolèrent vers un endroit mille fois plus agréable que de remporter la loterie.

Pendant encore un long moment, il la tint dans ses bras, souhaitant vraiment que cette nuit ne prenne jamais fin.

— Je vous remercie, mon amour, d'être la femme parfaite.

* * *

Ses mots l'avaient enfin tirée de la torpeur de ce plaisir inimaginable. Elle posa doucement le visage sur sa poitrine, embrassant les poils noirs qui la parsemaient. Puis elle murmura :

— Quand vous m'appelez *mon amour*, que voulez-vous dire ?

— Je suppose que cela signifie que vous êtes mon amour.

— Est-ce la même chose qu'être amoureux ?

— Avant vous, je n'avais jamais été amoureux, mais je suppose que cela décrit ce que je ressens pour vous.

— Et mon honorable époux ne dirait jamais un mensonge, n'est-ce pas ?

— Une fois. Récemment. Je voulais que Perry croie que j'avais couché avec vous.

— Cela signifie-t-il que vous avez eu envie de coucher avec moi avant ce soir ?

— Oui.

— J'ai une confession à faire. Je vous ai menti.

— Quand ?

— Quand je vous ai persuadé d'accepter notre mariage. J'ai menti quand j'ai dit que je ne voulais pas un vrai mariage.

— Alors vous souhaitiez réellement être mariée à moi ?

— Pour toujours. Rien qu'à vous.

Il la serra fort.

— Alors je dois être l'homme le plus chanceux de tout le royaume.

Elle l'embrassa sur la joue.

— Et moi la femme la plus chanceuse.

Chapitre 23

Il aimait la sentir assise près de lui dans la calèche, aussi près de lui que possible. Il prit possession de sa main gantée élancée et la porta à ses lèvres.

— Vous êtes silencieuse, cet après-midi.

Elle hocha pensivement la tête.

— Malheureusement, c'est dans ma nature. J'ai une autre confession...

— Vous avez dit un autre mensonge ?

— Pas entièrement. Mais cela fait deux fois que je me force à faire semblant d'être Caro afin de pouvoir obtenir agressivement ce que je désirais le plus avoir.

L'idée même que ce soit *lui* qu'elle désirait le plus faillit le rendre fou de fierté. Il la prit dans ses bras et la serra fort. *Deux fois ?* La première était le jour où elle était venue le trouver pour solidifier ce mariage. La deuxième... il inspira en y repensant... la nuit dernière.

— Alors je suis redevable envers votre sœur, et je ne jugerai jamais plus négativement ses manières autoritaires.

— À présent que je suis la femme la plus chanceuse de tout le royaume, je n'aurai plus besoin d'avoir recours à une telle comédie.

Il fronça les sourcils, feignant l'indignation.

— Milady ne jouait certainement pas la comédie hier soir.

Elle leva les yeux et lui adressa un sourire glorieux.

— Quand je suis dans vos bras, je ne suis pas Caro, ni même la timide Margaret. Je suis la dame de Lord Finchley.

Il lui embrassa la main et parla honnêtement :

— Celle qui a fait de Lord Finchley l'homme le plus heureux du monde.

Leur calèche quitta l'animation de Piccadilly et poursuivit sa route à travers des quartiers plus calmes en direction de Bloomsbury.

— Que faisiez-vous ce jour-là à St-George ? demanda-t-il.

— Je priais pour que nous puissions nous marier. Je priais de pouvoir imiter Caro.

— Avez-vous prié de m'épouser ?

— J'ai demandé au Seigneur de me guider vers un homme honnête.

— Et à l'époque, vous pensiez que j'étais débauché ?

Il supposait qu'il l'était.

— Je pensais que c'était peut-être le cas. Mais Notre Père qui est aux Cieux savait que vous étiez honorable, et il vous a envoyé à moi.

Elle leva les yeux.

— Je suis retournée à St-George hier pour demander qu'Il m'aide à imiter Caro la nuit dernière, qu'Il m'aide à vous séduire.

Il grogna.

— Je vous en prie, ne parlez plus de séduction. Vous avez réveillé mon canon endormi.

Elle pouffa.

— Compte tenu du nombre de fois où nous avons fait l'amour hier soir, dit-il, il y a des chances pour que...

Il l'imagina tenir son propre enfant. Son bébé à lui.

— ... pour que je sois enceinte ?

Il hocha la tête.

— Je dois tellement de choses à George Weatherford. Il a toujours su ce qu'il y avait de mieux pour moi, et à présent, je crois qu'il savait qu'en me demandant de veiller aux besoins de son fils, j'en serais venu à apprendre quelles choses étaient réellement les plus importantes sur cette terre.

— Comme avoir un fils à vous ?

Il hocha la tête.

— Vous serez la mère la plus merveilleuse qu'un enfant ait jamais eu.

Elle pouffa à nouveau.

— Je suis tellement heureuse.

— C'est dommage que mes amis ne puissent pas comprendre que faire l'amour à sa propre femme est un million de fois plus satisfaisant que de culbuter une coquette.

À sa grande surprise, quand leur calèche arriva au numéro 7 de Trent Square, la voiture luxueuse de Perry était déjà là. John haussa un sourcil et observa sa femme.

— Mon ami doit s'être réellement amouraché de votre sœur.

Maggie haussa les épaules.

Alors qu'ils s'approchaient avec sa femme de la porte de la maison, la porte s'ouvrit et Perry, Arlington et Knowles en sortirent, portant tous des équipements de cricket et suivis par une ribambelle de garçons excités.

Perry le dévisagea.

— Alors vous gardiez tout le plaisir pour vous, vieux camarade ?

— Je ne pensais pas que cela vous intéresserait.

— Qui aurait envie de rester enfermer dans un

studio d'escrime qui sent le moisi alors qu'on peut jouer au cricket ?

Knowles rejoignit les deux autres.

— Pourquoi ne nous aviez-vous pas dit que vous étiez le gardien du fils de Weatherford ?

Avant qu'il ne puisse répondre, Arlington se rapprocha de lui.

— Pourquoi ne pas nous avoir dit que la veuve de Weatherford était aussi ravissante ? Vous savez comme j'aime les beautés aux cheveux cuivrés.

— Vous ne pourriez pas mieux faire que de vous passer la corde au cou, dit John. J'en suis venu à le recommander chaleureusement.

Il se tourna vers Perry.

— Lady Caroline essaye-t-elle de vous mettre le grapin dessus ?

— J'admets qu'il existe un fort désir dans ce département, mais Lady Caroline est une femme qui exigerait la fidélité.

— J'en suis venu à recommander la fidélité avec enthousiasme.

John se retourna, les yeux brillants d'amour, et croisa le regard doux de Maggie qui restait à l'observer, tenant Mikey dans les bras.

Combien de temps faudrait-il encore attendre pour que ce soit leur fils qu'elle tienne ?

Épilogue

Un an plus tard. . .

Les familles Haverstock et Aldridge étaient réunies à Glenmont Hall, propriété du duc, pour le baptême d'Ann Clair Rothcomb-Smedley, car Clair voulait que son premier enfant reçoive les sacrements dans la chapelle médiévale de Glenmont, comme elle l'avait fait avec le nombre prodigieux de ses frères et de sœurs.

John n'avait jamais assisté à une réunion de famille qui incluait tant de bébés, même s'il supposait que le petit Simon Morgan n'était plus considéré comme un bébé. Le fils du duc d'Aldridge – le marquis de Ramsbury, qu'on appelait Ram – commençait à peine à marcher, et il alternait entre suivre son cousin légèrement plus âgé que loin, Charles Upton, le futur marquis de Haverstock, ou bien se pencher sur son unique cousine, dont les petits geignements le fascinaient.

À peine un mois auparavant, la famille s'était rassemblée là pour le baptême du propre fils de John, appelé Frederick en l'honneur du premier comte de la famille. Le petit Charles Upton n'avait quasiment pas eu l'opportunité de côtoyer le bébé, car les propres parents de Frederick se battaient pratiquement pour avoir le privilège de tenir leur fils.

Christopher Perry, l'invité de Lady Caroline, fit quelques pas pour venir se placer près de John, jetant un œil sur le nourrisson endormi dans les bras de son ami.

— Je ne vois pas ce qu'il y a d'aussi fascinant à

avoir un enfant. Ce n'est pas comme s'il pouvait déjà jouer au cricket.

— Il y a un an, j'aurais été parfaitement d'accord avec vous.

Le regard tendre de John alla se poser sur sa Maggie qui s'avançait vers eux, sans doute pour lui dérober Frederick. Il avait su qu'elle ferait une mère fantastique, mais la capacité de son cœur était encore plus illimitée qu'il l'avait cru possible. Il savait à présent ce que c'était que d'être aimé avec une passion insatiable, savait ce que c'était que d'aimer de la même manière. Il baissa les yeux vers leur fils et sa poitrine se gonfla. Nul homme n'aurait pu être plus heureux.

Il regarda Perry.

— Aimer une femme honnête et avoir son propre fils dépasse le fait de gagner le derby, de remporter une partie de Faro à White's ou toute autre activité hédoniste de ma connaissance.

Perry secoua la tête, une expression amère sur le visage.

— Je suis tombé amoureux.

— De Caro ? s'enquit John.

— Oui. Mais même si ma famille apprécierait d'être parente d'un duc, Aldridge me terrifie. Comment vous en sortez-vous ?

La voix de John s'adoucit.

— Nous sommes devenus frères. Nous voulons les mêmes choses.

L'affection de John pour Aldridge était tout aussi grande que celle qu'il ressentait pour Perry. En épousant Maggie, il avait bel et bien gagné un frère.

— Encore un peu et vous me demanderez de me présenter au Parlement, dit Perry en plissant les paupières.

— Je ne voudrais pas vous dire quoi faire, surtout alors que Lady Caroline est tellement douée pour cela.

Lady Caroline et Maggie s'approchèrent d'eux, et Perry et Caro s'éloignèrent vers la folie construite sur la colline distante. John se demanda si c'était ce jour-là que Perry allait demander la main de Caro.

Maggie lui déroba effectivement son nourrisson endormi et se mit à plaquer de légers baisers au sommet de sa fine chevelure sombre.

— J'aimerais qu'il reste toujours aussi petit.

John passa un bras autour d'elle.

— Je vous promets qu'une fois qu'il sera assez grand pour jouer au cricket, je vous fournirai assez d'enfants pour les tenir aux bras pendant les vingt prochaines années. J'ai toujours voulu avoir une grande famille.

Il déposa un baiser sur sa tempe.

— Un autre avantage à avoir épousé ma Maggie. J'aime votre famille.

— C'est *notre* famille, à présent, très cher.

— Je suis si heureux que j'ai envie de faire partager cette joie. J'ai songé à quel point je suis redevable à Miss Margaret Ponsby d'avoir répondu à mon annonce. Sans elle, cette coïncidence des noms et vous avoir rencontrée à St-George ne seraient jamais arrivé.

Il marqua un temps d'arrêt.

— Objecteriez-vous à ce que je lui verse une petite pension annuelle ?

— Je crois que c'est une très bonne idée.

— Vous ai-je dit que le jour le plus heureux de ma vie est lorsque j'ai trouvé l'enchantement de mon cœur à St-George ?

— Il est temps que vous réalisiez enfin ce que

j'ai toujours su.

Fin

Série Haverstock House

Avec une nouvelle romance, ces trois histoires classiques de mariage de convenance suivies d'une nouvelle de Noël réconfortante présentent tous les Haverstock.

Lady par hasard (Haverstock House, t. 1)

Une nouvelle réussite de Cheryl Bolen avec cette romance Régence… Je la recommande fortement. – *Happily Ever After*

Anna de Mouchet a l'étoffe parfaite des héroïnes de la Régence ! – *In Print*

* * *

Le marquis de Haverstock comptait acheter des informations de guerre cruciales pour le Foreign Office. Il est furieux d'apprendre que l'argent dont il avait besoin vient d'être perdu dans une partie de cartes avec la fille illégitime d'un duc anglais et d'une aristocrate française. Lorsque la séduisante jeune femme l'informe que la seule façon de récupérer les fonds est de l'épouser, il n'a d'autre choix que d'accepter.

Rejetée par le beau monde, Anna de Mouchet accepte une étrange proposition qui l'oblige à utiliser son habileté aux cartes pour forcer le marquis à l'épouser, bien qu'elle sache qu'il est un traître. Une fois devenue son épouse, elle aura toute liberté de l'espionner et de prouver son propre patriotisme envers l'Angleterre. Mais après avoir épousé le beau lord, elle commence à douter de sa loyauté. Surtout lorsqu'elle découvre la douceur des caresses de son époux.

Duchesse par erreur (Haverstock House, t. 2)

« Ce livre contient l'une des scènes les plus hilarantes que j'aie jamais lues dans un roman historique. Ça vaut la peine de l'acheter, juste pour cette scène. » — *Past Romance*

Sa visite innocente au duc d'Aldridge afin de solliciter un don pour ses veuves de guerre place lady Elizabeth Upton au cœur d'un scandale des plus choquants...

Le duc d'Aldridge demande en mariage lady Elizabeth Upton, sœur de son meilleur ami, après qu'une confusion l'eut envoyée dans sa chambre à coucher juste au moment où il sortait de son bain. Elle ne veut certainement pas forcer la main au duc, mais comment peut-elle supporter la honte que son comportement scandaleux a infligée à son cher frère, le marquis de Haverstock ?

Après avoir accepté d'épouser l'idole de son enfance, Elizabeth se rend compte qu'elle ne veut qu'une chose au monde : gagner l'amour de son époux. Mais conquérir son cœur n'est pas une mince affaire quand d'anciennes amours menacent de détruire les liens fragiles de leur mariage.

Comtesse par coïncidence (**Haverstock House, t. 3**)

« Intrigue créative, brillamment menée. » — *Commentaire client sur Amazon*

« Tous les livres de la série Haverstock House sont merveilleux, comme tous les autres ouvrages de Cheryl Bolen. Mais celui-ci est peut-être le meilleur jusqu'à présent. » — *Beverly Durden*

Deux coïncidences stupéfiantes aboutissent au mariage du comte de Finchley, jeune et imprudent, avec lady Margaret Ponsby, une fille timide du duc qui l'adorait de loin....

Afin de s'extirper de difficultés financières, John Beauclerc, comte de Finchley, concocte un stratagème pour épouser une inconnue qui a répondu à sa petite annonce. Il va montrer à sa grand-mère de quoi il est capable ! Elle refuse de lui donner de l'argent jusqu'à ce qu'il fasse preuve de plus de maturité et abandonne ses comportements scandaleux. À vingt-six ans, la dernière chose qu'il désire est de se ranger. Il se rend à l'église St-Georges à Hanover Square, épouse miss Margaret Ponsby de Windsor, la congédie avec cent livres et continue de poursuivre une vie de débauche remplie de vin, de femmes et de parties de cartes avec ses amis, comme lui à la recherche de plaisir.

Après la cérémonie, il se rend compte qu'il a épousé la mauvaise femme. Miss Margaret Ponsby de Windsor pensait que le mariage allait avoir lieu à la chapelle St-George de Windsor. Lady Margaret Ponsby était à St-George de Londres. Comment peut-il s'extirper de ce mariage misérable, union dont sa grand-mère s'extasie ?

Si seulement lady Margaret Ponsby n'était pas si timide ! Quand le jeune (et déjà de mauvaise réputation) comte dégingandé qu'elle adore de loin lui demande de s'approcher de l'autel de l'église avec lui, elle ne peut refuser. Même après le début de la cérémonie de mariage, elle reste toujours muette. Elle pense remplacer la véritable épouse de lord Finchley. Mais lorsqu'elle se rend compte qu'elle est vraiment mariée à lord Finchley, elle décide de faire tout ce qui est en son pouvoir pour transformer la situation en mariage de rêve. Même si cela signifie imiter sa sœur intelligente et bavarde.

Plus célibataire à Noël (Haverstock House, t. 4)

Toujours pragmatique, lady Caroline Ponsby a abandonné tout   espoir de recevoir une proposition de mariage de Christopher Perry, l'homme riche qu'elle adore depuis près de deux ans. Elle est déterminée à ne plus être célibataire à Noël. À cet effet, elle a invité un prétendant potentiel à passer Noël avec sa famille. Elle sait très bien que lord Brockton aimerait bien mettre la main sur sa dot. Quant à elle, elle souhaiterait être mariée et avoir sa propre maison ainsi qu'une famille.

L'idée même que sa lady Caroline jette son dévolu sur le vil lord Brockton exaspère Christopher

Perry. Dommage qu'il ne puisse lui-même demander sa main. Mais la fille d'un duc lui est trop inaccessible, étant donné les humbles origines de sa famille. Néanmoins, Christopher assiste à la fête de Noël du duc d'Aldridge avec l'intention de contrecarrer la grave mésalliance entre lady Caroline et Brockton. En espérant qu'il ne soit pas trop tard...